名家品经典

清词品读

艾治平 著

中国青年出版社

前言

每次走进书店,看到琳琅满目封面花样翻新的唐诗宋词元曲等类的书,它们有的标明"三百首"、"六百首"以至"九百首",有的标明"精选"、"精品"、"详注"等类字样,总引起我的感触:优异的中国古代诗歌只有这么一些吗?距今千年左右的唐诗宋词,历代的选注者数以百计千计,为什么现在仍有这么多人拥挤在这条巷道里呢?虽然这类书近二十年来大同小异以至同而不异的越来越多,但人们仍是趋之若鹜。

我是年过半百才以古典文学为自己专业的。自知时已过晚,因此"画地为牢":以唐宋词为主,以唐诗为辅,摊子尽量小,不越雷池一步。只有讲课科研需要,才稍涉其他方面。当前几年读到一位学殖颇深以研究明清近代文学著称的学者说清词"内容之真、善、美,颇不易企及。这是清词承宋之绪而后来居上者一"。再云:"回头来看宋词……比较清词苑学人云集的盛况,何只是曹、邻小邦之望泱泱大国楚。这是清词根茂实遂、膏沃光晔高出于宋词者二。"未等看完紧接下面的"复次则是清词流派的众多……"我就在文旁批了八个字:"果真如此?未必如此!"说来也巧,没有过几天我收到北京贺新辉兄主编《全清词鉴赏辞典》的约稿信。好家伙,一下就是三十二首,而且没有我较熟悉的纳兰性德等人的作品,基本上是我从未读过的词。我用尽所有的办法,最后还是有三五首觉得不能自圆其说,比如曹溶的《齐天乐·倦圃秋集和沈客子》:"屋里青山,至今留晋啸。"明明白白浅显通俗的九个字,但它说的是什么呢?后来请教以《清词史》著称的苏州大学教授严迪昌兄,蒙他告诉我,这里用的是今典:"屋里青山",指房中花木盆景,由山西任上带回,故曰"至今留晋啸"。正是由于上面说的这些事,引起我研读清词的兴趣,也逐渐理解了为什么唐诗宋词的选注本琳琅满目充斥书肆而清词的专门著述却寥寥无几。从这以后的几年来随着对清词认识日益加深,我也越来越感觉到自己是多么的浅薄无知。时至今日,如果可以将宋词与清词齐头并论的话,我觉得从思想、艺术、美感、情味等种种方面说,清词绝不在宋词之下。因此我为自己曾经写过的那八个字的批语而惭愧。今述清词特出之处荦荦大者计有五端:

其一,关于清词的研究和探讨,应该说我们方在筚路蓝缕的阶段。因为我们目前看到的收容量最大的还只是一部叶恭绰辑录的《全清词钞》。作为编辑印刷中的《全清词》,不久前也刚刚出版了顺、康两卷。但据从其事者估计,清词作者约一万人,作品在二十万首之上。单从数量说,是唐、五代、两宋词不可比拟而元、明词不能望其项背的。数量之大,至少说明在从清王朝建立(1644)至辛亥革命成功(1911)这长达二百六十余年的时光里,清词兴旺发达,繁荣昌盛!

其二,从词的形式的形成,文人词的出现,直至明末清初的云间词派,一向视词为不能登大雅之堂的"小道"、"小技"。唐五代的词,是为"绮筵公子"们"递叶叶之花笺,文抽丽锦";"绣幌佳人"们"举纤纤之玉指,拍按香檀";从而达到"助娇娆之态"、"资羽盖之欢"的目的。于是"南朝宫体"、"北里倡风"都出现在舞台上了。从南唐词为"娱宾遣兴",到北宋初的"聊佐清欢",到北宋中叶的"析酲解愠",到北宋末年周邦彦词的"柳欹花嚲"、"玉艳珠鲜"。词风基本上无大变化。中间虽有苏东坡的"登高望远,举首高歌",实际并未"一洗绮罗香泽之态,摆脱绸缪宛转之度"。从总体说,我曾经以"男欢女爱,离情别绪"概括北宋词,就多数作品看,大体是不差的。到南宋,"国家不幸诗家幸,赋到沧桑句便工"(赵翼)。以辛弃疾为首的豪放词派成,他们的"沧桑篇",又多从自己的功名利禄出发。"了却君王天下事",是为了"赢得生前身后名"。慨叹"却将万字平戎策,换得东家种树书"。而席上尊前,歌酒流连,登高揽胜,拍栏杆,看吴钩,仍忘不了"唤取红巾翠袖揾英雄泪!"息影林泉,过的也仍是"夜来依旧管弦声"的生活。这种情况历两宋而不变的根本原因是:人们的词体观念根深蒂固,未发生大变化。只有到清初陈维崧高呼:"选词所以存词,其即所以存经存史也夫!"词开始摆脱"小道"、"小技"的桎梏,登上与诗赋并辔的文学宝座。而到清中叶周济振聋发聩的一声:"诗有史,词亦有史,庶乎自树一帜矣!"只有到这时,词真正扬眉吐气,得到它从所未有的而应有的尊严!唐宋时人们对词体的认识尚未发展到此一地步,更无清中叶以后的外敌入侵,成就也自有不同。

其三,不论你是先锋派未来派,或你的前卫性作品技法多么藻饰遮障,烟笼雾罩,文学范畴内的作品,总是以自己的思想透过艺术手段来感受读者。因而思想的强弱和功利性并不由于你的不承认便不存在。曾经主持我国古籍整理工作的李一氓先生于《题跋》集中在跋《瑶华集》(蒋景祁编)后说:"言清词而不重清初期词,则有清一代无词。"众所周知,清初词多反映民族情结,站在汉族的立场,它有着强烈的爱国主义感情。我在《论清初词的民族情结》一文中说:"这类词大多意境融彻,所描绘的生活图景与表现的思想感情,水乳和谐。使人通过想象和联想,有深入其境的强烈感染。清初名家如王夫之、屈大均、吴伟业、陈维崧等,并非专以词名家,其中有人填词乃其余事耳!但清人见识广,学问深,各种艺术手法成竹在胸,运用自如,往往寓议论于不自觉,即使一首小词,也构成深邃幽美的意境。"其思想之深厚,其艺术之凝练含蓄,唐五代北宋词固不能比,即南宋的辛弃疾、刘过、刘克庄、王沂孙、张炎也远不可及。

从另一方面看,历代的爱国诗(词)反映的基本是民族之间的矛盾,而清代举凡鸦片战争、中法战争、中日战争、太平天国革命、义和团运动以及光绪帝的珍瑾二妃的被杀被囚,在词里均有反映。词的内容扩展到直至越洋而来的外国侵略者,这是自词产生以来从未见过的,只有清人独占鳌头。当然,如我在《论晚清的爱国词》一文所云:"从邓廷桢、林则徐到'清季四大词人'等等,对清室都是矢志忠贞。'朕即天下'千百年来的封建桎梏毕竟太深了。在那特定的社会里,忠君和爱国如一根藤上的瓜,总是纠缠在一起的。杜甫尚且'每饭不忘君',盖由于此。但在严正的忠奸面前,他们常又是清醒的。辛亥革命后以遗老自任的朱祖谋(孝臧),不受袁世凯的高级顾问之聘,却以君臣大礼跪拜逊帝溥仪。"总之我认为清词重在两端,即清初和晚清。

其四,清代有些词人本身是经学、史学、声韵学、佛学、玄学、道藏学、律法、舆地、甲骨文以至西方哲学等的专家。这些大学者的词,有时有饾饤、獭祭鱼、为谭献所厌倦的"皮傅",为谢章铤所诅咒的"搜索芜杂"、"点鬼之簿"的情况,这不能不给研讨清词带来一定的困难,也常使读者望而却步。但当你解开这一个一个谜底后,又觉得它内蕴邃远,意味深长,与那些浮薄或外表花里胡哨囊空腹枵之作,形同霄壤。

其五,经过千年的艺术积淀,清代词艺到了炉火纯青的地步。在这些大学问家手上,"百炼钢化为绕指柔","从心所欲不逾矩"。刘熙载称赏苏东坡的"无意不可入,无事不可言",严格地说,只有到了清词人才真正实现。

上述五端的关键在于词体之"尊"到清代始得到普遍的认可。而这,在宋词豪杰之士苏、辛的头脑中,似只是"昙花一现",何况只学了苏、辛皮毛或不为其牢笼的"反对派"呢!在研读清词的实践中,改变了我对清词的"不敬"与无知;再加上唐诗宋词之类的书泛滥,于是触发我在清词上下一番工夫。

本书名《清词品读》,选清词九十二阕,分别作了评赏。评赏尽量简要,但字、辞、句的意义渊源及典故出处、思想深度、艺术魅力,均在阐释之列,进而对全词作出评价。"麻雀虽小,五脏俱全",都包括在千字左右的小文中。有人认为这类稿容易写,我却感觉相当难。原因在于:不仅须彻底弄懂这首词,还须了解作者的身世、时代背景以及作者的其他作品。要写出像我的业师俞平伯先生《读词偶得》、《清真词释》那样精邃缜密的学术水平,更是难上加难。

原来品读清词一百四十八阕,近七十阕在香港《大公报》上发表(自1995年3月26日至2002年12月6日),余者发表于北京《全清词鉴赏辞典》(有少数几篇两地均有发表),后来与研究清词的八篇论文合成一本书出版。本书这次均经认真修订,并新写柳如是、秋瑾、吕碧城、吴梅八阕。往事历历如在目前,对于交往多年,真诚帮助过我的香港《大公报》温海、关礼光先生,北京中国文联出版社贺新辉先生，谨致衷心的谢忱，请接受我这个耄耋之人的深深祝福。

2011年8月24日

北人南来六十二年于岭南

目 录

李雯
　　浪淘沙·杨花(金缕晓风残)　　1

吴伟业
　　贺新郎·病中有感(万事催华发)　　4

　　丑奴儿令·艳情(低头一霎风光变)　　7

曹溶
　　踏莎行·答客问云中(堠雪翻鸦)　　10

　　永遇乐·雁门关(眼底秋山)　　12

宋琬
　　蝶恋花·旅月怀人(月去疏帘才数尺)　　15

余怀
　　桂枝香·和王介甫(江山依旧)　　19

柳如是
　　梦江南·怀人(其十三)　　23

　　　　　梦江南·怀人（其十五）　　24

　　　　　梦江南·怀人（其十九）　　26

　　　　　梦江南·怀人（其二十）　　28

宋徵舆
　　　　　蝶恋花·秋闺（宝枕轻风秋梦薄）　　30

王夫之
　　　　　烛影摇红（瑞霭金台）　　33

　　　　　摸鱼儿·东洲桃浪（剪中流）　　36

吴　绮
　　　　　满江红·醉吟（海上闲云）　　40

周季琬
　　　　　蝶恋花·春归（影落中庭花欲午）　　44

史鉴宗
　　　　　鹧鸪天·咏鹧鸪（何处行春不可怜）　　47

毛奇龄
　　　　　风蝶令·斗草（喜摘惟红豆）　　50

陈维崧
　　　　　南乡子·荆州道上作（秋色冷并刀）　　53

好事近（分手柳花天）　　56

满江红·秋日经信陵君祠（席帽聊萧）　　59

沁园春（十万琼枝）　　62

月华清（漠漠闲愁）　　65

虞美人·无聊（无聊笑捻花枝说）　　67

朱彝尊
桂殿秋（思往事）　　70

一剪梅（复帐红罗四角宽）　　72

解佩令·自题词集（十年磨剑）　　75

风流子（南接闻早雁）　　78

高阳台（桥影流虹）　　80

屈大均
长亭怨·与李天生冬夜宿雁门关作（记烧烛）　　84

董以宁
　　鹧鸪天·寄(两小无猜直到今)　　88

彭孙遹
　　画屏秋色·芜城秋感(野照芜城夕)　　91

万　树
　　惜分飞·蠡城别友(豆酒新槽花露滴)　　95

王士禛
　　浣溪沙(二首其一)　　98

　　醉花阴(香闺小院闲清昼)　　101

　　蝶恋花·和漱玉词(凉夜沉沉花漏冻)　　103

顾贞观
　　金缕曲(季子平安否)　　106

钱芳标
　　忆少年(小屏残烛)　　110

孔尚任
　　鹧鸪天(院静厨寒睡起迟)　　113

纳兰性德
　　鹊桥仙(倦收缃帙)　　116

　　画堂春(一生一代一双人)　　119

　　　　昭君怨(深禁好春谁惜)　　121

　　　　金缕曲·赠梁汾(德也狂生耳)　　123

陈仿
　　　　如此江山·西湖有感(销魂最忆西陵路)　　127

王时翔
　　　　临江仙(不断柔情春似水)　　130

厉鹗
　　　　百字令(秋光今夜)　　133

　　　　谒金门·七月既望,湖上雨后作(凭画槛)　　136

　　　　忆旧游(溯溪流云去)　　138

江昱
　　　　鹧鸪天·冬夜感旧(午夜寒多酒不胜)　　142

曹雪芹
　　　　西江月·嘲贾宝玉二首(无故寻愁觅恨)　　145

蒋士铨
　　　　水调歌头·舟次感成(偶为同命鸟)　　152

赵文哲
　　　　霓裳中序第一(轻烟弄暝色)　　156

钱大昕
  桂枝香·蟹(江干小市) 160

黄景仁
  丑奴儿慢·春日(日日登楼) 164

  卖花声·立春(独饮对辛盘) 166

张惠言
  水调歌头·春日赋示杨生子掞(百年复几许) 169

  木兰花慢·杨花(尽飘零尽了) 172

李兆洛
  疏影(都无故物) 176

金式玉
  相见欢(微云渡尽窗绡) 180

邓廷桢
  月华清(岛列千螺) 183

周济
  蝶恋花(柳絮年年三月暮) 187

  渡江云·杨花(春风真解事) 189

董士锡
  江城子·里中作(寒风相送出层城) 193

龚自珍

　　鹊踏枝·过人家废园作(漠漠春芜春不住)　　196

　　台城路(山陬法物千年在)　　199

项鸿祚

　　水龙吟·秋声(西风已是难听)　　203

　　湘月(绳河一雁)　　206

　　玉漏迟·冬夜闻南邻笙歌达曙(病多欢意浅)　　209

　　减字木兰花(阑珊心绪)　　212

蒋敦复

　　百字令·经阮嗣宗墓下作(一堆黄土)　　213

蒋春霖

　　琵琶仙(天际归舟)　　217

周星誉

　　永遇乐·登丹凤楼怀陈忠愍公(放眼东南)　　221

张景祁

　　秋霁·基隆秋感(盘岛浮螺)　　225

　　曲江秋·马江秋感(寒潮怒激)　　228

庄棫
　　凤凰台上忆吹箫（瓜渚烟消）　　232

谭献
　　蝶恋花（六首其五）　　235

诸可宝
　　莺啼序（西风远吹病燕）　　238

樊增祥
　　满庭芳（万里桥边）　　244

王鹏运
　　念奴娇·登旸台山绝顶望明陵（登临纵目）　　248

　　满江红（风帽尘衫）　　250

　　沁园春（词汝来前）　　255

文廷式
　　贺新郎（别拟西洲曲）　　260

　　蝶恋花（九十韶光如梦里）　　263

郑文焯
　　月下笛（月满层城）　　269

　　鹧鸪天（谏草焚余老更狂）　　270

朱孝臧
　　洞仙歌·丁未九日(无名秋病)　　274

　　鹧鸪天·庚子岁除(似水清尊照鬓华)　　277

况周颐
　　苏武慢·寒夜闻角(愁入云遥)　　280

　　水龙吟(声声只在街南)　　282

秋　瑾
　　齐天乐·雪(朔风萧瑟侵帘户)　　287

吕碧城
　　满江红·感怀(晦暗神州)　　291

吴　梅
　　临江仙(短衣羸马过边尘紧)　　295

李 雯

(1608—1647),字舒章,江南华亭(今上海市松江)人。少与陈子龙、宋徵舆齐名,创立几社,称"云间三子"(云间,松江县古称)。词宗《花间》,形成"云间词派"。生当明清易代之际,子龙抗清殉国,李雯入清官中书舍人,徵舆清顺治四年(1647)举进士,官至副都御史。但后二人的身世之感,仍时流露于词中。这首咏《杨花》即其例。

浪淘沙·杨花

李 雯

金缕晓风残,素雪晴翻,为谁飞上玉雕阑?可惜章台新雨后,踏入沙间! 沾惹忒无端,青鸟空衔,一春幽梦绿萍间。暗处消魂罗袖薄,与泪偷弹。

谭献评本词云:哀于堕溷。(《箧中词》一)

柳色嫩黄,如丝如缕,晓风吹拂,与晏殊"杨柳风轻,展尽黄金缕"(《蝶恋花》)景似同,而一"残"字实景中寓情耳。"素雪晴翻",源于韩愈"杨花榆荚无才思,惟解漫天作雪飞"(《晚春》)。诗含揶揄,本有"杨花榆荚"虽"无才思",亦不愿甘心藏拙之意。再云:"为谁飞上玉雕阑?"用白玉雕饰的阑干,指宫廷富贵人家。李煜云:"雕阑玉砌应犹在"(《虞美人》)可证。这里作者以杨花自喻,入仕清廷,非真不知:"为谁",实慨乎之言。既"残"而"翻",暗示良材未为世用,愧恨交并——而恨又多于愧的。前结自云"可惜",此意更显。此处两典参用:一、《汉书》卷七十六《张敞传》:"然敞无威仪,时罢朝会,过走马章台街,使御史驱,自以便马拊面。"二、尤袤《全唐诗话》卷二:"世传(韩)翃有宠姬柳氏,翃成名,从辟淄青,置之都下。数岁,寄诗曰:'章台柳,章台柳,颜色青青今在否?纵使长条似旧垂,也应攀折他人手。'柳答曰:'杨柳枝,芳菲节,可恨年年赠离别。一夜随风忽报秋,纵使君来岂堪折!'后果为蕃将沙吒利所劫。"意谓章台雨后,杨花飘零,被走马践踏,没入沙间!比喻入仕清廷,声名委之尘土了。

"沾惹忒无端",故作纵笔,强自解脱;"青鸟空衔",由上句的己身如沾风惹雨,而言及入仕清廷推荐之人。"青鸟",据《山海经·大荒西经》:"有三青鸟,赤首黑目,一名曰大鵹,一名少鵹,一名曰青鸟。"郭璞注:"皆西王母所使也。"后因借指使者。李商隐《无题》:"蓬山此去无多路,青鸟殷勤为探看。"从一"空"字更见出悔意,引出柳絮成萍,幽梦缠绕的悲苦。苏轼《次韵章质夫杨花词》、《水龙吟》:"晓来雨过,遗踪何在,一池萍碎。"而杨花和绿萍又皆为飘泊之物,亦如自己的情怀。陈廷焯说:"感慨时事……特不宜说破,只可用比兴体,即比兴中亦须含蓄不露。"(《白雨斋词话》卷一)本词全借杨花以自喻,始终"含蓄不露",直至歇拍才直抒无限伤情,"与泪偷弹"。既有"花间"的"生香真色",又表现出无可奈何的缕缕家国之思。

无独有偶,"云间三子"的陈子龙、宋徵舆各有《杨花》词,陈子龙调寄《浣溪沙》:"百尺章台撩乱飞,重重帘幕弄春晖。怜他飘泊奈他飞。　淡日滚残花影下,软风吹送玉楼西。天涯心事少人知。"王士禛评曰:"不著色相,咏物神境。"从"怜他"、

"天涯"等句看,"色相",隐约可见。宋徵舆调寄《忆秦娥》:"黄金陌,茫茫十里春云白。春云白,迷离满眼,江南江北。　来时无奈珠帘隔,去时著尽东风力。东风力,留他如梦,送他如客。"谭献评曰:"身世可怜。"词通篇哀杨花,亦自哀也。宋徵舆比李雯小十岁,与明王朝的瓜葛更少一些。扬雄《法言·问神》:"故言,心声也;书,心画也。声画形,君子小人见矣。"从诗品中往往可见出人品的。

吴伟业

(1609—1672),明末清初诗人。字骏公,号梅村、鹿樵生,江苏太仓人。崇祯四年(1631)科会试第一,殿试第二,由翰林院编修累官左庶子。后任南明福王弘光朝的少詹事等官职。入清后被迫应召,官至国子祭酒。未久,乞归。他长于诗,各体皆备,"歌行一体,尤所擅长"。与钱谦益、龚鼎孳合称"江左三大家"。词不多作,"要皆合于《国风》好色《小雅》怨悱之致"。

贺新郎·病中有感

吴伟业

万事催华发。论龚生、天年竟夭,高名难没。吾病难将医药治,耿耿胸中热血。待洒向、西风残月。剖却心肝今置地,问华佗解我肠千结。追往恨,倍凄咽。　　故人慷慨多奇节。为当年、沉吟不断,草间偷活!艾灸眉头瓜喷鼻,今日须难决绝。早患苦,重来千叠。脱屣妻孥非易事,竟一钱不值何须说。人间事,几完缺。

陈廷焯又云:《贺新郎·病中有感》一篇,梅村绝笔也。悲感万端,自怨自艾。千载下读其词,思其人,悲其遇。固与牧斋不同,亦与芝麓辈有别。(《白雨斋词话》卷三)

谢章铤云:梅村淮南鸡犬,眷恋故君,其《贺新郎·病中有感》云(词见上)。不作一毫矫饰,足见此老良心。遭逢不幸,读之鼻涕下一尺。(《赌棋山庄词话》卷八)

从上述引文知清人皆谓此词为梅村临终绝笔,但近人以此词早载于谈迁《北游录》中,当写于顺治十二年(1655)前。起句破空而来,感慨万端,总括其平生欢戚际遇,后所述之事,皆由此而生。接用《汉书》卷七十二《龚胜传》典:龚胜字君宾,西汉哀帝时官光禄大夫。王莽篡位后,屡征胜为上卿,固辞不受,语使者曰:"吾受汉家厚恩,亡(无)以报,今年老矣,且暮入地,谊岂以一身事二姓,下见故主哉?"绝食积十四日死,时年七十九岁。"有老父来吊,哭甚哀,既而曰:'嗟乎!薰以香自烧,膏以明自销。龚生竟夭天年,非吾徒也。'遂趋而出,莫知其谁。"(引同上)对不"以身事二姓"而后绝食以死的龚胜,发出由衷的赞叹。"吾病",语意双关,兼指因失节而生的心病,故一曰"难将医药治";再曰名医华佗亦难"解我肠千结"。而从热血洒向西风残月和心肝置地种种表白中,沉恨凄咽之情,溢于言外。

下阕起句仍是破空而来,赞为明而亡的"故人"陈子龙、杨文聪、夏允彝父子等人的崇高气节。而自己呢?"为当年沉吟不断,草间偷活!"此"当年"指顺治十年(1653)九月,梅村被迫入京,行前涕泣曰:"余非负国,徒以有老母,不得不博升斗供菽水也。"接二典合用,一见《晋书》卷四十三《郭舒传》:(王)敦曰:"平子以卿病狂,故掐鼻灸眉头,旧疢(疾)复发邪!"一见《隋书》卷六十四《麦铁杖传》:"及辽东之役,请为前锋,顾谓医者吴景贤曰:'大丈夫性命自有所在,岂能艾炷灸颔(额),瓜蒂喷鼻,治黄不差,而卧死儿女中乎?'"说即使用艾灸眉头瓜喷鼻的疗法也不能治自己的病。他意识到当年遭受的痛苦现在又将接踵而来。汉武帝刘彻曾言:"吾诚得如黄帝,吾视去妻子如脱屣(屣)耳!"(《史记》卷二十八《封禅书》)这里则是说:抛开家庭(妻、孥)的拖累,是一件不容易的事!并且用灌夫骂临汝侯(灌贤)"生平毁程不识不值一钱"(《史记》卷一百零七《魏其武安侯列传》)来自责。一结万感交集,愧生笔底:"慷慨多奇节"的"故人"成为完人,而自己只能是名节有亏的"缺"者!

概言之,此词无论写于他到京后任清廷官吏时,或十五年后的临终时,都句句表现出他对出仕清廷的沉哀深痛。词先以"天年竟夭,高名难没"的西汉龚胜作对照,痛恨自己的不能慷慨赴死。这种椎心刺骨的心病,即使华佗再世,也"难将医药治"。下阕,赞死者的奇节,愧生者的偷活,并清醒地感到,名节既亏,已一钱不值。再进一步说,这种一失足成千古恨的极端痛苦,即使用"艾灸眉头瓜喷鼻"的奇妙疗法,也"难决绝",无论如何排除不了。最后赞人责己——而赞人更是为了责己。痛心疾首,百转千回,对自己进行了深刻的反省。从这个角度说,不失为一首至情之作。

在长期封建社会的历次改朝换代之际,有些士大夫宁死不屈,如文天祥、史可法等成了民族英雄;也有的主动或被迫出仕新朝。吴伟业由于姻亲友好陈之遴、陈名夏、龚鼎孳等由明入清的大臣举荐于前,乡人老母畏惧催促于后,迫于时事和亲情,一度出任清秘书院侍讲、国子监祭酒。梅村除南归后乡居写了大量爱国诗词外,于应召北上途中经下相(故址在今江苏省宿迁县西),他赞颂为明死节的志士左懋第:"上林飞雁无还表,头白山僧话子卿。"(《下相极乐庵读同年北使时诗卷》)北上至临清遇大雪时,以南北风光的对比,委婉含蓄地表达出眷怀故国的心情:"十丈黄尘千尺雪,可知俱不似江南。"(《阻雪》)至于《过淮阴有感》"浮生所欠止一死,尘世无由识九还。

我本淮王旧鸡犬,不随仙去落人间。"更表现出为世事所累,不能以身殉国的痛苦心情。他如《病中》:"忍死偷生廿载余,而今罪孽怎消除?受恩久债须填补,纵比鸿毛也不如。"《遣闷》:"故人往日燔妻子,我因亲在何敢死?憔悴而今至于此,欲往从之愧青史。"都表现出他内疚愧悔之情。正是:"以视夫身仕兴朝,弹冠相庆者,固不同;比之自讳失节,反托于遗民故老者,更不可同年语矣。"(赵翼《瓯北诗话》卷九)

丑奴儿令·艳情

吴伟业

低头一霎风光变。多大心肠,没处参详,做个生疏故试郎。　　何须抵死推侬去,后约何妨?却费商量,难得今宵是乍凉。

汪蛟门云:"做个生疏"妙,较"须作一生拼,尽君今日欢",更耐人寻味。(《梅村词》卷上)
杜于皇云:前段是假,后段是真,写来羞人。(同上)
陈廷焯云:吴梅村词,虽非专长,然其高处,有令人不可捉摸者,此亦身世之感使然。否则徒为"难得今宵是乍凉"等语,乃又一马浩澜耳。(《白雨斋词话》卷三)
陈廷焯再云:娇态如画。既曰"后约",又曰"商量",何也?盖当抵死推时,不得不稍为婉款。末句真乃妙绝。真有此理,真善于商量。(《云韶集·评》卷十四)
陈廷焯又云:未免丽而淫矣!然用笔甚婉折。(《词则·闲情集》卷三)

这首词堪可与唐、五代、北宋某些艳情词媲美。但它艳而不妖,媚而不冶,"昵昵儿女语",幻化成一派天真无邪的情趣。首句韵味悠悠:"低头一霎风光变。""风光"有多义,此指人的韵致风采,如元稹《寄旧诗与薛涛因成长句》:"诗篇调态人皆有,细腻风光我独知。"此处谓人的脸上表情。"一霎",一下子。郑谷《乘慵》诗:"一霎芰荷雨,几回帘幕风。"缘何脸色突变?前面省却了不少言语、形态、动作。虽"变"而"低头",知并非寡情,而是耍小意儿。接二句是埋藏在内心深处的无言自语:"多大心肠,没处参详。""心肠",犹言心地或心意。如云:"沈生才俊秀,心肠无邪欺"(贾岛);"要知雪儿心肠好,不是膏油面首新"(苏轼)。"参详",本意参酌详审。(见《梁书·徐勉传·修五礼表》)这里有猜度意。《敦煌变文集·频婆娑罗王变文》:"心头托首细参详,世事从来不久长。"她似有点儿嗔怪,即你的心意令人难以猜度,于是她心生一计:"做个生疏故试郎。""生疏",不亲密。杜荀鹤《秋日山中寄池州李常侍》诗:"近来参谒陡生疏,因向雪山僻处居。"又,《喜从弟雪中远至有作》:"便均情爱同诸弟,莫更生疏似外人。"孙光宪《浣溪沙》词其九:"将见客时微掩敛,得人怜处且生疏。""试郎"而"故"(意),可知她并非真的恼恨而仍沉浸在爱河中。

如果说真"风光变"的话,那一"变"也只是"一霎"。那么她为什么"变"呢?唯一的原因是:她怨对方(男)"抵死推侬去"。"抵死",竭力,坚持。杨万里《梅熟小雨》:"留许枝间慰愁眼,儿童抵死打黄梅。"又,《梅花盛开》:"春被梅花抵死催,今年春向去年回。"或有总是意。辛弃疾《沁园春·带湖新居将成》:"甚云山自许,平生意气,衣冠人笑,抵死尘埃。"这里前用"何须",似有怨意,其所以如此认真,盖因虽说"后约何妨",无可奈何的是"却费商量",事情难保不会再有周折。这样想了之后,使她心潮荡漾,把本不愿表露的轻微怨意,曲曲如绘地浮现纸面。一结尤含蕴无穷:"难得今宵是乍凉。"眼前的景况既是如此"难得",快不要计较"后约"的事了,应尽情把握住现在,不使时间空空地流逝,"春宵一刻值千金"啊!此与"笑语檀郎:今夜纱幮枕簟凉"(李清照《采桑子》)同一意趣,但更意味清隽:既"难得"又"乍凉",那真不知"今夕何夕"了!

这首小令表述词中女主人的感情,细腻曲折,欲露还藏,藏而又露,充分显示出她对爱情的真挚沉着却又有点儿担心;而且即在"试郎"时也是含情脉脉的。较之牛峤《菩萨蛮》"须作一生拼,尽君今日欢"的"无以复加"的"艳语"(《金粟词话》),岂止"更耐人寻味",直有淑女与娼妓之别,不可等量齐观。陈廷焯所云"身世之感",很难窥见蛛丝马迹;明词人马浩澜的《花影集》,似也不必相提并论。就词论词,仍不失为一首情趣不俗,艺术上曲折尽意的"艳情"之作。

曹溶

（1613—1685），字洁躬，又字鉴躬，号秋岳，一号倦圃，秀水（今浙江嘉兴市）人。明崇祯十年进士，考选御史。入清，累官户部侍郎，左迁广东右布政使；降山西阳和道，补山西按察副使，备兵大同。旋丁忧不复出。家富藏书，朱彝尊编《词综》，多从其家藏宋人遗集中录出。工诗词，词开浙派之先河。著有《静惕堂诗词集》。

踏莎行·答客问云中

曹溶

堠雪翻鸦，城冰浴马，捣衣声里重门闭。
琵琶忽送短墙西，当时不是无情地。
帐底烧春，楼头热浴，百钱便博征夫醉。
寒原望断少花枝，临风也省看花泪。

题云"云中"指云中府。宋宣和四年（1122），改辽大同府预置。治所在今大同市，为云中府路治所，是宋金联合攻辽盟约中预定归还宋人之地。其后金人失约，地遂入金，仍改名大同。清沿其旧。词写于曹溶在大同兵备任上。这里原是古战场。"堠"，古代探望敌情的土堡。词起二句极写边塞苦寒，冰雪遍野，一片荒凉。分开说，首句写雪之大，次句言天之寒。屈大均《夜宿雁门关》的《长亭怨》有云："积雪封城，冻云迷路"，与此相仿佛。古代远戍军人，多由家人寄送寒衣。而裁衣必先捣帛。

故自六朝以来捣衣诗颇多见,如庾信《夜听捣衣》:"秋夜捣衣声,飞渡长门城。"李白《秋夜吴歌四首》其三:"长安一片月,万户捣衣声。"其希望则是"何日平胡虏,良人罢远征"。在荒凉的边塞云中,竟是"捣衣声里重门闭"。此"重门"应是城门,意近"长烟落日孤城闭"(范仲淹)。意为边防重镇。而于这时"琵琶忽送短墙西",不由更掀起词人心中的波澜。"琵琶",本作批把。拨弦乐器。《释名·释乐器》:"批把本出于胡中,马上所鼓也。推手前曰批,引手却曰把,像其鼓时,因以为名也。"王昌龄诗云:"琵琶起舞换新声,总是关山旧别情。"(《从军行七首》其二)这来自西域的"胡琴琵琶与羌笛",即使换新声,它给予戍边战士的感受,也总还是"别情",难免会令人伤感。词意近诗,但却又翻出新意:如今琵琶越短墙而传来,固不免生悲,但在"当时"(指明亡以前)人们并不觉得云中是令人生悲的"无情地"。清朝初年,对晋陕一带地方的统治还相当薄弱,比曹溶小十七岁的屈大均在上引词里就曾说:"那能使、口北关南,更重作、并州门户。"希望张家口以北,雁门关以南及临近边塞的大同(云中)不能作为清王朝进一步巩固其统治内地(并州)的门户。而在清王朝大同守备任上的曹溶,却只能发出如此微弱的今昔之感了。

过片承上一脉相传,仍写边塞苦寒,牢骚亦隐约其间。"烧春",酒名。唐人多以春名酒。司空图云:"玉壶买春,赏雨茅屋。"(《诗品·典雅》)李肇《国史补》下:"酒则有⋯⋯剑南之烧春。"城门深闭,天气奇寒,抑郁无聊,只有借酒消愁,"百钱便博征夫醉",与"楼头热浴",似乎是此时此境下的最高安慰。"征夫",这里指从役之人,包括作者在内。《诗·小雅·何草不黄》:"哀我征夫,独为匪民。"笺:"征夫,从役者也。"一结,词人抑制不住自己的伤感,并从反面立意。说因天寒地冻"少花枝",也就因不看而省了许多眼泪。按常情说,"看花",令人喜悦。只有在极度悲伤时,才"感时花溅泪"(杜甫),"看花满眼泪"(王维)。此刻之所以异于常情,正表现他的无限悲恸。词较真实地反映出其所处之客观环境,倾吐出自己的心声。在当时,除甘心降清希求飞黄腾达者外,像曹溶这样曾任前朝谏官而有政绩的人,一旦身处逆境,原本不平静的心潮,就更会波底生寒了。

永遇乐·雁门关

曹 溶

眼底秋山,旧来风雨,横槊之处。壁冷沙鸡,巢空海燕,各是酸心具。老兵散后,关门自启,脉脉晚愁穿去。一书生、霜花踏遍,酒肠涩时谁诉。　阑珊鬓发,萧条衣帽,打入唱骊新句。回首神州,重重遮断,惟有翻空絮。岁华贪换,刀环落尽,草际夕阳如故。嗟同病、南冠易感,登楼莫赋。

雁门关在山西代县西北。唐于雁门山顶置关,明初移筑今址。一向为长城要口和山西省南北交通要冲。从词的内容看,作者似故地重临,秋光满目,时光老去,犹忆旧时横槊赋诗的壮举。"眼底",眼前,眼中。白居易《自问行何迟》:"眼底一无事,心中百不知。"《西厢记》四本三折:"未登程先问归期,虽然眼底人千里,且尽生前有限杯,未饮心先醉。""风雨",似含《诗·郑风·风雨》篇意。方润玉《诗经原始》谓"此诗自《序》、《传》诸家及凡有志于学《诗》者,亦莫不以为'思君子'也"。从诗的"风雨如晦,鸡鸣不已"诸句看,谓"乱世则思君子不改其度焉"(《毛诗序》),或思念故旧,并非无据。而"曹氏父子鞍马间为文,往往横槊赋诗"(《旧唐书》卷一百九十下《杜甫传》)。苏轼称曹操"方其破荆州,下江陵,顺流而东也,舳舻千里,旌旗蔽空,酾酒临江,横槊赋诗,固一世之雄也"(《前赤壁赋》)。词人似暗用《诗·郑风·风雨》篇,明用曹操故实,可见其有感慨时事意。而沙鸡(常栖于沙漠或草原地带,外形似鸡的一种鸟)面对冷壁,海燕巢空,又表现出人世间几许凄凉。"海燕",燕子的别称。古人认为燕子产于南方,渡海而至,故名。沈佺期《古意》:"卢家少妇郁金堂,海燕双栖玳瑁梁。"关门闭而复启,是在"老兵散后",愈令人晚愁难遣,暗示这里曾为兵燹所苦。接述自己一介书生,履霜践冰,踏遍关山,历尽艰苦,而又酒食无味,真是"脉脉此情谁诉"!"涩",苦涩,不润滑。

　　下阕,仍承上意。这"一书生"的形象是:"阑珊鬓发,萧条衣帽。""阑珊",衰落。将残、将尽之意。白居易《咏怀》诗:"白发满头归得也,诗情酒兴渐阑珊。""萧条",寂寞;冷落;凋零。多用于形容景象萧条。向秀《思旧赋》:"瞻旷野之萧条兮,息余驾乎城隅。"词联系下句,则终年奔波、冷落寂寞之情,油然可见。"唱骊新句",指骊歌,告别的歌。李白《霸陵行送别》:"正当今夕断肠处,骊歌愁绝不忍听。"段成式《送穆郎中赴阙》诗:"应念愁中恨索句,骊歌声里且踟蹰。"又,或指客人告别唱的诗篇。《汉书》卷八十八《王式传》:"至江公著《孝经说》,心嫉式,谓歌吹诸生曰:'歌骊驹。'"颜师古注引服虔曰:"逸《诗》篇名也,见《大戴礼》。客欲去,歌之。"文颖曰:"其辞云:'骊驹在门,仆夫具存;骊驹在路,仆夫整驾'也。"总之无论歌或诗篇,均表现出离别愁情。接又写到国事。回首"神州",即赤县神州,中国的别称。战国齐人邹衍创立"大九州"学说,谓"中国名曰赤县神州。赤县神州内自有九州"(《史记》卷七十四《孟子荀卿列传》)。亦简称赤县或神州。作者说他"回望神州"大地,尽被"翻空絮"重重遮断。所谓"颠狂柳絮随风舞,轻薄桃花逐水流"。(杜甫《绝句漫兴》)"杨花榆荚无才思,惟解漫天作雪飞"。(韩愈《晚春》)杜、韩诗原都含借物喻人意,这"重重遮断"神州的"翻空絮"显然有所寓,非只是写景,正表现出作者困于人事阻梗的怨愤情怀。如今时光逝去,战争也结束了。"刀环",刀的环头,指武器。《汉书》卷五十四《李陵传》:"立政等见陵,未得私语,即目视陵,而数数自循其刀环。"柳中庸《征人怨》:"岁岁金河复玉关,朝朝马策与刀环。"此处"刀环",喻指战争结束。"草际夕阳如故",景中传情,与结句把自己视为楚囚,不愿像王粲那样写《登楼赋》,都表现出失意北疆不得南归的极其凄苦的心情。"南冠",见《左传·成公九年》:"晋侯观于军府,见钟仪,问之曰:'南冠而絷者,谁也?'有司对曰:'郑人所献楚囚也。'"杜预注:"南冠,楚冠。"后以南冠为囚犯的代称。崔国辅《送韩十四被鲁王推递往济南府》:"西候情何极,南冠怨有余。"

全词凝重而不板滞,疏宕而不空灵,所言何事,隐而未露,联系题目看,为雁门抒怀之作。然词人胸中郁勃之气,拥塞喉头,"酒肠涩时谁诉"的凄凉情怀,贯穿全篇,"南冠易感",触处生哀,是一首心灵的歌。

宋琬

（1614—1674），字玉叔，号荔裳，山东莱阳人。清·顺治四年（1647）进士，授户部主事，累迁直隶永平兵备道副使。后调浙江宁绍道参政，再升任山东按察使。由于仆人、族人诬告其参与逆谋，曾两次下狱。康熙三年（1664）冬，免罪释归。此后，流寓吴越间，赋闲八年之久。康熙十一年，又起用为四川按察使，次年卒。宋琬以诗名，早年在京师与施闰章等有"燕台七子"之称。亦工词，著有《安雅堂全集》、《二乡亭词》。

蝶恋花·旅月怀人

宋琬

月去疏帘才数尺，乌鹊惊飞，一片伤心白。万里故人关塞隔，南楼谁弄梅花笛。　　蟋蟀灯前欺病客，清影徘徊，欲睡何由得？墙角芭蕉风瑟瑟，生憎遮掩窗儿黑。

谭献云：忧谗。（《箧中词》一）

康熙三年(1664)冬，宋琬第二次被释出狱。此后他流寓江南一带。词作于旅游武昌时。"月去疏帘才数尺"，月圆而大，银光洒地，皎洁明亮，故觉近在"数尺"。杜甫在赴夔州途中，夜坐船上，久不成寐，这时他望见江水澄碧，月映水中，水月交辉，他吟道:"江月去人只数尺。"(《漫成一首》)孟浩然亦有"江清月近人"(《宿建德江》)句。这都是由于月明的缘故。接二句承前,仍写"旅夜"。"乌鹊惊飞",径用曹操《短歌行》"月明星稀,乌鹊南飞。绕树三匝,何枝可依?"良禽择木而栖,但又何处得以依托?宋琬诗与宣城施闰章齐名,时称"南施北宋"。二人又与王士禛、朱彝尊、赵执信、查慎行有"清初六家"之目。但清王朝为扑灭山东登州于七领导的农民大起义,诛杀既多,竟也牵连到他这个山东人两次入狱。易曹操的"南"字为"惊"字,寓意深邃,切合清初的时事。在当时无论入仕清廷或不入仕的知识分子,又有哪个不是惊弓之鸟!故曰:"一片伤心白。"表面看指月色凄凉,但实际景中寓情,写人物伤心已极。司马迁《报任少卿书》:"悲莫痛于伤心。"词句法仿杜甫《滕王亭子》:"清江锦石伤心丽",李白《菩萨蛮》:"寒山一带伤心碧",都是极致之语。晏几道《思远人》:"此情深处,红笺为无色。"无色即白色。汉民族传统丧服为白色。由此可知这里的"伤心"真是无可言喻了。次云"怀人",所怀的是"故人"。这里指旧友。孟浩然《留别王维》:"欲寻芳草去,惜与故人违。"而且相距万里,关山阻隔。偏在这时,从南楼传来梅花落的笛声。"南楼",有多处。此指武昌黄鹤楼。陆游《入蜀记》记载南楼"在仪门之南石城上,一名黄鹤山。制度闳伟,登望尤胜"。范成大《水调歌头》:"此会天教重见,今古一南楼。"又名安远楼。姜夔淳熙丙午(1186)来到当时边防重镇的武昌,登楼"度曲见志":"仗酒祓清愁,花销英气。"(《翠楼吟》)而且正是在这里,当年李白写下《与史郎中钦听黄鹤楼上吹笛》:"一为迁客去长沙,西望长安不见家。黄鹤楼中吹玉笛,江城五月落梅花。"落梅花即《梅花落》,郭茂倩《乐府诗集》卷二十四"《梅花落》本笛中曲也"。词人旅游武昌,特记"南楼",并也闻笛,绝非偶然,他与"迁客"李白同有身世之感，而故国之思也隐隐约约在其间了。

过片借景抒情。"蟋蟀"，亦称"促织"，"趋织"。《诗·唐风·蟋蟀》："蟋蟀在堂，岁聿其莫(暮)。"《诗·豳风·七月》："七月在野，八月在宇，九月在户，十月蟋蟀，入我床下。"这种本活动在地下啮食植物根部的小虫，现在却跳到"灯前"，故作者有"欺病客"之感。秦观《如梦令》云："梦破鼠窥灯，霜送晓寒侵被。"辛弃疾《清平乐·独宿博山王氏庵》云："绕床饥鼠，蝙蝠翻灯舞。"虽已写尽室内破败荒凉、凄清可怖景象，客观反映出词人们心绪凄迷况味，而如宋琬的词尤是"无理而妙"(贺裳语)，即无理而"有情"。词人此刻伤悲之怀，尤可见之。"清影"，指月光。李白尚可"举杯邀明月，对影成三人"，"我歌月徘徊，我舞影零乱"(《月下独酌四首》其一)，但词人并无此超旷雅趣。蟋蟀、清影愈使他惊疑、忐忑，不能入睡。而偏偏是在这夜深人静的时候，"墙角芭蕉风瑟瑟，生憎遮掩窗儿黑。"芭蕉在诗词中一向是愁的象征。唐人张说《戏草树》："戏问芭蕉叶，何愁心不开。"李商隐《代赠二首》其一："芭蕉不展丁香结，同向春风各自愁。"李煜《长相思》："帘外芭蕉三两窠，夜长人奈何。"这里是风中芭蕉，瑟瑟有声。刘桢《赠从弟》诗其二："亭亭山上松，瑟瑟谷中风。"杨炯《庭菊赋》："风萧萧兮瑟瑟。"墙角的风中芭蕉，自然更加悲凉，而且偏偏遮着窗儿，一片黑色的阴影盖住了窗子。风摇影动，闪闪忽忽，不仅伤心悲凉，而且有点令人可怖了！"生憎"，讨厌，憎恨。卢照邻《长安古意》："生憎帐额绣孤鸾，好取门帘帖双燕。"被呼为"鬼仙词"(严羽语)的李贺，他的幽冷奇诡表现在字面上，如"冷翠烛，劳光彩。西陵下，风吹雨"(《苏小小墓》)；"石脉水流泉滴沥，鬼灯如漆点松花！"(《南山田中行》)这里词却出之于自然，无丝毫造作，却也是冷气侵人的。

这首小词题为"旅月怀人",实际是自我抒怀。杜甫《戏题王宰画山水图歌》曰:"尤工远势古莫比,咫尺应须论万里。"本词篇幅虽小,通过抒怀,亦可略窥当时时代的面影。宋琬的父亲宋应亨于崇祯十六年(1643)兵乱中,死于故乡莱阳。家破人亡,出仕后又屡遭变乱,身系缧绁,且家眷亲属都株连,儿子也遭受严刑拷打。他"咄咄书空唤奈何,自怜身世转蹉跎",希望过"朝梵夹(佛经),暮渔蓑。闲中岁月易销磨"(《鹧鸪天·遣怀》)的隐居生活。他的《满江红·拜方正学先生祠》托名拜方孝孺祠,实则借古喻今,揭露清王朝灭绝人性的残酷屠杀,至"松杉已见长陵秃,醑荒祠、灯火尚青荧,金瓯覆",则直言不讳地悼明了。这首词处处抚时感物,正如谭献所评,是一篇"忧谗"之作。

余 怀

（1617—1695），字澹心，一字无怀，号鬘翁，又号鬘持老人，福建莆田人。侨寓江宁。与杜濬、白梦鼐相唱和，晚号"余杜白"，谐"鱼肚白"。王士禛《渔洋诗话》卷下谓其"赋《金陵怀古诗》，不减刘宾客（禹锡）"。晚年隐居吴门，征歌选曲，有如少年。词有《研山词》、《秋雪词》，总称《玉琴斋词》。

桂枝香·和王介甫

余 怀

江山依旧，怪卷地西风，忽然吹透。只有上阳白发，江南红豆。繁华往事空流水，最飘零、酒狂诗瘦。六朝花鸟，五湖烟月，几人消受？　问千古、英雄谁又。况霸业销沉，故国倾覆。四十余年，收舞衫歌袖。莫愁艇子桓伊笛，正落叶乌啼时候。草堂人倦，画屏斜倚，盈盈清昼。

吴伟业云：澹心词大要本于放翁，而藻艳轻俊。又得之梅溪（史达祖）、竹山（蒋捷）。（徐珂《清代词学概论·引》）

余怀《感遇词》六首。此为其中之一首。词前有小序云：白香山云:"四十九年身在日,一百五夜月明天。"苏子瞻云:"嗟我与君同丙子,四十九年穷不死。"余今年四十九,身既老矣,穷犹未死。追想生平,六朝如梦。每爱宋诸公词,倚而和之,聊进一杯。正山谷所云"坐来声喷霜竹"也。王安石(介甫)作有《桂枝香·金陵怀古》。本词虽曰"和",但不次王词原韵,他感伤的是今事。词一起即咏今:江山依旧,但是人事已非,这是因为"怪卷地西风,忽然吹透"。"怪",惊疑。《史记》卷六十八《商君列传》:"民怪之,莫敢徙。""卷地西风",见风势之猛,而且来势倏忽,突然,又吹得十分透彻,彻底。"怪"字以下八个字,意思层层加深:一片肃杀之气的西风而又席卷天地,不言而喻,姹紫嫣红和人间一切美好的东西都被摧毁殆尽了。生当明清易代之际的余怀,他经历崇祯皇帝吊死煤山,朱由崧南明王朝倾覆,"嘉定三屠""扬州十日",以及顺治三年(1646)、十四年(1657)、十八年(1661)、康熙二年(1663)等各种各样的文字狱,所以他才有如此深刻的感受。用字虽平白,蕴意却是无穷的。接以用古事抒感寄慨:"只有上阳白发,江南红豆。""上阳",唐宫名,在东都(河南洛阳)皇城西南。白居易有《上阳白发人》诗。作者原注:"天宝五载(746)已后,杨贵妃专宠,后宫人无复进幸矣。六宫有美色者,辄置别所,上阳是其一也。"元稹《行宫》:"白头宫女在,闲坐说玄宗。"红豆",又名相思子。唐·李匡乂《资暇集》下:"豆有圆而红其首乌者,举世称为相思子,即红豆之异名也。……其子若稨豆,处于甲中,通身皆红。"李时珍《本草纲目》称岭南人用红豆嵌为首饰。王维《相思》:"红豆生南国,春来发几枝。愿君多采撷,此物最相思。"韩偓《玉合》:"中有兰膏渍红豆,每回拈着长相忆。"古人常用以象征爱情或相思。词人于此不过藉以发兴亡盛衰而又表示永忆不忘的感慨。并直言"繁华事散",用杜牧《金谷园》"繁华事散逐香尘,流水无情草自春"与王安石《桂枝香》"念往昔,繁华竞逐……六朝旧事随流水"。而自己则是"最飘零、酒狂诗瘦"。"酒狂",饮酒使性者。《汉书》卷七十七《盖宽饶传》:"宽饶曰:'无多酌我,我乃酒狂。'丞相魏侯笑曰:'次公醒而狂,何必酒也?'"贺铸《天香》:"当年酒狂自负,谓东君、以春相付。""诗瘦",诗风瘦硬。李白《戏赠杜甫》:"饭颗山头逢杜甫,头戴笠子日卓午。借问别来太瘦生?总为从前作诗苦。"又有所谓"郊寒岛瘦"的话。史称"宽饶为人刚直正节,志在奉公"。(引同上)这里用以自喻,说如他们(盖宽饶与诸诗词家)一样的飘泊不得意。那么人间的美景如"六朝花鸟、五湖烟月",又有几人能够享受呢?上阕叹明朝之亡,繁华事散,流水无情,以及自己的飘泊,感慨良深。"六朝""五湖"的美景一切皆不堪回首了。

下阕转入伤今。孙吴、东晋、宋、齐、梁、陈都建都于南京。明朝开国之君朱元璋和南明朱由崧亦建都于此。那么在这久远的年代里,谁可称得上英雄呢?"霸业"也好,"故园"也好,都已湮没,现在是异族人主中国了。词小序云"余今年四十九"。如今再也没有心情去欣赏从前那种"舞衫歌袖"的繁华了。兴亡盛衰发之以感慨,从一"问"字可见。再紧密联系王安石赋《桂枝香》的南京。南京水西门外有莫愁湖。古乐府《莫愁乐》:"莫愁在何处?莫愁石城西。艇子打两桨,催送莫愁来。"周邦彦《西河》词:"莫愁艇子曾系。"又,《晋书》卷八十一《桓玄传》附桓伊:"伊善音乐,尽一时之妙,为江左第一。有蔡邕柯亭笛,常自吹之。"(其事又见《世说新语·任诞》)如今这座南京城,"正落叶乌啼时候"。"叶",时期,犹世。《诗·商颂·长发》:"昔在中叶,有震且业。"毛传:"叶,世也。"又,《世说新语·识鉴》:"李势在蜀既久,承藉累叶。"叶者,代也。故古贵称皇族子孙为金枝玉叶。《乐府诗集》卷十一《唐享太庙乐章》萧倣《懿宗舞》:"金枝繁茂,玉叶延长。"楼钥《代求子绍上魏邸寿》:"皇家基业天与隆,金枝玉叶磐石宗。""乌啼",李白《杨叛儿》有歌金陵西门的"乌啼白门柳"句;杜甫《哀王孙》云:"长安城头头白乌,夜上延秋门上呼。又向人家啄大屋,屋底达官走避胡。"写胡人叛乱,荆棘铜驼。这里"落叶""乌啼"隐有指南京朱由崧南明王朝覆亡意。最后示以倦卧草堂,斜倚画屏,面对盈盈清昼,而涌起故国倾覆,繁华逝水的缕缕哀思作结。

《感遇词》六首或和苏子瞻《念奴娇》;和陆放翁《水龙吟》;和刘后村《沁园春》;和辛幼安《摸鱼儿》等,无不感慨生哀,悲从中来。但立言高卓,纯以气象胜;辞多凄厉,寓婀娜于刚健,集中表现了词人的家国之痛,非只是个人的伤悼。在明末清初的爱国词中,有着余怀自己的特色。

柳如是

(1618—1664)明末清初女诗人。本姓杨,名爱,改姓柳,名隐,又改名是,字如是,号河东君,又号蘼芜君,浙江嘉兴人。明末为江南名妓,崇祯十四年嫁钱谦益为妾。甲申之变后,劝谦益自杀殉明,不从。清初谦益死,族人争产,自缢殉之。工诗善画,世所艳传。著有《戏黄草》、《柳如是诗》等。今人辑有《柳如是集》。

梦江南·怀人(其十三)

柳如是

人何在,人在月明中。半夜夺他金扼臂,殢人还复看芙蓉。心事好朦胧。

柳如是《梦江南·怀人》二十首,前十首以"人去也"始,后十首以"人何在"始。

此阕陈寅恪明确指出:"此首当是杨陈两人同居南楼时之本事。"(上书二六六页)"本事",原事;旧事。《汉书·艺文志》:"故论本事而作传,明夫子不以空言说经也。"或称真实的事迹。《汉书·艺文志》:"丘明(左丘明)恐弟子各安其意,以失其实,故论本事而作传。"此回忆当日两人同居南楼时,在明媚的月光中缠绵的往事。接言其中一件具体的事项。"扼臂",手镯。唐无名氏《薛昭传》:"今有金扼臂,君可持往近县易衣服。"唐罗虬《比红儿诗》一百首其九十四:"金粟妆成扼臂环,舞腰轻转瑞云间。"这里似是说两人半夜间嬉戏,使手臂上的玉镯脱落。如前所云:柳喜用奇峭字,此又是一例。盖"夺"者,旧称脱漏,专用于校对时发现漏字叫"夺",多字叫"衍"。另一件令人难忘的往事是:"崇祯八年首夏,河东君离去南楼及南园,将行之时,犹能见及南园废沼中之芙蓉。"(第二六六页)此刻情意绵绵,纠缠困扰,令人难以割舍。柳永《玉蝴蝶》词:"要索新词,媷人含笑立尊前。"吕渭老《思佳客》词:"秋意早,暑衣轻,媷人索酒复同倾。""芙蓉",莲(荷)的别名。《楚辞·离骚》:"制芰荷以为衣兮,集芙蓉以为裳。"王逸注:"芙蓉,莲华也",如今想起来,如梦如幻,迷离恍惚,却又盈满心怀,真是剪不断,理还乱啊!"朦胧",模糊不清。来鹄《寒食山馆书情》诗:"蜀魄啼来春寂寞,楚魂吟后月朦胧。"王昌龄《西宫春怨》诗:"斜抱云和深见月,朦胧树色隐昭阳。""好",用在形容词、动词前,表示程度深。这里有心事沉重意,又见青楼人用字的虽俗却雅,在文人士大夫中并不多见。

梦江南·怀人 (其十五)

柳如是

人何在,人在绮筵时。香臂欲抬何处堕,片言吹去若为思。况是口微脂。

柳如是既是艺妓,更是名震江南文苑的诗人和活动于士林的佼佼者。自她十岁左右在吴江县盛泽镇人称"十间楼"的一处妓院里从名师陈眉公习艺后,随着年龄的增长,越来越多地参与江南士人的诗文酒会。《柳如是别传》:"寅恪案,此首乃河东君自述其文酒会时,歌舞之情态。'香臂欲抬何处堕'句,指舞言。'片言吹去若为思。况是口微脂'句,指歌言。"又云:"河东君每值华筵绮席,必有一番精彩之表演,能令坐客目迷心醉。盖河东君能歌舞,善谐谑,况复豪于饮,酒酣之后,更可增益风流放诞之致。此词所述非夸语,乃实录也。"(第二六八页)"绮筵",华丽丰盛的筵席。陈子昂《春夜别友人》诗:"银烛吐青烟,金樽对绮筵。"《宣和遗事》前集:"有多少天仙玉女……严妆整扮,各排绮宴。"或称"绮席",盛美的筵席。唐太宗《帝京篇》:"玉酒泛云罍,兰肴陈绮席。"这句话似问在座的陈子龙:你知道我是在为你翩跹起舞吗?一本《梦中本是伤心路》(北京出版社)的书这样说:"轻舒香臂,曼转身形,在众人惊羡的目光中,我只追随你的视线。可为何你也不朝这边望一望?难道你不知道这曼妙的舞姿是为了谁而展现?"继以柳如是精彩的"歌"表演结束。"片言",朱熹注《论语·颜渊》:"片言,半言。"按,朱注,片言犹一言半语。即少量的文字,简单的言语。晋陆机《谢平原内史表》:"片言只字,不关其间。"这里指筵上唱的歌,大抵都较短,但它会引起人的思念。"脂",用油膏饰物。《诗·小雅·何人斯》:"迩之亟行,遑脂尔车?"此处指涂抹唇膏(俗称"口红")。上引书说:"愿这点点樱唇吐出的乐符,都化作绵绵的情话,直递送到你的耳,直吹开你的心扉。"但是如今"人何在?"如《玉台新咏·东风伯劳歌》云:"东飞伯劳西飞燕"了。所以这又是一阕伤情之歌。

梦江南·怀人（其十九）

柳如是

人何在，人在画眉帘。鹦鹉梦回青獭尾，篆烟轻压绿螺尖。红玉自纤纤。

此阕仍是对两人同居往事的回忆。人虽已离去，但念及当时早起后近帘画眉的旖旎情景，不禁会神驰意想，魂游天外。"画眉"，以黛描饰眉毛。《汉书·张敞传》："又为妇画眉，长安中传张京兆眉怃。有司以奏敞。上问之，对曰：'臣闻闺房之内，夫妇之私，有过于画眉。'"后以"画眉"喻夫妻感情融洽。南朝梁刘孝威《都县遇见人织率尔寄妇》诗："新妆莫点黛，余还自画眉。"韩偓《以庭前海棠花一枝寄李十九员外》诗："不知寄与星郎去，想得朝回正画眉。"欧阳修《南歌子》词："走来窗下笑相扶，爱道画眉深浅，入时无。"而那时柳如是的"画眉"也许就是效仿欧阳修所写这个"样儿"吧。

"鹦鹉梦回"，用典故。即诗文中引用的古代故事和有来历出处的词语。赵翼《瓯北诗话·查初白诗一》："语杂诙谐皆典故，老传著述岂初心。"此处据唐郑处诲《明皇杂录·逸文》云："天宝中，岭南献白鹦鹉，养之宫中，岁久颇聪慧，洞晓言词。上(指唐玄宗)及贵妃(指杨玉环)皆呼为雪衣女。性既驯扰，常纵其饮啄飞鸣，然亦不离屏帏间。上令以近代词臣诗篇授之，数遍便可讽诵。上每与贵妃及诸王博戏，上稍不胜，左右呼雪衣娘，必入局中鼓舞(上六字《六贴》作"即飞至将翼")，以乱其行列,或啄嫔御及诸王手,使不安能争道。忽一日,飞上贵妃镜台,语曰:'雪衣娘昨夜梦为鸷鸟所搏,将尽于此乎?'上使贵妃授以《多心经》,记诵颇精熟,日夜不息,若惧祸难,有所禳者。上与贵妃出于别殿,贵妃置雪衣娘于步辇竿上,与之同去。既至,上命从官校猎于殿下,鹦鹉方戏于殿上,忽有鹰搏至而毙。上与贵妃叹息久之,遂命瘗于苑中,为立冢,呼为鹦鹉冢。"赵执信《题州如畜白鹦鹉》诗:"自爱晴窗理雪衣,霜风还为下帘帏。"又,见《春渚纪闻》。"青獭尾",见扬雄《羽猎赋》:"蹈獱獭,据鼋鼍",李善注引郭璞《三苍解诂》曰:"獱,似狐,青色,居水中,食鱼。""獭",兽名。哺乳动物。分水獭、旱獭、海獭三种。《孟子·离娄上》:"故为渊驱鱼者獭也。"《淮南子·兵略训》:"夫畜池鱼者,必去猵獭;养离兽者,必去豺狼。"桓宽《盐铁论·轻重》云:"水有猵獭而池鱼劳,国有强御而民消。"叶陈寅恪云:"然则'青獭'之语,乃古典今事,合而用之者。……但其所指搏杀'雪衣娘'之鸷鸟,颇难考实。岂河东君之居南楼,所以不能久长者,乃由卧子之妻张孺人号称奉其祖母高安人继母唐孺人之命,率领家嬬将至徐氏别墅中之南楼,以驱逐此'内家杨氏'耶。"(第二六九页至二七零页)最后以"红玉"(红色宝石)自比,并说自己形单影只,孑然一身,如微弱无力的袅袅香烟作结。"红玉",李贺《贵主征行乐》诗:"春营骑将如红玉,走马梢鞭上空绿。"王琦汇解《西京杂记》:"赵后体轻腰弱,善行步进退,女弟昭仪弱骨丰肌,尤工笑语。二人色如红玉,为当时第一。""篆烟",盘香的烟缕。高观古《御街行》词:"莺声似隔,篆烟微度,爱横影参差满。"亦盘香喻称。秦观《海棠春》词:"宝篆沉烟袅。"又指盘香的烟缕。萧贡《拟回文》诗:"风幌半索香篆细"。"绿螺",即螺黛。古代用以画眉的一种青黑色矿物颜料。冯贽《南部烟花记·螺子黛》:"炀帝宫中争画长蛾,司官吏日给螺子黛五斛,出波斯国。"又见《说郛》卷七八引唐颜师古《隋遗录》。欧阳修《阮郎归》词:"浅螺黛,淡燕(胭)脂,闲妆取次宜。"本词作者精用典故,新颖别巧,一片化机,而写来哀怨绮丽,缠绵悱恻,具见女诗人功力之深厚。

梦江南·怀人 (其二十)

柳如是

人何在,人在枕函边。只有被头无限泪,一时偷拭又须牵。好否要他怜。

陈寅恪按:"此首为二十首最后一首,亦即'人在'十首之末阕。故可视为梦江南全部词中'警策'之作。其所处,乃在枕函咫尺之地,斯为赋此二十首词所在地也。""泪痕偷拭","好否要怜",绝世之才,伤心之语,观卧子《双调望江南·感旧》词结句云:"无计问东流",可以推之其得读河东君此二十首词后,所感恨者亦何如矣。

综观《梦江南》二十首,俱是"怀人"之作。此人即长恋而短暂同居之陈子龙(卧子)也。人如今已经远去,但在情牵梦绕、缠绵悱恻的情感世界里,他仿佛仍在枕函边。"枕函",指中间可以藏物的枕头。司空图《杨柳枝·寿杯词》之六:"偶然楼上卷珠帘,往往长条拂枕函。"纳兰性德《杏花》诗:"枕函宿粉匀无迹,病颊微红淡欲消。"古代常以枕头和席子,泛指卧具。《吕氏春秋·顺民》:"身不安枕席,口不甘厚味。"古乐府《孔雀东南飞》:"结发同枕席,黄泉共为友。"又以枕席喻男女欢洽。明人谢肇淛《五杂俎·人部四》:"枕席恩深,山河盟望。"

接写情再一层,这里用一小小的细节:"只有被头无限泪,一时偷拭又须牵。"上云泪之多,如纳兰性德《填词》:"美人香草可怜春,风蜡红巾无限泪。"关键尤在下二句。"一时",暂时。《列子·杨朱》:"遑遑尔竞一时之虚誉。""拭",指拭泪,擦眼泪。南朝梁·萧统《拟古》诗:"窥红对镜敛双眉,含愁拭泪坐相思。"杜甫《羌村三首》一:"妻孥怪我在,惊定还拭泪。"这里用一"偷"字,显示怕对方发觉。也引起伤心。"牵",牵连;牵累。《易·小畜》:"牵复吉。"孔颖达疏:"牵谓牵连。"元结《招陶别嘉家阳华作》诗:"无或毕婚嫁,竟为俗务牵。""又须牵",是说怕牵连到他,故"偷拭"也。心细如发,感情之深,于此可见。词中写离情,即使在名家,也多明写,如韦庄《归国遥》其三:"画屏云雨散。闲倚博山长叹,泪流沾皓腕。"《菩萨蛮》其一:"残月出门时,美人和泪辞。"词最后和盘托出:我如今这样悲伤,真的是要得到他的怜惜吗?在当时情况下,陈柳相爱,虽志趣相投,情深一往,但迫于封建礼教不得不被迫分离,愤怒之情,隐藏于字里行间。

陈寅恪又指出:"观卧子双调望江南《感旧》词结句云:'无计问东流',可以推之其得读河东君此二十首词后,所感恨者为何如矣。……卧子此词有'消息更悠悠'之语,当是在河东君由松江迁往盛泽镇以后不甚久之时间所作。然则河东君梦江南二十阕为原唱,而卧子双调望江南乃和作。明乎此,则知河东君词题为《怀人》,而卧子词题作《感旧》,所以不同之故也。"

宋徵舆

(1618—1667),字直方,一字辕文,江南华亭(今上海市松江)人。明诸生。与"云间词派"的陈子龙、李雯号称"云间三子"。入清,于顺治四年(1647)举进士,官至副都御史。著有《海闾香词》。

蝶恋花·秋闺

宋徵舆

宝枕轻风秋梦薄。红敛双蛾,颠倒垂金雀。新样罗衣浑弃却,犹寻旧日春衫著。　　偏是断肠花不落!人苦伤心,镜里颜非昨。曾误当初青女约,只今霜夜思量着。

谭献云:悱恻忠厚。(《箧中词》一)

就在宋徵舆成进士入仕清廷的这一年,陈子龙抗清失败被俘,于太湖地区不屈死。李雯先入清为官,亦在这年因父丧回乡归葬,返京后病死。宋幼陈子龙、李雯十岁,迟陈、李二十年卒。"云间词派"主张"境由情生,辞随意启,天机偶发,元音自成。"(《幽兰词·序》)重视词的纯情自然,意趣高浑。本词题为《秋闺》,但香草美人,意在弦外。词一起即写闺中美人于秋风轻吹的天气中倦卧室内,斜倚宝枕刚刚做了一个短短的梦。"薄",与厚相对。《诗·小雅·小旻》:"战战兢兢,如临深渊,如履薄冰。"引申为微小、少。此句言因为心中有事,而梦短易醒。接云因睡少眼皮发红,双眉紧皱。"蛾",喻女子长而美的眉毛。因蚕蛾触须弯曲而细长,如女人的眉毛故也。《诗·卫风·硕人》:"齿如瓠犀,螓首蛾眉,巧笑倩兮,美目盼兮。"再云头上装饰。"金雀",钗名,古代妇女首饰。陆机《日出东南隅行》:"金雀垂藻翘,琼珮结瑶璠。"白居易《长恨歌》:"花钿委地无人收,翠翘金雀玉搔头。""颠倒",上下倒置。韩愈《醉后》:"淋漓身上衣,颠倒笔下字。"这句谓其长夜少眠,辗转反侧,故头上的首饰上下倒置。这种情状仿佛温庭筠《菩萨蛮》:"小山重叠金明灭,鬓云欲度香腮雪。"小山眉重叠,头上如乌云般密发拂到腮上。都形象地表现出人的心绪凄迷。前结从所着之衣传出真意:"新样罗衣浑弃却,犹寻旧日春衫著。""罗",稀疏而轻软的丝织品。《洛阳伽蓝记》卷四:"冰罗雾縠充积其内。"《战国策·齐策四》:"下宫糅罗纨,曳绮縠,而士不得以为缘。""春衫"此指相对于"罗衣"的布衫,犹云"青衿"。《诗·郑风·子衿》:"青青子衿,悠悠我心。"毛亨传:"青衿,青领也,学子之所服。"后指士子青衿,亦借指未入仕的少年。新样的宦者穿的罗衣完全弃却,而偏寻旧日的布衣穿,词之寓意正在此两句。明亡时,宋徵舆二十七岁,那时穿的是学子之服,顺治四年后一变而为副都御史,所着之衣自又不同。生当明清鼎革之际,入仕清廷的人多有故国之思,这在当时成为极普遍的现象。对这种隐晦曲折的表达,新朝似也是睁一只眼闭一只眼了。

下阕沿上意抒怀。"断肠花",本意极言花色娇艳。此暗翻李白《古风五十九首》其十八:"天津三月时,千门桃与李。朝为断肠花,暮逐东流水。"词亦正有"三月之朝,人见桃李烂熳,春心摇荡,感物伤情,肠为之断"(杨齐贤语)意。接云因伤心而容颜改变。这是词中习惯写法。如李煜"雕栏玉砌应犹在,只是朱颜改"。(《虞美人·感旧》)后结表示作者的悔恨之情。"青女",神话传说中的霜雪之神。《淮南子·天文训》:"青女乃出,以降霜雪。"高诱注:"青女,天神,青霄玉女,主霜雪也。"李商隐《霜月》诗:"青女素娥俱耐冷,月中霜里斗婵娟。"这里指误了曾与人约如霜雪松柏之坚贞,至今仍未能忘。作为"云间三子"之一的作者,自然愧对故友如长兄的陈子龙。有这种自怨自艾自悔自恨的心情,想来也非伪饰。往事历历,怎能不"思量着"呢。不过一切都无可挽回,无法弥补了。其实中国长期封建社会的改朝换代,作为封建社会的实质的东西,是既未改也未换的。一般说,"亡国之君",多因其荒唐昏庸治国无术;"新兴之主",多因其在某些方面有所长,才得以"坐江山"。中国人遵循孔孟之道,受传统观念影响极深,一向对"贰臣"(宋不入此列)恨之人骨。像宋徵舆这样的人有"知耻"之心,应予以肯定。如果只就词论词,题材虽陈旧,达意却婉转清新,短幅中隐藏几许曲折,借寓的美人形象是丰满的。

王夫之

（1619—1692），字而农，号薑斋，衡阳（今属湖南）人。明清之际著名思想家。明亡，曾起兵抗清，后居衡阳之石船山，埋首著述，成就斐然，学者称船山先生。所作诗多反映抗清意识及故国之思。论诗主张"以意为主"，讲求情景交融，"妙合无垠"。诗文之余，词亦工，芳菲缠绵，多用比兴，格调遒劲，近稼轩。后人合编之《船山遗书》三百余卷，中有词集《船山鼓棹》初二集及《潇湘怨词》。

烛影摇红

王夫之

瑞霭金台，琼枝光射龙楼雪。群仙笑指九阊开，朱凤翔丹穴。云暗雁风高揭，向海屋重标珠阙。文鹓飞舞，日暖霜轻，小春佳节。　迢递谁知，碧鸡影里催啼鸩。骖鸾不得玉京游，难挽瑶池辙。黄竹歌声悲咽。望翠薆双鸳翼折。金茎露冷，几处啼乌，桥山夜月。

王夫之虽不以词名家，但所作多爱国之什。本词即为伤南明亡国事所作。清顺治二年（1645）五月十五日，南明福王朱由崧政权亡。未久，郑芝龙、黄道周、郑鸿逵等拥立唐王朱聿键于福州,建元隆武。词起四句称:瑞云祥气笼罩金台,雪白的花枝光照龙楼。文武百官("群仙")含笑进入殿门,凤阁龙楼十分美观。"金台",《水经注》:"昆仑宫城上安金台五所,玉楼十二。""琼枝",玉树之枝。《离骚》:"溘吾游此春宫兮,折琼枝以继佩。""九阊",九重天门。王维《和贾至舍人早朝大明宫》:"九天阊阖开宫殿。"阊阖,原为神话中的天门,此指宫殿正门。又,九阁,谓九天之门,喻帝王的宫门。李商隐《哭刘蕡》:"上帝深宫闭九阁,巫咸不下问衔冤。"并与"九关"同。宋玉《招魂》:"虎豹九关,啄害下人些。"(言天门九重,虎豹守之。)"丹穴",《山海经》卷一《南山经》:"又东五百里,曰丹穴之山,其上多金玉。丹水出焉,而南流注于渤海。有鸟焉,其状如鸡,五采而文,名曰凤凰……饮食自然,自歌自舞,见则天下安宁。"这里是以"朱凤"形容凤阙的美观。总之,这四句写尽朱聿键登基时一切祥瑞景象。可惜次年秋,清军入福建,郑芝龙降清,朱聿键逃到汀州被俘,死于福州。接二句上句以"云暗雁风"凄厉景象,喻唐王朱聿键死,时为农历八月,故云。后句谓永历元年(1647)桂王朱由榔称帝于广东肇庆。这里用"海屋添筹"典,有祝贺长寿意,事见苏轼《东坡志林》卷二:"尝有三老人相遇,或问之年。一人曰:'吾年不可记,但忆少年时与盘古有旧。'一人曰:'海水变桑田时,吾辄下一筹,尔来吾筹已满十间屋。'一人曰:'吾所食蟠桃,弃其核于昆仑山下,今已与昆仑齐矣。'"于是前结云:在"日暖霜轻,小春佳节"这无限美好的良辰佳日,桂王朱由榔继覆亡的唐王朱聿键又建立了明王朝,官员朝贺如凤凰飞舞。"文鹓",鹓,传说为凤凰一类的鸟。文,谓其色彩斑斓。桂王即位为农历十月,故云:"小春。"陈元靓《岁时广记》卷三十七引《初学记》:"冬月之阳,万物归之。以其温暖如春,故谓之小春,亦云小阳春。"欧阳修《渔家傲》之二:"十月小春梅蕊绽,红炉画阁新妆遍。"陆游《闲居初冬作》:"东窗换纸明初日,南圃移花及小春。"

过片换头"迢递谁知"犹如说:情况陡变,大出意外。"碧鸡影里催啼鴂",谓桂王朱由榔西奔最后逃至云南。"碧鸡",山名,在昆明附近。杨慎《云南山川志》:"碧鸡山在城西南三十里。""鹈鴂",此鸟有多名,曰子规、杜鹃等。屈原《离骚》:"恐鹈鴂之先鸣兮,使夫百草为之不芳。"王维《送杨长史赴果州》:"别后同明月,君应听子规。"白居易《琵琶行》:"杜鹃啼血猿哀鸣。"总之这是一种鸣声悲切的鸟。以下三句言复明希望已经破灭。"骖",一车驾三马。"鸾",传说中凤凰一类的鸟。《广雅·释鸟》:"鸾鸟……凤凰属也。"骖鸾,驾着鸾鸟。陈维崧《水调歌头》:"君自骖鸾翳鹤,我自骑鲸跨鲤,各自不相关。""不得玉京游",不得重返故都也。"玉京"指京都。卢储《催妆》诗:"昔年将去玉京游,第一仙人许状头。""难挽瑶池辙"用周穆王西征故事。"瑶池",古代神话中神仙所居。《穆天子传》卷五:"天子游黄台之丘,猎于苹泽,日中大寒,北风雨雪,有冻人,天子作诗三章以哀民。"李商隐《瑶池》:"瑶池阿母绮窗开,黄竹歌声动地哀。八骏日行三万里,穆王何事不重来?"瑶池路断,黄竹歌哀,词则暗喻复明无望也。"望翠甍双鸳翼折",仍承前。以"翠甍"指皇宫。甍,屋脊。张衡《西京赋》:"甍宇齐平。"陆游《三山入秋益凉欣然有赋》:"碧瓦朱甍无杰屋,乌篷画楫有新船。""双鸳",指成对的瓦。旧称屋瓦一俯一仰为鸳鸯瓦。白居易《长恨歌》:"鸳鸯瓦冷霜华重。"以"双鸳翼折"指隆武、永历二帝蒙难。最后以汉武帝及黄帝事结束全篇。"金茎",铜柱。用以擎承露盘。《三辅故事》:汉武帝以铜作承露盘,高二十丈,大十围,上有仙人掌承露,和玉屑饮之求仙。班固《西都赋》:"抗仙掌以承露,擢双立之金茎。""桥山",《史记》卷一《五帝本纪》:

"黄帝崩,葬桥山。"夜月乌啼,矢志复明的二帝如汉武、黄帝都已长埋地下了。

这是一首别具风格的咏史作品。它严格遵循词贵婉约含蓄的特点,在短小的篇幅里,既将南明二帝的偏安一隅的建国,写得花团锦簇,朱凤呈祥,瑞霭祥云,一派欢腾的景象;又以血泪沉痛的哀鸣,写出二帝的蒙难。而且词尚客观、真实,未为情所役,却又形象鲜活,层次分明;而遗臣孤愤,青史可证。清人多以严谨的治史之笔来抒怀,与南宋爱国词的一些喧嚣之作,是迥异其趣的。

摸鱼儿·东洲桃浪（潇湘小八景词之三）

王夫之

剪中流,白蘋芳草,燕尾江分南浦。盈盈待学春花靥,人面年年如故。留春住,笑几许浮萍,旧梦迷残絮。棠桡无数。尽泛月莲舒,留仙裙在,载取春归去。　　佳丽地,仙院迢迢烟雾。湿香飞上丹户。醮坛珠斗疏灯映,共作一天花雨。君莫诉!君不见桃根已失江南渡。风狂雨妒,便万点落英,几湾流水,不是避秦路。

本篇写"东洲桃浪",故词以景起。首云江流南北分岔如燕尾,东洲居于江心,岸上芳草如茵,江面白蘋浮水,一片清新澹荡的美景。一三句应接,"剪"字下得极妙。这如燕尾分岔一般的江水,形象秀雅,鲜洁活美,较周密"花不定,燕尾剪开红影"(《谒金门》);史达祖"飘然快拂花梢,翠尾分开红影"(《双双燕》)别见情趣。"白蘋"(pín),草名。生浅水中,叶有长柄,柄端有四片小叶呈田字形,又名田字草,因夏秋间开白花而得名。这里"白蘋芳草"化用柳恽《江南曲》"汀洲采白蘋"句意。接应题"桃浪"。"春花靥",指旧时妇女涂点在颊辅上的装饰物。又称靥钿。唐段成式《酉阳杂俎》:"近代妆尚靥,如射月,曰黄星靥,靥钿之名,盖自吴孙和邓夫人也。"可知因不同式样而取名。此处似云春天花朵仪态美好("盈盈"),似美人靥钿般艳美。接下句反用崔护诗:"人面不知何处去,桃花依旧笑春风"(《题都城南庄》),说人面不见只见桃花。今则是"人面年年如故",而旧江山已今昔不同了。"笑几许浮萍",此"笑"倍含哀情。"世说杨花入水化为浮萍"(陆佃《埤雅》卷十六《释草》);苏轼《水龙吟》自注:"杨花落水为浮萍,验之信然。"浮萍虽今仍可见,但"旧梦"已如"残絮"般迷离,那种花飞漫天,洁如飞雪的美好日子早已不可见了。接写泛舟游春。"棠桡",沙棠木所制桨,代船。李白《江上吟》"木兰之枻沙棠舟";又,《陪侍郎叔游洞庭醉后三首》其二:"船上齐桡乐,湖心泛月归。""留仙裙",用伶玄《赵飞燕外传》:"帝于太液池作千人舟,号合宫之舟。后歌舞《归风送远》之曲,侍郎冯无方吹笙以倚后歌。中流歌酣,风大起。后扬袖曰:'仙乎,仙乎!去故而就新,宁忘怀乎!'帝令无方持后裙。风止,裙为之绉。他日,宫姝或擘裙为绉,号留仙裙。"此四句承接"旧梦",那时是:坐在沙棠木制的画船上,月光之下,莲叶舒展,酣歌醉饮,仿佛如汉成帝于太液池千人舟中的繁华热闹，而如今却是"春归去"再也不可复见了。

下阕"佳丽地"应题"东洲"——在今湖南衡阳市内湘江中。谢朓《入朝曲》："江南佳丽地，金陵帝王州。"周邦彦《西河·金陵怀古》）："佳丽地，南朝盛事谁记？"从而引出道院景象。"仙院"，指设坛作醮的道场，这里烟雾缭绕，潮湿的花瓣遇风又飞上丹房。"丹户"，犹丹房，道家炼丹的地方。王勃《游庙山赋》："见丹房之晚晦，知紫洞之宵寒。"在道士拜神的祭坛上，屋斗般稀疏的灯光下，好像落下无数花雨。"珠斗"，谓斗星相贯如珠。王维《同崔员外秋宵遇直》："月迥藏珠斗，云消出绛河。""花雨"，本喻落花。李贺《将进酒》："桃花乱落如红雨。"周密《解语花》："压阑干、花雨染衣红湿。"此处似用梁武帝时有云光法师讲经于石子岗聚宝山（今南京市雨花台），天花坠落如雨事。南京为明故宫所在地，作者将东洲写得如此天地凄惨，实遥应前人视为"佳丽地"的南京。魂萦梦绕，有痛悼南明王朝覆亡意。"君莫诉！"悲慨曷深！"君不见"，语气肯定。郭茂倩《乐府诗集》卷四十五《桃叶歌》引《古今乐录》载：王子敬（献之）妾，名桃叶，其妹曰桃根。献之尝临渡歌以送之曰："桃叶复桃叶，渡江不用楫。但渡无所苦，我自迎接汝。"又曰："桃叶复桃叶，桃树连桃根。相连两乐事，独使我殷勤。"后人名南京秦淮、青溪合流处为桃叶渡。词藉此暗示南京已为清军占领，唐王桂王统治之地俱已沦亡。"风狂雨妒"，指当时清军在江南残暴屠杀，人民遭虐如临急风暴雨。继云："万点落英，几湾流水。""落英"，初开的花。《离骚》："朝饮木兰之坠露兮，夕飡秋菊之落英。"江南花草流水虽美，但已无处可躲避暴秦（喻清朝）的路了。陶潜《桃花源记》有云："自云先世避秦时乱，率妻子邑人来此绝境，不复出焉，遂与外人间隔。"可惜再也找不到桃花源,那么"诉"亦何用!

  这八篇组词写于乙未（清顺治十二年，永历九年,1655)春,作者避兵居湖南常宁县西南乡小衹园侧西庄源时。上阕写"东洲桃浪"景色,含有对故国盛时之思。下阕"佳丽地"本指东洲,实寓有南京旧都意,从上引谢诗周词可证。这词诚如叶恭绰云:"故国之思,体兼《骚》、《辨》。船山词言皆有物,与并时批风抹露者回殊,知此方可以言词旨。"而又是一首"云山韶濩入凄音,字字楚骚心"(朱祖谋)、芳悱缠绵,怆怀故国"(龙榆生)的作品。

吴绮

（1619—1694），字园次，一字丰南，号听翁，一号葹叟，别号红豆词人。江都（今江苏扬州市）人。顺治十一年（1654）以贡生荐授秘书院中书舍人，出知湖州，人号为"三风太守"，谓"多风力，尚风节，饶风雅"。终以"失上官意罢归"。存《艺香词钞》四卷。

满江红·醉吟

吴 绮

海上闲云，缘底事、误来京洛。向金门索米，玉阶持橐。髀肉晚销燕市马，乡心秋冷扬州鹤。问英雄，广、武近何如？浑闲却。　　鸡一肋，蜗双角。空竞逐，终消索。尽浮沉诗酒，任天安着。海上文章苏玉局，人间游戏东方朔。看儿曹，得意不寻常，非吾乐。

吴慊庵云：家园次适守是邦，取以名词者也。其深丽绵密，集周、秦诸家而为大成。海内操觚家，堪语此者且少。（沈雄《古今词话·词评》下卷引）

《续修四库全书艺香词钞提要》云：绮词，造语圆融，流丽自喜，然能放而不敛，外露而不内收，故时有侧艳之语也。（《集部·词曲类·词集》）

陈廷焯云：吴园次词，调和音雅，情态亦浓，词中小品也。（《白雨斋词话》卷三）

《续修四库全书艺香词钞提要》评本词云："长调《满江红》九阕，颇有激壮之语，殆与其年、华峰游，而同其嗜好欤。"（《集部·词曲部·词集》）

陈廷焯云：园次小令，亦不能脱《草堂》窠臼，长调间作壮浪语。如《满江红》云："髀肉晚销燕市马，乡心秋冷扬州鹤。"又云："海上文章苏玉局，人间游戏东方朔。"园次与迦陵结异姓昆季，似此亦颇类迦陵也。（《白雨斋词话》卷三）

陈廷焯又云：精警似此，颇不让迦陵也。"向"字上余拟加"镇日"二字，较警，不必效九十一字体。（《词则·别调集》卷三）

这首词感慨世事，彷徨苦闷，而又有超然物外之情，表现出作者出处进退的矛盾。"海上闲云"本极悠闲自在，"误来京洛"（指北京），遂成羁縻之身。因此禁不住欷歔感叹之音。纳兰性德云："德也狂生耳！偶然间、缁尘京国。"（《金缕曲·赠梁汾》）与此相类。而"缘底事"，似问人，似自问，感慨更深。或云："闲云"，即"闲云孤鹤"，喻来去自由，无所羁绊。宋人尤袤《全唐诗话》卷六："钱镠自称吴越国王，（贯）休以诗投之曰：'贵逼身来不自由，几年勤苦踏林丘。满堂花醉三千客，一剑霜寒十四州。莱子衣裳宫锦窄，谢公篇咏绮霞羞。他年名上凌烟阁，岂羡当时万户侯？'镠谕改为四十州，乃可相见。曰：'州亦难添，诗亦难改。然闲云孤鹤，何天而不可飞？'遂入蜀。"后亦作"闲云野鹤"。张居正《与棘卿刘小鲁言止叛山胜事》："即便得归，亦不过芒鞋竹杖，与闲云野鹤，徜徉于烟霞水石间，何至买山结庐，为深公所笑耶？"词接以"向金门索米，玉阶持橐"，言在京洛的生活。"金门"，金马门之省称。《汉书》卷八十七下《扬雄传·解嘲》："与群贤同行，历金门，上玉堂有日矣。"后以金门，指富贵之家。"玉阶"，即玉陛，帝王的殿阶。《三国志》卷十九

《魏书·陈思王植传》:"常愿得一奉朝觐,排金门,蹈玉陛,列有职之臣。""持橐",语本《汉书》卷六十九《赵充国传》:"卬家将军以为(张)安世本持橐簪笔事孝武帝数十年。"颜师古注引张晏曰:"橐,契囊也。近臣负橐簪笔,从备顾问,或有所纪也。"马祖常《奏对兴圣殿后》:"侍臣橐笔皆鹓凤。"后以"橐笔"指文士的笔墨生活。正因其在京师秘书院任职,故"髀肉晚销燕市马,乡心秋冷扬州鹤"。"髀肉复生",《三国志》卷三十二《蜀书·先主传》裴松之注引《九州春秋》曰:"备住荆州数年,尝于表坐起至厕,见髀里肉生,慨然流涕。还坐,表怪问备,备曰:'吾常身不离鞍,髀肉皆销。今不复骑,髀里肉生。日月若驰,老将至矣,而功业不建,日以悲耳。'"后因以"髀肉复生",为自叹久处安闲,壮志销磨,未能有所作为之辞。词云壮志销沉于燕市(北京),对故乡扬州也有些冷却了。慨叹之余,继之以"问英雄",抒发"浑忘却"(实际并未"忘却",故作反笔耳)的无聊落漠心境。"广武",本地名。秦末楚汉两军隔广武(今河南荥阳县东北)而阵,刘邦项羽与临广武而语。(见《后汉书·郡国志·河南尹·广武地》注引《西征记》)后东广武称楚王城,西广武称汉王城。又,《晋书》卷四十九《阮籍传》:"尝登广武,观楚汉战处,叹曰:'时无英雄,使竖子成名。'"故知吴绮用上述典实,其含义和感慨曷深也。

下阕以自嘲自责开篇:"鸡一肋,蜗双角。""鸡肋",鸡的肋骨。用以比喻食之无味弃之可惜之物。《三国志》卷一《魏书·武帝纪》建安二十四年裴松之注引《九州春秋》曰:"时王欲还,出令曰'鸡肋',官属不知所谓。主簿杨修便自严装。人惊问修:'何以知之?'修曰:'夫鸡肋,弃之如可惜,食之无所得,以比汉中,知王欲还也。"杨万里《晓过皂口吟》:"半世功名一鸡肋,平生道路九羊肠。""蜗角",蜗牛角。喻境地微小。《庄子·则阳》:

"有国于蜗之左角者,曰触氏;有国于蜗之右角者,曰蛮氏。时相与争地而战。"沈约《细言应令》:"蜗角列州县,毫端建朝市。"词以此自喻身处龌龊之境,活动天地狭窄,那结果自然是竞争无力,而一切消亡成空了。"消索",亡散,消灭。《论衡·死伪》:"且死者精魂消索,不复闻人之言。"继云:"尽浮沉诗酒,任天安着,"应题"醉吟",但亦揭示"消索"后的心境。接着引出两位旷达而不为世尘所扰的人:"海上文章苏玉局,人间游戏东方朔。"苏轼逝世前一年(哲宗元符三年)遇赦渡海北上,行至英州,复朝奉郎,提举成都玉局观(在成都市,地名玉局化),后称苏玉局。司马光《送罗郎中管勾玉局观》:"官名为玉局,已与俗尘疏。"东方朔(公元前154—前93),字曼倩。武帝时待诏金马门,官至太中大夫。以奇计俳辞得亲近,为武帝弄臣。因其以诙谐滑稽著名,后人传其异闻甚多,方士又附会之为神仙。词最后视"得意"之辈为"儿曹"并斩绝地表示"非吾乐",自傲之情又溢于言表了。"儿曹",孩子们。《史记》卷四十九《外戚世家》:"是非儿曹愚人所知也。"《后汉书》卷十九《耿弇传》:"光武曰:'小儿曹乃有大意哉!'"

这首词以自怨自责而又自傲自负的口气,慨叹自己未过闲云野鹤的生活而步入仕途,大有陶渊明"误落尘网中,一去三十年"(《归园田居五首》其一)之悔恨情绪。对苏轼、东方朔的旷达人生充满向往,而蔑视"不寻常"的"得意"之徒。词写来,怨而怒,怒而愤,字挟风雷。无怪被陈廷焯称做"壮浪语",以及《续修四库全书》和吴梅有"激壮之语"、"情语壮语皆工"的论赞了。

周季琬

(1620—1668),字禹卿,号文夏,江苏宜兴人。顺治九年(1652)进士,官至监察御史,巡按湖南。他"立朝弹劾,不避权贵,声震都下",但后猝然而亡。著有《梦墨轩词》存世。属阳羡词派。

蝶恋花·春归

周季琬

影落中庭花欲午,蝶瘦蜂忙,翻出新愁谱。独倚雕阑人不语,晴丝无力随风舞。　　睡起枕纹犹半露,香玉红生,似把啼痕补。还笑鹃声无底据,春归毕竟归何处?

词写暮春季节一位闺中人的愁情。

浓墨似的树阴铺满庭院,花枝纵横交错。"影落中庭",一如李清照《采桑子》"荫满中庭"。不过后者有明显的茂盛意,说其阴遮满了整个庭院。"花欲午","欲",希望、要,引申为"向",即是"花向午",表明时间。但"午"另一解是"纵横相交"。《仪礼·特牲馈食礼》:"午割之。"郑玄注:"午割,纵横割之。"按此,则说花影纵横,正杜荀鹤《春宫怨》"日高花影重"意。蜂飞蝶舞,因庭中花木扶疏,为暮春季节所常见。但这位闺中人却产生一种特殊的感情:"翻出新愁谱。"这恰如杜丽娘身处"姹紫嫣红开遍"的花园中而产生的"良辰美景奈何天,赏心乐事谁家院"(《牡丹亭·惊梦》)的感受。这也生动说明:"情为主,景是客"(李渔《窥词管见》);"诗以情为主,景为宾。景物无自生,性情所化。情哀则景哀,情乐则景乐。"(吴乔《围炉诗话》卷一)这时人物才正式走到屏幕上来:"独倚雕阑人不语。"原来这树影庭花和飞忙的蜂蝶,均是她"独倚"时居高临下之所见。"人不语"应上"新愁"。而"谱"者,正如张守节对《史记》卷十三《三代世表》"自殷以前,诸侯不可得而谱",正义为:"谱,布也,列其事也。"编列成谱,可见其愁之重之多,故"不语"也。再用"以景结情"的手法收束上阕:"晴丝无力随风舞。""晴丝",虫类所吐的丝,常飞扬空中。如杜甫《春日江村》:"燕外晴丝卷,鸥边水叶开";范成大《初夏》:"晴丝千尺挽韶光,百舌无声燕子忙。"也称游丝,如庾信《春赋》:"一丝香草足碍人,数尺游丝即横路";沈约《会圃临春风》."游丝暖如烟,落花雾如雾。"这"随风舞"的"无力"的"晴丝",俨然是这位"独倚雕阑"不语者的映照。此是象征,亦是比喻,"喻巧而理至",使人物形象鲜活了起来。

下阕作者的笔墨全力集中在人的身上,这里巧妙地用了一个小小的细节。午睡醒来,不觉脸上现出枕纹和泪痕。"半露"是说"枕纹"不深,可见又似不可见,用笔极细。"香玉",旧时文人多用以指女子,如"香销玉殒"。这里指脸部皮肤,香而似玉。"红生",即印有枕纹处。"补"字似非着意为之,却是"极炼如不炼"(刘熙载语),妙!这睡梦中之"啼",啼而有痕,可见人之伤情——通过这一连串生香活色的字凝集成的细节,如一束耀眼的珍珠,熠熠生辉。周邦彦《满江红》写一位"昼日移阴,揽衣起、春帷睡足"的女人,有云:"枕痕一线红生玉。"南宋陆淞亦云:"脸霞红印枕,睡觉来,冠儿犹是不整。"(《瑞鹤仙》)不过,正如俞平伯先生云周词的"枕痕一线"虽生动,只是"回映'睡足'一句"(《论诗词曲杂著》六百四十一页)。陆词又只是形容"睡觉(醒)来"的情状。孙麟趾云:"石以皱为贵,词亦然,能皱,必无滑易之病。"(《词径》)本词"枕纹"恰收到了这样的艺术效果。最后二句点题。杜鹃,鸟名。又名子规、催归、鹧鸪。据称其鸣声哀,音如"不如归去"。她笑杜鹃"不如归去"之声,没有依据;说"春归",可它到底归到哪儿去了?黄庭坚说"春无踪迹谁知,除非问取黄鹂"。而"百啭无人能解,因风吹过蔷薇"。(《清平乐》)蔷薇花开,时当初夏,春也归去了。周邦彦说:"春归如过翼,一去无迹。"(《六丑·蔷薇谢后作》)"蔷薇谢后",春自"无迹"了!此词歇拍却微带调侃,女主人的心情似稍好转,但仍是含意幽微的。而全词"如粲女试妆,不假珠翠,而自然浓丽,不洗铅华,而自然淡雅"(沈祥龙《论词随笔》),浓淡适中,为闺怨词中一篇佳制。

史鉴宗

（1622—1674），字绳远，号远公，江南金坛（今江苏金坛）人。顺治八年（1651）举人，曾官南陵县（今安徽宁国）教谕。以金碧山水画著称于世，亦工诗、文、书、弈，词著有《青堂词》一卷。

鹧鸪天·咏鹧鸪

史鉴宗

何处行春不可怜？鹧鸪啼破落花天。深山古道撑枯木，斜日孤村上冷烟。　　歌蜀道，怨巴川。纵教行得也凄然。伤心不用频传语，久向江头听杜鹃。

这首词借鹧鸪的啼声以抒发自己悲愤抑郁的情怀。词怎样开头好？沈祥龙云："贵突兀笼罩。"（《论词随笔》）所谓"突兀"，即高耸特出。这种作品，"大抵起句便见所咏之意，不可泛入闲事，方入主意"。（沈义父《乐府指迷》）所谓"笼罩"，即起句笼盖全篇，起到"画龙点睛"的作用。本词起句"何处行春不可怜"，即"突兀笼罩"的开头。"行春"一辞始见于《后汉书》卷三十三《郑弘传》："弘少为乡啬夫，太守第五伦行春，见而深奇之，召署督邮，举孝廉。"李贤注："太守常以春行所主县，劝人农桑，振救乏绝。"后来引申为春游、寻芳等义。朱熹《春日》：

"胜日寻芳泗水滨,无边光景一时新。""行春"为何可怜?而又无一处不可怜?词人说因"鹧鸪啼破落花天"。鹧鸪,据晋人崔豹《古今注·鸟兽》:"南山有鸟,名鹧鸪,自呼其名,常向日而飞。畏霜露,早晚希出。"又说鹧鸪"多对啼,志常南向,不思北徂"。(《埤雅》)并说因为"南人惯闻如不闻",是一种"惟能愁北人"的鸟。(见白居易《山鹧鸪》)李时珍并说:"今俗谓其鸣曰'行不得也,哥哥。'"(《本草纲目》)鹧鸪的啼声本已令人生悲,更何况又当"落花天",花落花飞飞满天之时。其沉痛深悲,大有"年年岁岁花相似,岁岁年年人不同"和"一朝春尽红颜老,花落人亡两不知"的怨尤情味。接以写景,绘出一幅幅阴冷凄绝的画面:深山古道已不堪行,断崖陡壁,要靠一条古木来支撑;斜日孤村,已破败荒寒,而袅袅升起的又是"冷烟"!吴衡照云:"言情之词,必借景色映托,乃具深宛流美之致。"(吴衡照《莲子居词话》卷二)这些凄苦不堪的"景色",正是用来"映托"情的。使前二句如"银瓶乍破水浆迸"般的情趋于宛转,但也更为深沉了。

有多少人歌唱过蜀道!又有多少人怨恨过巴川!过片换头"歌"、"怨"二字互文见义。巴山蜀水,壮伟雄奇。但是"上有六龙回日之高标,下有冲波逆折之回川。黄鹤之飞尚不得过,猿猱欲度愁攀援";"连峰去天不盈尺,枯松倒挂倚绝壁。飞湍瀑流争喧豗,砯崖转石万壑雷。"(李白《蜀道难》)"蜀道之难,难于上青天!"何况"纵教行得也凄然"。至此,将怨愤愁苦之情,已表达得淋漓尽致。但一结逆笔陡转,再翻出新意:"伤心不用频传语,久向江头听杜鹃。""杜鹃",鸟名,又名子规、鶗鴂、杜宇等。据《华阳国志·蜀志》:"周失纲纪,蜀侯蚕丛始称王,后有王曰杜宇,教民务农,一号杜主,七国称王,杜宇称帝,号曰望帝,更名蒲卑。会有水灾,其相开明决玉垒山以除水害,帝遂委以政事,禅位于开明,帝升西山隐焉。"又,《成都纪》云:"杜宇死,其魂化为鸟,名杜鹃。"其鸣声甚哀,有谓"碧出苌弘之血,鸟生杜宇之魄"。(左思《蜀都赋》)或谓"芳草迷肠结,红花染血痕"。(杜牧《杜鹃》)"凝成紫塞风前泪,惊破红楼梦里心。"(冯兖《子规》)以及"一叫一回肠一断,三春三月忆三巴";(李白《宣城见杜鹃花》)"绿树听啼鸠,更那堪鹧鸪声住,杜鹃声切"(辛弃疾《贺新郎·别茂嘉十二弟》)等,无不传出哀切之情。歇拍"伤心"意谓杜鹃你不用频频叫了,我早在江边听过更为凄绝哀厉的杜鹃声了。

  这首词破题提出"何处行春不可怜"后,或借景抒情,或直倾胸臆,一片冷色,寒意沁人,真是无一句"不可怜"!"纵教"句本已顿挫,歇拍更翻江倒澜,把怨尤之情推向高峰。峭拔冷峻,感念遥深,而不流于金刚怒目,粗豪叫嚣,堪称善学辛(弃疾)者。再从"后结如泉流归海,回环通首,源流有尽而不尽之意"(江顺诒《词学集成》卷六),都可见作者艺术手法的高超。

毛奇龄

（1623—1716），名甡，字齐于，一字大可，号初晴，一号秋晴；又以郡望为西河，学者多称西河先生。浙江萧山人。清初著名经学家。词存《桂枝词》，一名《毛翰林词》，六卷。

风蝶令·斗草

毛奇龄

喜摘惟红豆，难攀是白榆，百花亭外展氍毹。藏得宜男，临赛又踌躇。　　绡帕销藤刺，缃襕解露珠，朦胧却把翠钿输。暗拣花枝，插补鬓边虚。

徐釚云：善诗歌乐府填词，所为大率托之美人香草，以写其骚激之意。缠绵绮丽，按节而歌，使人凄惋，又能吹箫度曲。（冯金伯《词苑萃编》卷十八引《词苑丛谈》）

《柳塘词话》曰：文如异锦斑斓，情至之语，使人色飞魂动。近与竹垞、迦陵辈，纂修之暇，不废吟咏，颖异亦当前队。……妙丽胜人百倍。（沈雄《古今词话·词评》下卷）

谢章铤云：毛西河少年受知于陈卧子，故词诗皆承其派别，而词较胜于诗。（《赌棋山庄词话》卷四）

《续修四库全书填词提要》云：奇龄论词，最薄辛、蒋。观其所撰，令曲学《花间》，慢词学北宋。然《花间》精妙，而奇龄所作往往流为纤巧。……北宋高浑，而奇龄所作往往流为浅薄。（《集部·词曲类·词集》）

陈廷焯评本词,云:"藏得宜男,临赛又踌躇。"此类极有思致,虽未至于流荡,总不免纤小。(《白雨斋词话》卷三)

陈廷焯再云:写得又聪明,又娇羞,绝世可人,绮丽有情。(《云韶集·评》卷十五)

陈廷焯又云:柔情密意,曲折绘出。(《词则·闲情集》卷三)

唐·刘禹锡《白舍人曹长寄新诗有游宴之盛因以戏酬》云:"若共吴王斗百草,不如应是欠西施。"郎瑛《七修续稿》据此谓斗草起于吴。翟灏《通俗编》谓刘诗盖设辞,不足据。引申公《诗说》,以苤苢为儿童斗草歌谣之辞,则周时已有此戏矣。南朝·梁·宗懔《荆楚岁时记》载:"五月五日,四民并踏百草,又有斗百草之戏。"此后在诗、词、曲以至小说中常咏到此事。如司空图《灯花三首》其二:"明朝斗草多应喜,剪得灯花自扫眉。"晏殊《破阵子·春景》:"疑怪昨宵春梦好,元是今朝斗草赢。"高则诚《琵琶记·牛氏规奴》:"踢气球不好,便和你斗百草耍子。"到清代曹雪芹《红楼梦》第六十二回也写到斗草。以草为比赛对象,大抵或对草名,如狗尾草对鸡冠花;或斗草的多寡韧性。

词起以红豆"喜摘",白榆"难攀",暗示对爱的执著追求。红豆,又名相思子。王维《相思》:"红豆生南国,春来发几枝?愿君多采撷,此物最相思。"韩偓《玉合》:"中有兰膏渍红豆,每回拈着长相忆。"白榆,早春先叶开花,落叶乔木,高可达二十五米,木质坚硬,所以难攀。三句应题,写斗草之地在百花亭外,并铺下毛织的地毯。古乐府《陇西行》:"请客北堂上,坐客毡氍毹。"而以斗草妇女生怕输了不吉祥的复杂心态,收束前阕:"藏得宜男,临赛又踌躇。""宜男",萱草的别名。相传怀孕的妇人佩了它的花,就生男,故名。曹植《宜男花颂》:"草号宜男,既晔且贞。"又,旧时或以宜男作多子的颂词。《北史》卷二十四《崔悛传》:"娄太后为博陵王纳悛妹为妃……婚夕,文宣帝举酒祝曰：新妇宜男，孝顺富贵。"

过片换头二句应"百花亭外展氍毹"。说用丝的手帕来包裹有刺的藤，把丝头给拉出来了，而浅黄色的头巾上包裹的刚采来的花草，还沾着露水珠儿。这两句生活气息浓厚。正由于"临赛又踌躇"，故"朦胧却把翠钿输"。"翠钿"，用金翠珠宝等制成的花朵形首饰。白居易《长恨歌》："花钿委地无人收，翠翘金雀玉搔头。"鬓边的首饰输掉了，于是"暗拣花枝，插补鬓边虚"。拣一朵鲜花插在鬓边来补翠钿的空当。情韵撩人，妙趣横生。

一首小令并不要求人物形象鲜明、生动，栩栩如见。但本词却恰有这样的长处。龙榆生称："奇龄小令学《花间》，兼有南朝乐府风味，在清初诸作者，又为生面独开也。"(《近三百年名家词选》)这首《风蝶令》堪可称当。虽纤巧，却别有情趣，无伤大雅。

陈维崧

（1625—1682），字其年，号迦陵，江苏宜兴人。祖父陈于廷为东林党重要人物，父亲陈贞慧为明末四公子之一，复社领袖。迦陵幼承家教，资质聪慧，未冠而名满士林。但后来仕途蹭蹬，康熙十八年（1679），年五十五岁以诸生应"博学鸿词"科考，名列一等，授翰林院检讨纂修《明史》。越三年卒于官。其所著《湖海楼全集》中词集三十卷，存词一千六百余首，词调四百多个，创作之富，冠冕词林。词受苏、辛影响，以豪放为宗，与朱彝尊同为清初词坛领袖。

南乡子·邢州道上作

陈维崧

秋色冷并刀，一派酸风卷怒涛。并马三河年少客，粗豪，皂栎林中醉射雕。　　残酒忆荆高，燕赵悲歌事未消。忆昨车声寒易水，今朝，慷慨还过豫让桥。

陈宗石云：方伯兄少时，值家门鼎盛，意气横逸，谢郎捉鼻，麈尾时挥，不无声华裙屐之好，故其词多作旖旎语。迨中更颠沛，饥驱四方：或驴背青霜，孤篷夜雨，或《河梁》送别，千里怀人；或酒旗歌板，须髯奋张；或月榭风廊，肝肠掩抑，……一切诙谐狂啸，细泣幽冷，无不寓之于词。甚至里语巷谈，一经点化，居然典雅，真有意到笔随，春风物化之妙。（《迦陵词全集·序》）

陈廷焯云：其年词，沈雄悲郁，变化从心，诗中之老杜也。其年年近五十，尚为诸生，学业最富，又目睹易代之时，其一种抑郁不平之气,胥于诗词发之,而词又其最著者;纵横博大,鼓舞风雷,其气吞天地,走江河。而其大旨仍不外忠厚缠绵之意,后人蹈扬湖海,那有先生风格耶!词虽小道,未易言矣。低唱浅斟,不免淫亵,铜琶铁板,见笑粗豪,舍是二者,一以雅正为宗。又动涉沉晦迂腐之病,必兼之乃工。然兼之实难。余谓圣于词者有五家:北宋之贺方回、周美成,南宋之姜白石,国朝之朱竹垞、陈其年也。其年词能包一切,扫一切,源出苏、辛,实兼姜、史之长,真词中之圣也。(《云韶集·评》卷十六)

谭献云:锡鬯、其年出,而本朝词派始成。顾朱伤于碎,陈厌其率,流弊亦百年而渐变。锡鬯情深,其年笔重,固后人所难到。嘉庆以前为二人牢笼者,十居其八。(《箧中词》二)

陈廷焯评本词云:骨力雄劲……不着议论,自令读者怦怦心动。(《词则·放歌集》卷四)

吴世昌云:其年《南乡子·邢州道上作》,小词中荆轲、高渐离、豫让并举,其志可知。(《罗音室学术论著·词学论丛》)

吴世昌又云:首句从贺知章"二月春风似剪刀"一语窃其意而得。(《词林新话》)

邢州,州名。隋开皇十六年(596)置。治所在龙冈。北宋改名刑台,即今河北省邢台市。康熙七年(1668)秋,作者自北京往开封、洛阳,途经此地。"并刀",并州剪刀的省称。并州,古代九州之一。《周礼·职方氏》:"正北曰并州,其山镇曰恒山,其泽薮曰昭余祁。"古恒山在今河北曲阳西北。昭余祁故迹在今山西平遥西南。其地包括今河北保定、正定,山西太原、大同等地。古代并州所产的剪刀,以锋利著称。陆游《对酒》其一:"闲愁剪不断,剩欲借并刀。"姜白石《长亭怨慢》:"算空有并刀,难剪离愁千缕。"秋色惨淡,并刀如水,冷意侵人。次句再进一层。酸者,悲痛也。陆机《感时赋》:"恒睹物而增酸。"李贺《金铜仙人辞汉歌》:"关东酸风射眸子。"酸楚难受的秋风,与怒涛共卷,形成一片恣肆暴虐之势。景象凛然,但却更衬出人的豪放情怀:"并马三河年少客,粗豪,皂栎林中醉射雕。"汉人称河东、河内、河南三郡为三河。《史记》卷一百二十九《货殖列传》："昔唐人都河东,殷人都河内,周人都河南。夫三河在天下之中,若鼎足,王者所更居也。"但这里三河似指三河县,在邢台附近。此中人"粗豪"形象,当不在"呼鹰皂枥林,逐兽云雪冈"(杜甫《壮游》)者之下。而一个"醉"字又"青取之于蓝,而青于蓝"了。上阕情景相衬,气势豪宕,写来虎虎有生气。不过,"陈气盛,不免于率"(徐珂《近词丛话》);"陈粗"(王煜《清十一家词自序》),也是不必为尊者讳的。

过片两用《史记》卷八十六《刺客列传》。前者曰:"荆轲既至燕,爱燕之狗屠及善击筑者高渐离。荆轲嗜酒,日与狗屠及高渐离饮于燕市,酒酣以往,高渐离击筑,荆轲和而歌于市中,相乐也,已而相泣,旁若无人者。"后荆轲受命刺秦,"太子及宾客知其事者,皆白衣冠以送之。至易水之上,既祖,取道,高渐离击筑,荆轲和而歌,为变徵之声,士皆垂泪涕泣。又前而为歌曰:'风萧萧兮易水寒,壮士一去兮不复还!'复为羽声慷慨,士皆瞋目,发尽上指冠。于是荆轲就车而去,终已不顾"。词写酒残之后,荆轲、高渐离这些燕赵悲歌之士,不禁浮上心头,虽不着议论,但作者愤世的心情悠然可见。一结仍用典。《史记》卷八十六《刺客列传》载:晋国智伯家臣豫让,欲为其主报仇,"漆身为厉,吞炭为哑,使形状不可知,行乞于市",以谋行刺赵襄子。后,"豫让伏于所当过之桥下。襄子至桥,马惊",豫让被执,"遂伏剑自杀。死之日,赵国志士闻之,皆为涕泣"。

词题曰《邢州道上作》,上阕泛咏,既可视为其中有我,也可视为其中无我。这慷慨悲歌的燕赵大地上,不久前和全国各地一样,曾沉浸在腥风血雨、愁云惨雾中。但燕赵豪气仍在,对"年少客"这类逞意气以"侠义"自任者,作者是持欣赏态度的。由此转入下阕,想象起远古历史上为主人复仇的人物荆轲、高渐离、豫让,直赋其事,却情在其中:"残酒"而"忆",已见含情,忆而觉其"事未消",足可昭示后人,赞美之情,见于言外。"忆昨车声寒易水",此"昨"与接语"今朝"对应,大有骆宾王"昔时人已没,今日水犹寒"(《于易水送人》)意。那萧萧的风声,沙沙的水响,直至今日,犹在耳畔。刹那间,时间的界限泯灭了,融合了,紧缩了,一切都像不久前发生似的。当时的英风壮采,豪骨侠气,多么使人踔厉奋发!故今朝过豫让桥,大发"慷慨"之声。

词绝非一般客游之作,强烈的民族意识,贯穿始终。无论今人、古人,写实、写史,形象鲜明,豪情胜概,跃然纸上。陈廷焯云:"蹈扬湖海,一发无馀。"就本词看,"馀"还是有的,完全"无馀"的作品,就不成其为词了。

好事近

夏日史蘧庵先生招饮,即用先生喜余归自吴阊过访原韵

陈维崧

分手柳花天,雪向晴窗飘落。转眼葵肌初绣,又红欹阑角。　别来世事一番新,只吾徒犹昨。话到英雄失路,忽凉风索索。

陈廷焯云:其年诸短调,波澜壮阔,气象万千,是何神勇!如《好事近》云:"别来世事一番新……"平叙中峰峦忽起,力量最雄。(《白雨斋词话》卷三)

陈廷焯又云:平叙中波澜自生,是为真力量。(《词则·放歌集》卷四)

史可诚,字遽庵,抗清英雄史可法之弟。词人自苏州归家乡宜兴。夏日,应遽庵招饮,用赠词原韵写了这首《好事近》。一起写分手时柳花漫天,飘飞如雪,落向晴窗。淡墨若不经意,但独择柳花,似不无因。柳花,即柳絮,又名杨花。韩愈云:"杨花榆荚无才思,惟解漫天作雪飞。"(《晚春》)意似有所讽刺。齐己云:"乍如飞雪远,未似落花休。"(《杨花》)杨花似雪,虽开不出红紫烂漫的花,但它落而未休,一片洁白。赞美之意现。而且杨花更多传出羁旅之思。刘禹锡云:"撩乱舞晴空,发人无限思。"(《柳花词三首》其二)周晋云:"似雾中花,似风前雪……点萍成绿,却又多情。"(《柳梢青·杨花》)这里以"柳花天"写分手,除点明时令,更寓有情思。接云相会在夏日。葵有锦葵、蜀葵、秋葵、向日葵等。"葵肌",指葵花。"葵肌初绣",言葵花初开,美如用丝茸或丝线在布帛上刺成的花纹图像。杜甫云:"葵藿倾太阳,物性固难夺。"(《自京赴奉先县咏怀五百字》)唐彦谦云:"黄花冷淡无人看,独自倾心向太阳。"(《秋葵》)借物寓意,隐有词人与史遽庵的情味相投,性格相近之意。"红欹阑角"是夏日红花盛开景象,但于前冠一"又"字,应上句"转眼",见岁月如流,时光匆匆,景中微露慨叹,并引出下意。

"别来",应指分手时"柳花天"的春日至如今见面时的"夏日"。本来时间并不长,但云"世事一番新"。"世事",当代之事。《史记》卷八十四《屈原贾生列传》:"上称帝喾,下道齐桓,中述汤武,以刺世事。"杜甫《赠卫八处士》诗:"明日隔山岳,世事两茫茫。"作者二十岁时，明亡，其主要活动在顺治、康熙年间。此际，先是战乱频仍，后是康熙的文治武功——军事、政治、社会、文化时有变异。这里用一"新"字表示变化，并没有"正揭示清初社会万象更新、生机勃勃的特征，由此也隐约可见他对清初社会客观、公正的评价"(《明清词曲选》)的意思。这个"新"更多的是为对照映衬下句的"昨"，"只吾徒犹昨"。陈维崧幼承家学，十岁时就代祖父陈于廷写作《杨忠烈(涟)像赞》；未冠，名满士林，与彭师度、吴兆骞并称江左三凤凰。但一生仕途坎坷，五十五岁始授翰林院检讨。他这时的心境如杜甫《醉时歌》所云："诸公衮衮登台省，广文先生官独冷。"所以"新"与"昨"之说，更多地在于"昨"，即两人的落拓失意依旧！"吾徒"，我辈。《晋书》卷一百一十八《尹纬载记》："天时如此，正是霸王龙飞之秋，吾徒杖策之日。"班固《答宾戏》："真吾徒之师表也。"从接句还可看出重在"昨"："话到英雄失路"，此"英雄"即"吾徒"。"失路"，喻人不得志。《汉书》卷八十七下《扬雄传·解嘲》："当涂者入青云，失路者委沟渠。"王勃《滕王阁序》："关山难越，谁悲失路之人。"但作者未作任何慨叹，而以景结情："忽凉风索索。""索索"，象声词。杂碎的声音。江总《贞女峡赋》："山苍苍以坠叶，树索索而摇枝。"白居易《渭村退居……一百韵》："传呼鞭索索，拜舞佩铿铿。"这样，异峰突起，振起全篇。凉风索索，萧瑟凄凉，气氛的渲染烘托，愈增"英雄失路"的悲怆。正是"化景物为情思"，使仕途坎坷不得进身的悲愤达到极致。较通常的"篇终接浑茫"，"卒章显其志"，更觉韵味深长，耐人寻绎。

满江红·秋日经信陵君祠

陈维崧

席帽聊萧,偶经过、信陵祠下。正满目、荒台败叶,东京客舍。九月惊风将落帽,半廊细雨时飘瓦。柏初红、偏向坏墙边,离披打。　　今古事,堪悲诧。身世恨,从牵惹。倘君而尚在,定怜余也。我讵不如毛薛辈,君宁甘与原尝亚?叹侯嬴、老泪苦无多,如铅泻。

谢章铤云:《过信陵君祠》填《满江红》云(词见上)。词客有灵,霸才无主,陈琳墓下,伤心不独古人。(《赌棋山庄词话》卷四)

陈廷焯云:前半阕淡淡着笔,而凄凉呜咽,已如秋商叩林,哀湍泻壑。后半阕情不自禁。如此吊古,可谓神交冥漠。(《词则·放歌集》卷四)

陈廷焯再云:其年《秋日过信陵君祠》一阕后半云(词见上):慨当以慷,不嫌自负。如此吊古,可谓神交冥漠。(《白雨斋词话》卷四)

作者四十四岁时曾赴京求仕,失意而归。客居中州,经信陵君祠,感而赋此篇。信陵君,战国时魏昭王少子,封信陵君。祠在今河南开封,古称大梁。《史记》卷七十七《魏公子列传》:"高祖(刘邦)始微少时,数闻公子贤。及即天子位,每过大梁,常祠公子。"太史公曰:"天下诸公子亦有喜士者矣,然信陵君之接岩穴隐者，不耻下交，有以也。名冠诸侯，不虚耳。"在士林中，这位魏公子无忌以侠义好客，受人崇敬。

词起笔不俗，实为全篇总纲。"偶经过、信陵祠下"，却先写自己的落拓形象。"席帽"，本指以藤席为骨架编成的帽，取其轻便，相当于后来之笠。宋人吴处厚《青箱杂记》载：宋初"犹袭唐风，士子皆曳袍重戴，出则以席帽自随"。李巽累举不第，乡人侮之曰："李秀才应举，空去空回，知席帽甚时得离。"巽及第后，遗诗乡人曰："当年踪迹困泥尘，不意乘时亦化鳞。为报乡间亲戚道，如今席帽已离身。"陈维崧多次应乡试不中，五十四岁前久困场屋，始终是个诸生。浪游南北，常典当衣物，而嗜学不倦，舟车之上，犹弦诵不绝。龚鼎孳为其词题记有云："君袍未锦，我鬓先霜。"生活之穷困潦倒可见。接述客居东京（今河南开封）的感触：荒台败叶，旅馆凄凉，惊风吹帽，冷雨飘瓦，一片衰飒萧条景色。这种氛围、色调描写，衬托出一个怀才不遇、异乡奔波的知识分子的寂寞心境。"落帽"，见《晋书》卷八十九《桓温传》附《孟嘉》："九月九日，温燕龙山，僚佐毕集。时佐吏并著戎服，有风至，吹嘉帽堕落，嘉不之觉。温使左右勿言，欲观其举止。嘉良久如厕，温令取还之，命孙盛作文嘲，著嘉坐处。嘉还见，即答之，其文甚美，四坐嗟叹。"词用此典，有自我解嘲亦不无自叹自诩意。再以破墙边初红的乌桕，遭风吹雨打而"离披"，喻己身之无限凄凉。"离披"，散乱貌。宋玉《九辨》："白露既下降百草兮，奄离披此梧楸。"元稹《大觜乌》诗："众乌齐搏铄，翠羽几离披。"

后阕径直抒情。今古事，堪悲而又令人诧异的太多了。个人的"身世恨"，也只有任其牵惹。于是不禁发出"倘君而尚在，定怜余也"异代知音的企盼。信陵君"为人仁而下士，士无贤不肖皆谦而礼交之，不敢以其富贵骄士。士以此方数千里争往归之,致食客三千人。当是时,诸侯以公子贤,多客,不敢加兵谋魏十余年"。(引同上)接"我讵"二句意谓:我岂不如毛公、薛公之辈,而信陵君岂肯自居于平原君、孟尝君之下?上句自负中含有感慨,事亦见《魏公子列传》:"公子闻赵有处士毛公藏于博徒,薛公藏于卖浆家,公子欲见两人,两人自匿不肯见公子。公子闻所在,乃间步往从此两人游,甚欢。"下句如信陵君曾云:"平原君之游,徒豪举耳,不求士也。"而孟尝君,王安石《读孟尝君传》谓"孟尝君特鸡鸣狗盗之雄耳;岂足以言得士?"词最后借侯嬴事以抒己之悲怀。据上引传记载:"魏有隐士曰侯嬴,年七十,家贫,为大梁夷门监者。公子闻之,往请,欲厚遗之。不肯受……公子从车骑,虚左,自迎夷门侯生。……至家,公子引侯生坐上座,遍赞宾客,宾客皆惊。"公元前257年,秦围赵国邯郸(今河北邯郸市),侯嬴为信陵君出谋盗魏王兵符,夺晋鄙军权,击秦存赵。词叹惜如信陵君者,今已不在,知遇难逢,欲报无门,故老泪"如铅泻"。李贺《金铜仙人辞汉歌》:"空将汉月出宫门,忆君清泪如铅水。"诗《序》云:"魏明帝青龙元年八月,诏宫官牵车西取汉孝武帝捧露盘仙人,欲立置前殿。宫官既拆盘,仙人临载,乃潸然泪下。"《汉晋春秋》曰:"因留灞垒。"后人遂以此典表示亡国之痛。

  此词前阕多用烘托点染手法,它从侧面(景)着意描写,而使主体以及主题思想映现于外。后阕全用信陵君事,抒己身之不遇,愤世嫉俗,于不平之鸣中寓有家国之感。正如温庭筠诗云:"词客有灵应识我,霸才无主始怜君。"(《过陈琳墓》)雄才盛气,愤世嫉俗,虽云吊古,实则感时不遇也。

沁园春

题徐渭文《钟山梅花图》,同云臣、南耕、京少赋

陈维崧

十万琼枝,矫若银虬,翩若玉鲸。正困不胜烟,香浮南内;娇偏怯雨,影落西清。夹岸亭台,接天歌板,十四楼中乐太平。谁争赏?有珠珰贵戚,玉佩公卿。 如今潮打孤城,只商女船头月自明。叹一夜啼乌,落花有恨;五陵石马,流水无声。寻去疑无,看来似梦,一幅生绡泪写成。携此卷,伴水天闲话,江海余生。

陈廷焯云:其年《沁园春》最佳者,如"题徐渭文《钟山梅花图》后半"云:(见上词)情辞兼胜,骨韵都高,几合苏、辛、周、姜为一手。(《白雨斋词话》卷三)

吴世昌云:其年《沁园春》("十万琼枝")结句自称"江海余生",是不为清臣也。(《罗音室学术论著》第二卷,又见《词林新话》卷五)

词为"题徐渭文《钟山梅花图》"而作。徐名元琜,阳羡名画家。题中的云臣即史惟圆,有《蝶庵词》;南耕,即曹亮武,有《南耕词》;京少即蒋景祁,有《梧月词》、《罨画溪词》。三人俱为江苏宜兴人。

词破题即写梅花。"琼枝",本指玉树之枝。《离骚》:"溘吾游此春宫兮,折琼枝以继佩。"此指梅花(枝)。明人高启《咏梅》云:"琼枝只合在瑶台。""十万",状其多。接云其姿态:梅枝盘曲,高举若银龙飞舞,轻扬如玉鲸戏水。玉逸注《离骚》有云:"有角曰龙,无角曰虬。"画上梅枝本是静物,但写来气势奔荡,矫健生动。接四句隔句相对:"困"、"娇",见梅枝困乏娇柔;"不胜烟"、"偏怯雨",状若不胜轻烟又怯微雨,楚楚动人。而其烟浮游于南内,其影飘落于西清。"南内",唐时兴庆宫。在隆庆坊。原系玄宗为藩王时故宅,后为宫。西南隅有花萼相辉勤政务本之楼,在东内之南,故名南内。白居易《长恨歌》:"西宫南内多秋草,落叶满阶红不扫。""西清",西堂清静之处。《汉书》卷五十七上《司马相如列传·上林赋》:"青龙蚴蟉于东厢,象舆婉僤于西清。"注:"西清者,西厢清静之处也。"后指宫内游宴之处。徐铉《茱萸》:"长和菊花酒,高宴奉西清。""香浮"句语本林逋《山园小梅》:"疏影横斜水清浅,暗香浮动月黄昏。"总之"正困不胜烟"四句,尽写前朝宫苑风光。再由"亭台"、"歌板",引出昔日市内的繁华。曰"夹岸"、"接天",极写彼时的盛况。"歌板",打击乐器。即拍板。用以定歌曲的节拍。通常用檀木制作,又叫檀板。黄庭坚《阮郎归》:"歌停檀板舞停鸾,高阳饮兴阑。"据朱彝尊《静志居诗话》载:"明制南北都各立教坊司,北有东西二院,南有十四楼。"朱元璋洪武年间在南京为官妓建十四楼为:来宾、重译、清江、石城、鹤名、醉仙、乐民、集贤、讴歌、鼓腹、轻烟、淡粉、梅妍、柳翠。这里泛指歌舞游乐场所,但隐含有南明朱由崧弘光小朝廷的马士英、阮大铖等文恬武嬉,荒淫作乐。"谁争赏?"语似诘问,但即接曰:是戴有珠镶耳饰的"贵戚"!是缀有玉制佩饰的"公卿"!上阕歌赞梅花,为题中应有之义;后由梅花转入明朝宫阙,若不著意,顺势成章。再由歌台舞榭,引出南明统治者荒淫宴乐,终至清军渡江,大局底定。行文自然入妙,衔接无迹。

过片换头二句承上启下:"如今",已非昔日了!上句化用刘禹锡《金陵五题·石头城》:"山围故国周遭在,潮打孤城寂寞回。"下句化用杜牧《泊秦淮》:"烟笼寒水月笼沙,夜泊秦淮近酒家。商女不知亡国恨,隔江犹唱《后庭花》。""月自明",隐有"绕船月明江水寒"(白居易《琵琶行》)意。词人似有意躲闪空城寂寞,亡国有恨,但一接"叹"字领以下四句,亡国之痛,溢于言表,却再也掩饰不住了。这里又是"隔句对",工稳自然。空山鸟啼,落花有恨,五陵冷落,流水无声,正是"繁华事散逐香尘,流水无情草自春"(杜牧)。悲凉气氛,砭人肌肤。"五陵",指在渭水北岸今咸阳市附近的高帝长陵、惠帝安陵、景帝阳陵、武帝茂陵、昭帝平陵,五个皇帝的陵墓。"石马",石刻之马。《汉书》卷五十五《霍去病传》:"为冢象祁连山。"颜师古注:"在茂陵旁,冢上有坚(竖)石,冢前有石人马者是也。"杜甫《玉华宫诗》:"当时侍金舆,故物独石马。""五陵石马"藉指钟山南麓独龙阜玩珠峰下的明孝陵朱元璋墓。"寻去疑无,看来似梦",明点《钟山梅花图》,实暗示明亡之恨。那么只有祝愿作者这幅用眼泪写成的作品,随他飘泊江海,闲话兴亡旧事,去度过余生了。"生绡",没有漂过的丝织品。古以生绡作画,故也藉指画卷。韩愈《桃园图》诗:"流水盘回山百转,生绡数幅垂中堂。"结语感慨万端,沉痛深哀流漾于字里行间,与上阕"乐太平"景象,迥然有别。

月华清

读《芙蓉斋集》,有怀宗子梅岑,并忆广陵旧游

陈维崧

漠漠闲愁,濛濛往事,胜似柳丝盈把。记解春衣,曾宿扬州城下。粉墙畔、谢女红衫;菱塘上、萧郎白马。月夜正游船,争取绿纱窗挂。　　如今光景难寻,似晴丝偏脆,水烟终化。碧浪朱栏,愁杀隔江如画。将半帙南国香词,做一夕西窗闲话。吟写,被泪痕沾满,银笺桃帕。

陈廷焯云:其年词极壮浪,所少者沉郁。余最爱其《月华清》后半阕云(见上词)。淋漓飞舞中,仍不失雅正,于宋人中,逼近美成。(《白雨斋词话》卷三)

陈廷焯又云:深情旧事,一片凄感,往事不堪重记省。血泪横糊。(《云韶集·评》卷十六)

吴世昌云:亦峰谓《月华清》后半阕"于宋人中,逼近美成"。非逼近美成,乃逼近梅溪。(《词林新话》卷五)

《芙蓉斋集》,作者友人宗元鼎(号梅岑)所著。广陵郡故城在今江苏扬州市东北。词一起三句写今时情怀。"漠漠",密布貌。陆机《君子有所思行》:"塞里一何盛,街巷纷漠漠。""濛濛",迷离,迷茫。岑参《与高适薛据登慈恩寺浮图》:"五陵北原

上,万古青濛濛。"白居易《江夜舟行》:"烟澹月濛濛,舟行夜色中。"闲愁之如浓云密布,是由于往事已远,依稀迷茫,令人无限感慨。接再加以强调:闲愁和往事之浓之多,又都远胜过满把的柳丝。"记"字领以下数句,为"忆广陵旧游"。那时春衣初解,"曾宿扬州城下"。远在五代的孙光宪曾云:"白纻春衫如雪色,扬州初去日。"(《谒金门》)而"扬州胜地也。每重城向夕,倡楼之上,常有绛纱灯万数,辉罗耀列空中,九里三十步街中,珠翠填咽,邈若仙境。"(于邺《扬州梦记》)扬州夜市风流繁华,纸醉金迷:"天下三分明月夜,二分无赖是扬州。"(徐凝)"夜市千灯照碧云,高楼红袖客纷纷。"(王建)这一切都由来已久了。接描绘出一幅轻柔倩丽充满青春气息的生活图景:"粉墙畔"四句,隔句相对,十分工稳,又可互文见义。粉墙,菱塘;谢女,萧郎;红衫,白马。这两两成双的意象,它们或显示出环境的清幽,或透出人情的美好,或隐寓撩人的情思。加之行文的似散实严,错落有致,其美学情味更浓了。"谢女",此泛指女郎。李贺《牡丹种曲》:"檀郎谢女眠何处,楼台月明燕夜语。"张先《谢池春慢》:"尘香拂马,逢谢女城南道。""萧郎",旧指梁武帝萧衍(见《梁书·梁武帝纪》上),后以泛指所亲爱或为女子所恋的男子。崔郊《赠去婢》:"侯门一入深如海,从此萧郎是路人。"歇拍尤见旖旎,风情万种:"月夜正游船,争取绿纱窗挂。"这二句应上"解春衣,曾宿扬州城下"。如果说"粉墙畔"四句,写白天的游赏纵乐;这时便双双掩窗入睡了。其实"忆广陵旧游"这段文字,颇类韦庄《菩萨蛮》:"如今却忆江南乐,当时年少春衫薄。骑马倚斜桥,满楼红袖招。翠屏金屈曲,醉入花丛宿。"韦词疏朗明快,而此词细腻缠绵,密意柔情,令人意远,尤音节和婉,意象玲珑剔透。

过片,如高山坠石,景况陡变,游踪欢情,荡然无存。"晴丝",又称游丝,蜘蛛昆虫所吐的丝,因其飘荡于空中,故名。庾信《春赋》:"一丛香草足碍人,数尺游丝即横路。"杜甫《春日江村》:"燕外晴丝转,鸥边水叶开。"又,《牡丹亭·惊梦》:"袅晴丝吹来闲庭院,摇漾春如线。"晴空的游丝,水上的淡烟,易折易碎,如今难寻,俱皆成空了。"碧浪朱栏",喻扬州风光之美。但如今这如画美景,已不能亲临,又怎不"愁杀"。"杀"通煞,极甚之辞。那么只有将老友宗梅岑的这《芙蓉斋集》(内有词一卷)作为"西窗剪烛"夜深倾谈时的闲话了!"帙",本指书套,书函,书一函称一帙。后也用以称卷册,函册。《隋书》卷四十九《牛弘传》:"今御书单本,合一万五千余卷,部帙之间,仍有残缺。"一结,尤为凄清哀伤:在吟写此词时,已泪痕沾满"银笺桃帕"(信纸手帕)了!

此词上阕忆昔,辞藻华美,但如清水芙蓉,天然而去雕饰。意象幽情绵邈,令人寻绎无尽。转入下阕,一切皆风流云散,凄伤之情,翰墨淋漓。绮情(上阕)与哀思(下阕)两相比照,更产生强烈的艺术效果。陈廷焯独赏其"不失雅正",盖受儒家"温柔敦厚"诗教所限也。

虞美人·无聊

陈维崧

无聊笑捻花枝说,处处鹃啼血。好花须映好楼台,休傍秦关蜀栈战场开。　　倚楼极目添愁绪,更对东风语。好风休簸战旗红,早送鲥鱼如雪过江东。

陈维崧主张"选词所以存词,其即所以存经存史。"他不仅"敢拈大题目,出大意义",就是短作,亦蹈扬湖海,气象万千。这首小令,寓劲于婉,看似淡淡着笔,而一种抑郁不平之气,跌宕起伏,浓郁沉至,深得风人之旨。

词一起径言"无聊",即精神空虚,无所依托。王逸《九思·逢尤》:"心烦愦兮意无聊,严载驾兮出戏游。"正所处此种心境,偏又"笑捻花枝",似若从中寻求一丝寄托,或藉此掩饰内心矛盾,故作怡然之态。"捻",用手轻搓。杜牧《杜秋娘》诗:"金阶露新重,闲捻紫箫吹。"次句借物抒情。旧说杜鹃鸟为周代末年古蜀帝杜宇之魂所化。杜鹃啼久,嘴角出血。左思《蜀都赋》:"碧出苌弘之血,鸟生杜宇之魄。"白居易《琵琶行》:"其间旦暮闻何物,杜鹃啼血猿哀鸣。"这是用以寄托个人身世之感。李山甫《闻子规啼》:"断肠思故国,啼血溅芳枝。"这是用以寄托故国沦亡之思。本词却是兼而有之。对陈维崧言,既有"三十年前,铜驼恨积,金谷人稀"(《夏初临·本意》)的亡明之恨;也有"今古事,堪悲诧;身世恨,从牵惹"(《满江红·秋日经信陵君祠》)的个人哀愁。"啼鹃血"前冠以"处处",可知啼血之多,凄惨景象如见。"好花须映好楼台",这是词人的愿望,但不料如今它却是傍战场开,故词人以极其厌恶的态度明白表示:"休傍!"词约写于康熙十二年后。是年三月,藉尚可喜"归老辽东",康熙皇帝下"撤藩令",十一月吴三桂发动叛乱。同时,在云、贵、川、陕地区,广大人民抗清斗争复起,清廷大举用兵。"秦关",指陕西一带的关津要隘,所谓"依山筑城,断塞兴隘"。"蜀栈",指由汉中到四川的栈道。《战国策·秦策三》:"栈道千里,通于蜀汉。"岑参《行军九日思长安故园》:"遥怜故园菊,应傍战场开。"词反其意而用之。其对战争的否定态度,言近而意远矣。

过片换头"倚楼极目添愁绪",一语破的,明白道出愁怀怨绪之情。本来"东风解冻,蛰居始振"(《礼记·月令·孟春之月》);或曰:"东风扇淑气,水木荣春晖。"(李白《春日独酌》)但如今虽东风吹拂大地,却战事正酣,人民不得安居乐业,故藉东风而疾呼曰:"好风休籁战旗红。""籁",摇动。张衡《西京赋》:"荡川渎,籁林薄。"并进而曰:"早送鲥鱼如雪过江东。""鲥鱼",体形扁而长,腹部银白色,生活海中,五六月间入淡水产卵。以其进出有时,故名鲥。王安石《后元丰行》:"鲥鱼出网蔽江渚,荻笋肥甘胜牛乳。""过江东",原指项羽率江东(长江南岸苏皖一带地区)子弟八千人渡江而西,最后为刘邦打败。他突围至乌江(今安徽和县东北),因愧对江东父老而拒绝"卷土重来",自刎身亡。此活用典。"鲥鱼如雪",何其美好,快不要因战争而屠戮生灵了!两句说的都是反战语言。

词所言为当时政治、军事,兹事体大,但写来举重若轻。上下阕前二句或"说",或"语",均为引子,企盼之情,渴望之殷,均在上下阕后二句,形成对偶复叠形态,尤以前后结九字句,语气舒缓,但力量内蕴;音节谐婉,反复咏叹,强烈表现出对清廷出兵镇压的不满。高佑钯序迦陵词有云:"铜琶铁板,残月晓风,兼长并擅。"此词则措语委婉而感情激烈,最后挥发尽致,但仍归于醇厚。

朱彝尊

（1629—1709），字锡鬯，号竹垞，又号金风亭长，小长芦钓师。秀水（今浙江嘉兴）人。学问渊博，经史古文诗词俱有成就。于词为浙派开山祖，宗南宋姜夔、张炎，以醇雅、清空为归。有《曝书亭集》八十卷，其中二十四卷至三十卷为词，分《江湖载酒集》、《静志居琴趣》、《茶烟阁体物集》、《蕃锦集》四种。

桂殿秋

朱彝尊

思往事，渡江干。青蛾低映越山看。共眠一舸听秋雨，小簟轻衾各自寒。

郭麐云：本朝词人，以竹垞为至，一废《草堂》之陋，首阐白石之风。《词综》一书，鉴别精审，殆无遗憾。其所自为，则才力既富，采择又精，佐以积学，运以灵思，直欲平视《花间》，奴隶周、柳。姜、张诸子，神韵相同；至下字之典雅，出语之浑成，非其比也。（《灵芬馆词话》卷一）

郭麐又云：竹垞才既绝人，又能搜剔唐、宋人诗中之字冷隽艳异者，取以入词。至于镕铸自然，令人不觉，直是胸臆间语，尤为难也。同时诸公，皆非其偶。（引同上）

《续修四库全书江湖载酒集提要》云：有明一代，词最靡敝，宫谱沦亡，学无准则；逮至末年，浮夸纤绮，其风极矣。彝尊起而矫之，一以雅正为归，尊重姜、张，旁及梅溪、梦窗、草窗、碧山诸家，故搜罗旧集，编选《词综》，风气丕变，厥功甚伟。彝尊谓此旨始于曹溶，盖浙派之兴，发端于溶，而大成于彝尊也。……其词清雅可咏，洒落有致，当时与陈维崧并称，号曰朱陈。（《集部·词曲类·词集》）

陈廷焯云：词至竹垞，前无古人，后无来者。博而不杂，丽而不佻，茂矣,美矣。竹垞词,小令之工,兼唐、宋、金、元诸家,而奄有众长;长调之妙,尤为沉郁顿挫,独往独来,取法南宋而不泥于南宋,先生真人杰哉!(《云韶集·评》卷十五)

谭献评本词云:单调小令,近世名家,复振五代、北宋之绪。(《箧中词》二)

况周颐云:或问国初词人当以谁氏为冠?再三审度,举金风亭长对。问佳构奚若?举《捣练子》(即《桂殿秋》),云。(《蕙风词话》卷五)

丁绍仪云:史梅溪《燕归梁》云:"独卧秋窗桂未香,怕雨点飘凉。玉人只在梦云旁。也著泪,过昏黄。 西风今夜梧桐冷,断无梦,到鸳鸯。秋钲二十五声长,请各自,耐思量。"竹垞太史仿其意,而变其辞为《桂殿秋》云。(词见上)较梅溪词尤含意无尽。太史于南北宋词兼收并采,蔚为一代词宗,顾仅以玉田自拟。(《听秋声馆词话》卷二)

吴世昌云:竹垞《桂殿秋》:"小簟轻衾各自寒。"末句本李商隐"芭蕉不展丁香结,同向春风各自愁"。又《渔家傲》("淡墨轻衫染趁时")当与此首同看,同在一船中。(《罗音室学术论著·词学论丛》)

陈廷焯曰:"艳词至竹垞,扫尽绮罗香泽之态,纯以真气盘旋,情至者文亦至。前无古人,后无来者。"(《词则·闲情集》卷四)这首《桂殿秋》可为其代表。

这首词据姚大荣《风怀本事表微》述:清顺治二年(1645),竹垞年方十七岁,赘于冯教谕镇鼎家,其小姨(名寿常,字静志)小于冯孺人四岁,年十一。是年,清兵至嘉兴,竹垞随岳家徙居练浦塘东、嘉兴南三十里之冯村五儿子桥。顺治六年,因盗贼四起,遂移居梅会里,里有市曰王店,在练浦塘西北,其时小姨已十五岁。此词所咏渡江事,当是竹垞随岳家自冯村经练浦塘西北行至王店途中。小姨于顺治十年(1653)年十九,嫁苏州富室。

词所写全是对于往事之"思",而又集中在"渡江干"(练浦塘)时于舟中的所见所感。青蛾亦作青娥。旧时女子用青黛画的眉。温庭筠《赠知音》诗:"窗间谢女青娥敛,门外萧郎白马嘶。"又,旧题刘歆撰《西京杂记》载:"文君姣好,眉色如望远山。"欧阳修《踏莎行》:"蓦然旧事上心来,无言敛皱眉山翠。"此句"青蛾"指少女。虽云越山如黛,实际嘉兴平原之地,山不高,故云与少女的眉黛高下相映。意境幽雅,情味隽永。而于此处偏又着一"看"字,谁看耶?自是词人。看如黛的越山?看眉色如黛的青娥(少女)?情韵悠悠,含思绵绵,令人寻绎不尽。末二句尤妙。"共眠一舸",此为渡练埔塘舟中景况。舸,大船。《方言》第九:"南楚江湘,凡船大者谓之舸。"左思《吴都赋》:"弘舸连舳,巨槛接舻。"也指小船和一般的船。《三国志》卷五十四《吴书·周瑜传》:"又豫备走舸,各系大船后。"杜牧《杜秋娘》:"西子下姑苏,一舸逐鸱夷。""共眠",示避乱时挤在一船,言距离之近。"听",知是未眠人。簟(竹席)小,衾(被)薄;"各自凉"与上"共眠"对比;"寒",盖因秋雨淅沥人未入寐也。二人近在咫尺,却恍有天涯之隔,未谂"心有灵犀一点通"也无?景象如绘,却又含蓄深沉,一切似都说明了,一切又似尽在不言中,而神致自在言外。末句本李商隐诗:"芭蕉不展丁香结,同向春风各自愁。"(《代赠二首》其一)朱彝尊称李诗此二句:"妙在同,又妙在各,他人千言不能尽者,此以七字尽之。"(指后句)所谓"尽之",即彼此不能谐合的惆怅。而词更深曲窈眇,正所谓"迷离惝恍,若近若远,若隐若现,此善言情者也"。(《雨华庵词说》)

一剪梅

朱彝尊

复帐红罗四角宽,枕是双鸳,被是双鸾。

玉人晓起画眉难。臂上香寒，衫上风寒。　　下九初三嬉戏天，扑蝶花间，拜月堂前。罗敷十六是同年。坐处联肩，行处随肩。

朱彝尊的艳情词，大都写得情意缠绵，意趣酣畅，委婉动人。陈廷焯称"艳词至竹垞，空诸古人，独抒妙蕴，其味浓，其色澹，自有绮语以来，更不得不推为绝唱也"。(《词则·闲情集》卷四) 从这首《一剪梅》可知此语之不虚。"复"(複)者，夹层也。《释名·释衣服》："有里曰复，无里曰单。"此言帐顶双层，在这精美宽敞的红罗帐里，"枕是双鸳，被是双(一作覆)鸾。"旧说鸳鸯雌雄偶居不离，用以比喻夫妇。《诗·小雅·鸳鸯》："鸳鸯于飞，毕之罗之。"传："鸳鸯，匹鸟。""鸾，鸾鸟。"鸾鸟……凤凰属也。"(《广雅·释鸟》)古人多以鸾凤喻夫妇。《左传·庄公二十二年》："初，懿氏卜妻敬仲，其妻占之，曰：'吉。是谓凤皇于飞，和鸣锵锵。'"因以"鸾凤和鸣"，比喻夫妇和谐。卢储《催妆》："今日幸为秦晋会，早教鸾凤下妆楼。"词的前三句，语浅字白，看似淡笔，实含浓意，尤寓于绣有"双鸳"、"双鸾"的枕、被中。而"玉人晓起画眉难"，"难"字别有深蕴。它与温庭筠"懒起画蛾眉"(《菩萨蛮》)不同，盖一因伤情"懒起"，一因欢情不愿"晓起"也。虽下二句连用两个"寒"字，却绝无凄凉意味，仍是外寒心暖的。"玉人"，喻人容貌如玉之美。《晋书》卷三十六《卫瓘传》附《卫玠传》："总角乘羊车入市，见者皆以为玉人，观之者倾都。"此指男子。后多以称美貌的女子。元稹《莺莺传》："待月西厢下，迎风户半开。隔墙花影动，疑是玉人来。"

换头三句写这位玉人白天与晚上的活动。"下九",农历每月十九日。伊士珍《嫏嬛记》引《采兰杂志》:"九为阳数。古人以二十九日为上九,初九日为中九,十九日为下九。每月下九,置酒为妇女之欢,名曰阳会。"古乐府《孔雀东南飞》:"初七及下九,嬉戏莫相忘。"词沿诗意。"扑蝶花间",更见愉快的情趣。夜则"拜月堂前"。古时妇女有拜月的习俗,但各自心态不同:有的叹岁月如流,红颜老去,如"回看众女拜新月,却忆红闺年少时"。(张夫人《拜新月》)有的对月暗传心事,如"细语人不闻,北风吹裙带"。(李端《拜新月》)这位玉人的拜月,则是对月表达她的欢愉情绪。"罗敷",据晋人崔豹《古今注·音乐》称:"秦氏,邯郸人,有女名罗敷,为邑人千乘王仁妻。仁后为越《赵》王家令,罗敷初采桑于陌上,赵王登台见而悦之,因饮酒欲夺焉。罗敷乃弹筝,作《陌上》歌以自明焉。"古乐府《陌上桑》有云:"日出东南隅,照我秦氏楼。秦氏有好女,自名为罗敷。"《孔雀东南飞》有云:"东家有贤女,自名秦罗敷。"李白《子夜吴歌四首》其一:"秦地罗敷女,采桑绿水边。"后多用为美丽而坚贞自守的妇女的通称。这里以罗敷指"玉人"。歇拍云:罗敷与一个十六岁同龄人,坐则"联肩",行则"随肩",一"联"一"随",形影不离,亲昵无邪的画面,展现读者眼前了。

开浙派词风的朱彝尊,提出"词至南宋始极其工,至宋季始极其变"(《词综·发凡》),尊崇白石、玉田。要求词内容醇正,语言遒炼,表现含蓄,韵味深长,意在"为明季孟浪言词者示救病刀圭"。(吴衡照《莲子居词话》卷四)这首词及其所作艳词,色取其淡,味取其真,骨取其高,故一向为词林所推重。李符(分虎)云:"集中虽多艳曲,然皆一归雅正,不似屯田乐章徒以香泽为工者。"(冯金伯《词苑萃编》卷八)谢章铤云:"国初词场诸老,蕴藉端推竹垞,即纸醉金迷,亦复令人意远。……莫不关注遥深,闲情自永。……比之'小楼连苑'、'一钩新月',使君英雄,何比秦七。"(《赌棋山庄词话》卷二)从上面这首小令,亦可略见其端倪。视两宋大量"柳欹花軃"、"绮罗香泽"的艳情词,别具意味,无怪陈廷焯感而呼曰:"自非仙才不能!"

解佩令·自题词集

朱彝尊

十年磨剑,五陵结客,把平生涕泪都飘尽。老去填词,一半是、空中传恨。几曾围、燕钗蝉鬓? 不师秦七,不师黄九,倚新声、玉田差近。落拓江湖,且分付、歌筵红粉。料封侯、白头无分。

《续修四库全书江湖载酒集提要》云:须知淮海之词,岂黄九所可比拟?淮海内有沉深之思而出之以淡雅,最为词中上境。自周邦彦以来,莫不以婉雅为正宗,实自淮海启之;玉田虽雅,往往流为滑易。彝尊但知玉田,而不知淮海,此其所以不能沉郁也。浙派之病,在于过尊南宋,而不能知北宋之大也。(《集部·词曲类·词集》)

吴世昌云:竹垞《解佩令·自题词集》云:"老去填词,一半是空中传恨,几曾围、燕钗蝉鬓?"则"此地无银三百两"也,真是何苦!自白无病呻吟,真令人绝倒,然此话未必真,否则"小簟轻衾"何以自解?不以孔庙冷肉易《风怀二百韵》者,不作"空中传恨"之语也。又词中自况:"倚新声,玉田差近。"唐五代人词如当时人写生,南宋以下词如明清文人画,随笔写意,玉田砌句正是此类。竹垞小令以写生见长,甚异玉田,而自称近玉田者,盖晚年欲自掩其少年风情耳。(《罗音室学术论著·

词学论丛》,又见《词林新话》卷五)

康熙十一年(1672)朱彝尊《江湖载酒集》成,作《解佩令·自题词集》。它于论述作词的宗旨和个人身世抱负外,更隐有兴亡抑塞之感,是了解词人必读之作。起用贾岛《剑客》:"十年磨一剑,霜刃未曾试。今日把示君,谁有不平事?""五陵",指汉高帝长陵、惠帝安陵、景帝阳陵、武帝茂陵、昭帝平陵,都在渭水北岸,今咸阳市附近。古称五陵多豪侠之士。李白《少年行二首》其二:"五陵少年金市东,银鞍白马度春风。"曹植《结客篇》:"结客少年场,报怨洛北邙。"郭茂倩《乐府诗集》卷六十六引《乐府解题》谓"《结客少年场行》,言轻生重义,慷慨以立功名也"。而"结客"亦多指结交豪侠之士。《后汉书》卷十一《刘玄传》:"刘玄字圣公,弟为人所杀,圣公结客欲报之。"这里"磨剑"、"结客"指顺治末年,朱彝尊与魏耕、钱缵曾、祁理孙、祁班孙等人的秘密反清组织,互通声气。顺治十六年(1659)郑成功联合浙江沿海抗清的张煌言等,发动了一次大规模北伐,占领镇江、芜湖等四府三州二十四县,大军直迫南京近郊。朱彝尊受到牵连,不得不于康熙元年(1662)远走异乡,依人作客,过着半流亡的生活。这怎不"涕泪都飘尽"呢!接云"老去填词,一半是、空中传恨"。"空中",即"空中语"。僧惠洪《冷斋夜话》卷十:"师尝谓鲁直曰:'诗多作无害,艳歌小词可罢之。'鲁直笑曰:'空中语耳,非杀非偷,终不至坐此堕恶道。'"朱藉此说明其词作并非只是艳科,而是用来"传恨",——这"恨"显然不是个人的失意。康熙十年(1671)正月,朱在北京与李良年、潘耒、蔡湘等游香山诗云:"莫倚危栏频北望,十三陵树几曾青?"(《来青轩》)稍早,于《秋霁·严子陵钓台》词云:"水远山远,君看满眼江山,几人流涕,把莓苔堉。"《青玉案·临淄道上》词云:

"分明记得,先生弹铗,也说归来是。"感时,念国,思家,这就是朱彝尊的"恨"!前结表示自己填词不像达官显贵有许多美女围绕身旁。"燕钗"、"蝉鬓",指玉燕钗和美女的发式。旧题汉·郭宪《洞冥记》二:"(汉武帝)元鼎元年,起招仙阁于甘泉宫西。……神女留玉钗以赠帝,帝以赐赵婕妤,至昭帝元凤中……既发匣,有白燕飞升天,后宫人学作此钗,因名玉燕钗,言吉祥也。"李白《白头吟》:"头上玉燕钗,是妾嫁时物。""蝉鬓",古代妇女的一种发式。马缟《中华古今注》称魏文帝宫人莫琼树"始制为蝉鬓,望之缥缈如蝉翼"。薛道衡《昭君辞》:"蛾眉非本质,蝉鬓改真形。""燕钗蝉鬓"四字,藉指美丽女人。

过片谓自己填词既不学秦观的柔婉妍丽,亦不学黄庭坚的奇崛疏宕,而却与张炎《词源》中提出的"清空"词旨"差近"。前人对将秦、黄并列以及朱不同于张,多有所指陈,而钱裴仲的话尤为直截:"余窃以为未然。玉田词清高灵便,先生富于典籍,未免堆砌;咏物之作,尤觉故实多而旨趣少。"(《雨华庵词话》)不过深一层看,张、朱身世颇有相近处。张炎是宋遗民,元世祖至元二十七年(1290),他与沈尧道等曾北上大都,失意而归。其词云:"空怀感,有斜阳处,却怕登楼。"(《甘州》)"怕见飞花,怕听啼鹃。"(《高阳台·西湖春感》)朱彝尊本也是明末遗民,他"空自南走羊城,西穷雁塞,更东浮淄水。一刺怀中磨灭尽。回首风尘燕市。草屩捞蝦,短衣射虎,足了平生事。滔滔天下,不知知己谁是?"(《百字令·自题画像》)应该说这"差近"最多的还有身世家国的寄寓。他曾自述学词的经历:"忆壮日从先生(曹溶)南游岭表,西北至云中,酒阑灯灺,往往以小令慢词,更迭唱和。有井水处,辄为银筝檀板所歌。念倚声虽小道,当其为之,必崇尔雅,斥淫哇。极其能事,则亦足以宣昭六义,鼓吹元音。往者明三百禩(祀),词学失传,先生收辑南宋遗集,尊曾表而出之。数十年来,浙西填词者,家白石而户玉田,春容大雅,风气之变,实由先生。"(《静惕堂词·序》)这是一番由衷之言。词最后抒发穷困之怀,不得不向"歌筵红粉"中寻求慰藉,自然也就"料封侯、白头无分"了!

"宗派浙先河"(朱祖谋语),"浙派溯先河"(卢前语)的朱彝尊,为匡明词之弊,他不以北宋为宗,"取法南宋而不泥于南宋"。他有自己的失意遭遇,但实际不是传一己之恨;并表示自己尊玉田,弃秦、黄的词风。愤激之情内蕴,更绝无剑拔弩张,流入叫嚣末路。陈廷焯"《离骚》变相"之论,似疑别有深意,可备一说。

风流子

朱彝尊

南楼闻早雁,人无梦,月白酒醒时。记垂柳画阑,玉钗斜堕;笑桃深巷,春马骄嘶。奈如今,余香销钿枕,残恨语琴丝。风入翠屏,烛昏罗帐;中人秋气,似客离思。　　迢迢天涯远,花开尽,又早换遍绡衣。休问弄珠江北,拾翠桥西。怕别后泪多,易淹俊眼;新来镜暗,难画妩眉。待倩莲东双鲤,传言前溪。

雁为候鸟。每年春分后飞往北方，秋分后飞回南方。词上阕由南楼闻雁而忆起一段温馨的往事，但旋又回到现实中，述如今的离情相思。酒醒后，月白风清，嘹唳的早雁声触动了词人的多感情怀："记"字以领下四句。"垂柳画阑"，环境清幽雅致，一片阒寂；"玉钗斜堕"，暗示两情缱绻，当在夜晚。但良时未久，"春马骄嘶"，便赋离别。"笑桃深巷"为两人住所。桃源梦好，却不久长，故用一"笑"字，似嘲非嘲，中含感慨。这四句写来隐约闪烁，但读来韵味无穷，似胜一大篇幽欢佳会的描写。"奈如今"是上阕的关脉。如今如何呢？试看：余香虽在钿枕，但无日不在消失，残恨谱入琴丝，无可奈何之状如见。于自思自怨之后，又现另一番景象。当此酒醒后的月白风清之夜："风入翠屏，烛昏罗帐"，只留下无限凄凉况味。其与"少年听雨歌楼上，红烛昏罗帐"（蒋捷《虞美人》）情景迥异。实则昔欢今戚，悒郁盈怀，故曰"中人秋气，似客离思"。"秋气"，谓秋大萧条、肃杀之气。董仲舒《春秋繁露》称："春气爱，秋气严，夏气乐，冬气衰。"宋玉《九辨》："悲哉秋之为气也，萧瑟兮草木摇落而变衰。"后亦谓人意气低沉为有秋气。如今，这惹人的秋气，却正如我这作客他乡之人的离思一般萧瑟凄清了。

下阕由秋越冬又到了春末夏初。从"玉钗斜堕"的幽欢佳会而"春马骄嘶"的一别之后，到现在整整一年了！但仍是天遥地远，相见无期。"花开"二句应时令。"绡"，生丝织成的薄绸、薄纱。曹植《洛神赋》："践远游之文履，曳雾绡之轻裾。"花尽之日，暮春夏初，故"换遍绡衣"。似叙事，而情在其中。"休问弄珠江北，拾翠桥西。"弄珠、拾翠，源《洛神赋》："或采明珠，或拾翠羽。"后以此指妇女春日嬉游。杜甫《秋兴八首》其八："佳人拾翠春相问，仙侣同舟晚更移。"这里于句前冠以"休问"二字，足见感喟之深。从领字的"怕"后四句十六字可看出。一怕"别后泪多,易掩俊眼";二怕"新来镜暗,难画妩眉"。其与"自伯之东,首如飞蓬。岂无膏沐?谁适为容"(《诗·卫风·伯兮》)同是伤心人语。最后以慰己亦慰人的话语作结:"待倩莲东双鲤,传言前溪。"古乐府:"客从远方来,遗我双鲤鱼;呼童烹鲤鱼,中有尺素书。"后人因以鲤鱼指书信。又,古诗云:"尺素如霜雪,叠成双鲤鱼,要知心里事,看取腹中书。"可知是叠纸成鲤鱼形,非谓鲤鱼可寄书。这里说"莲东双鲤"是形象化写法,并用以联结下句"传言前溪",原来她住在临水的地方。

  这首词写离思,从男方着笔。它与柳永同类之作,格调迥异:一是变俗为雅,那往日的欢情,只用"玉钗斜堕"四字逗出,韵味深长;接以"春马骄嘶",旋即离别,可与吴文英"春宽梦窄"(《莺啼序》)媲美。二是似直实纤,或忆往,或感今,或设想对方别后情景,反复缠绵,沉挚深厚。"艳词至竹垞,扫尽绮罗香泽之态,纯以真气盘旋,情至者文亦至。"(《词则·闲情集》卷四)以论此词,亦甚恰切。

高阳台

朱彝尊

桥影流虹,湖光映雪,翠帘不卷春深。一寸横波,断肠人在楼阴。游丝不系羊车住,倩何人、传语青禽?最难禁、倚遍雕阑,梦遍罗衾。 重来已是朝云散,怅明珠佩冷,紫玉烟沉。前度桃花,依然开遍江浔。钟情怕到相思路,盼长堤、草尽红心。动愁吟、碧落黄泉,两处难寻。

谭献云:遗山、松雪所不能为。(《箧中词》二)
陈廷焯云:凄警绝世。(《词则·别调集》卷三)

　　词前小序云:"吴江叶元礼,少日过流虹桥,有女子在楼上,见而慕之,竟至病死。气方绝,适元礼复过其门,女之母以女临终之言告叶,叶入哭,女目始瞑。友人为作传,余记以词。"由此知所写为一哀感顽艳的故事。叶元礼,名舒崇,吴江人,康熙十五年(1671)进士,官至中书舍人。据《苏州府志》:"流虹桥在吴江县城外同里镇。"词破题即写桥:宛如虹霓的桥影随水流漾,碧光粼粼,恍若积雪辉映。景幽色美,一片生意盎然。继由远而近,由景而人:时当春暮,人在楼阴,明眸善睐,即一见倾心,惹起断肠的相思。"横波",形容女子眼光流动。傅毅《舞赋》:"眉连娟以增绕兮,目流睇而横波。"李善注:"横波言目斜视如水之横流也。"李白《长相思》:"昔时横波目,今作流泪泉。"韦庄《秦妇吟》:"一寸横波剪秋水。"赵令畤《蝶恋花》:"恼乱横波秋一寸。"《牡丹亭·写真》:"恁横波来回顾影。"总之,此二字有目光流转而暗示人之美貌多层意。进而再写相思情深和她那百转千回的心态:"游丝不系羊车住,倩何人、传语青禽?""游丝",通常称蜘蛛等昆虫所吐的丝,因其飘荡于空中,故名。庾信《春赋》:"一丛香草足碍人,数尺游丝即横路。""羊车",古代宫内所乘小车。羊,通"祥",吉祥之意。(见《周礼·考工记·车人》)《宋史》卷一百四十九《舆服志一》:"羊车,古辇车也。亦为画轮车。驾以牛；隋驾以果下马；今亦驾以二小马……络带门帘，皆绣瑞羊。"可知是一种制作精美的车。又，《晋书》卷三十六《卫瓘传》附《卫玠传》："(卫玠)风神秀异……总角乘羊车入市，见者皆以为玉人，观之者倾都。""青禽"，即青鸟。《山海经·大荒西经》："西有王母之山……有三青鸟，赤首黑目。"郭璞注："皆西王母所使也。"李商隐《无题》："蓬山此去无多路，青鸟殷勤为探看。"这里谓女子无法留住她所钟情的如"玉人"般的男人，又难托青鸟传递自己的爱慕之情。那么只有日则"倚遍雕阑"，终日凝望；夜则"梦遍罗衾"，彻夜寻求，却始终难禁相思之情，真是"低徊欲绝"啊！两个"遍"字其悲苦辗转形象，历历如见。

过片径写"元礼复过其门"的所闻所感。"重来已是朝云散"，石破天惊，境况大变。楚怀王"尝游高唐。怠而昼寝，梦见一妇人曰：'妾巫山之神女也，为高唐之客。闻君游高唐，愿荐枕席。'王因幸之。去而辞曰：'妾在巫山之阳，高丘之阻。且为朝云，暮为行雨。朝朝暮暮，阳台之下。'"(宋玉《高唐赋》)此以朝云喻楼上女。"怅"字领二句。"明珠佩冷"，用典，旧题刘向撰《列仙传》："江妃二女者，不知何许人也，出游于江汉之湄，逢郑交甫。见而悦之，不知其神人也。请其仆曰：'我欲下请佩。'……遂手解佩与交甫。"也作"解珮"。欧阳修《玉楼春》："闻琴解珮神仙侣，挽断罗衣留不住。""紫玉烟沉"，见干宝《搜神记》："吴王夫差小女名紫玉，说(悦)童子韩重，私许为妻。王不与，玉结气死。后魂归见。王夫人闻之，出而抱玉，如烟然。"这里借用两典说明女子已去世，不可复见。"怅"而后，暗用崔护《题都城南庄》诗："去年今日此门中，人面桃花相映红。人面不知何处去，桃花依旧笑春风。"谓虽景物依旧，而人事已非。接述叶元礼触景伤情，无限感慨。据《异闻录》："王生梦侍吴王,闻葬西施,生应教为诗曰:'满地红心草,三层碧玉阶。春风无处所,凄恨不胜怀。'"最后,以女子已长逝,无处可寻,唯吟诗以寄怅恨结束。正是"上穷碧落下黄泉,两处茫茫皆不见!"(白居易《长恨歌》)无限凄伤,悲痛欲绝。

词略述环境之清幽后,即述女方一见钟情,难禁相思,写来凄怨缠绵,楚楚动人。后阕述"重来"后物是人非,悼惜之情,哀婉沉挚。全词活脱脱绘出一双痴情男女的艺术形象。叶元礼与朱彝尊为至交,曾为其序《江湖载酒集》。今所述匪独景真、情真,即故事的真实性,似也是无可怀疑的。在封建礼教严酷统治的年代,此事本身确具有"凄警绝世"的作用。

屈大均

（1630—1696），初名绍隆，字介子、翁山，今广州番禺区人。明末诸生（秀才）。清兵南下后，曾参与郑成功、张煌言的抗清斗争。失败后一度为僧。后周游各地，远至辽东、陕西。其诗豪宕有奇气，浑茫雄肆，抒发民族意识，揭露清军暴行，激昂扬厉，慷慨悲歌。与陈恭尹、梁佩兰合称"岭南三大家"。词豪健，近辛弃疾，奇情郁勃，悲慨苍凉。小令学《花间》，幽微要眇，凄婉顽艳。著有《道援堂词》，亦称《骚屑词》。

长亭怨·与李天生冬夜宿雁门关作

屈大均

记烧烛、雁门高处。积雪封城，冻云迷路。添尽香煤，紫貂相拥夜深语。苦寒如许！难和尔，凄凉句。一片望乡愁，饮不醉、胪头驼乳。　　无处问长城旧主。但见武灵遗墓。沙飞似箭，乱穿向、草中狐兔。那能使、口北关南，更重作、并州门户。且莫吊沙场，收拾秦弓归去。

朱祖谋《望江南》云：湘真老，断代殿朱明。不信明珠生海峤，江南哀怨总难平，愁绝庾兰成。（《杂题我朝诸名家词集后》）

叶恭绰评本词云：纵横排宕，稼轩神髓。（《广箧中词》一）

清康熙元年(1662)，吴三桂杀南明桂王于昆明，明亡。但屈大均仍奉永历(桂王年号)正朔。他取永历铜钱一枚，用黄线穿起，置黄锦囊中，佩于肘腋间。其后，他北游关中和山西。康熙五年(1666)，在太原与李天生、朱彝尊、王士禛、毛奇龄等会晤。复出雁门关，会见正在集资垦荒的顾炎武等遗民。词中所叙当是此行中事。

起句突兀笼罩，高浑雄肆，动人耳目。雁门山在山西代县西北。山势峭拔，中有路。盘旋崎岖，绝顶置关，谓之雁门关。用一"记"字说明是后来追忆。秉烛夜饮，在地当南北要冲巍峨矗立的雄关之上。首句提挈上阕，接着再作渲染：大雪堆积，覆盖住城门；冻云弥漫，路为之迷。在这般严峻冷寂的氛围气息中，才出现了人物："添尽香煤，紫貂相拥夜深语。""香煤"，原为古代妇女画眉用品，这里指煤炭。"香煤""添"而"尽"，正应下面的"夜深"；此时"紫貂相拥"，絮语不休，可见是"话逢知己"。作者携妻子出雁门至云州(治所在定襄，今山西大同市)时，有诗云："遥寻苏武庙，不上李陵台。"(《云州秋望》)志趣相投，患难与共，才有此不顾严寒的"夜深语"。看似平淡的叙述，而字挟风雷。

"苦寒如许！"是当时自然气候实况，但从难以唱和朋友凄凉的诗篇看，这"如许"(这么多)的"苦寒"，也隐喻有政治气候。正是因为"苦寒"而"凄凉"；因"凄凉"而"难和尔"(和你唱和)；渊源有自，作者的心声隐隐可见。清代画家方薰说："古人用笔，妙有虚实，所谓画法，即在虚实之间。虚实使笔生动有机，机趣所之，生发不穷。"(《山静居画论》)这四个字正在"妙有虚实"，"在虚实之间"，不可呆作实句看。接仍写凄凉心境。家与国本不可分，家亡国破，乡愁即国仇。此时虽还有人坚持抗清斗争，但川鄂边境李来亨等部于康熙三年(1664)被残酷地镇压后,有组织的武装反清已经停止。故屈大均此时的"乡愁"之深可见。"垆",通称酒店安放酒瓮、酒坛的土台子,借指酒店。此处"垆头"指置酒的土台,"饮不醉(《全清词钞》作'醉不到')、垆头驼乳",再显示"乡愁"之重。

上阕写夜宿雁门,与李烛前话旧。室内室外景物凄寒凌厉,悲愁怨苦,但字里行间,时有雄肆奔放之气。

下阕转入对国事的抒发。"武灵""长城旧主",均指赵武灵王。赵武灵王(?—前295),战国时赵国君,曾进行军事改革,改穿胡服,学习骑射,攻破胡林、楼烦,国势大盛。其墓当在沙丘,今河北省平乡县东北。"无处问",本是事实,因为人葬沙丘已二千年;但偏要"问"且与"但见"对举,则表示出像赵武灵王那样的有所作为的人,今天已经不可得,而长城内外也被清军占领了。借古吊今,感叹曷深!字面上却不露痕迹。"沙飞似箭,乱穿向、草中狐兔",绝非纪实。张元干《贺新郎》:"聚万落千村狐兔",以"狐兔"喻金兵。这里是喻清兵,"沙飞似箭",其势猛烈,充分表现出作者对敌人的仇恨心情。因此,"那能使、口北关南,更重作、并州门户。"口北关南,指张家口以北,雁门关以南。"并州",古九州之一,历代辖区不同。东汉时治所在晋阳(隋改太原,今山西太原市西南),辖区扩大,包有今陕西北部与河套地区。顾炎武于清兵南下时,曾经参加苏州、昆山抗清斗争。失败后,亡命西北,定居陕西华阴,他认为此地"一旦有警,入山守险,不过十里之遥,若志在四方,亦有建瓴之势"。这两句词是说:不能使"口北关南"作为清王朝进一步巩固其统治内地(并州)的门户。即表示仍有一番作为的愿望。与顾炎武当时置田五十亩,食用之外,以备恢复,思想感情是一脉相承的。故最后云:"且莫吊沙场,收拾秦弓归去。"空吊沙场有何用,不如收拾好弓箭,回去再另图良谋吧。"秦弓",秦地所产的弓。《楚辞·国殇》:"带长剑兮挟秦弓。"洪兴祖补注:"《汉书·地理志》云:秦地迫近戎狄,以射猎为先。又秦有南山檀柘,可为弓干。"屈大均一生到处奔走呼号,志在恢复,直至康熙二十二年(1683),他闻知海内外最后一个抗清据点——台湾郑克塽兵败降清,还写下《感事》诗纪其事。而当恢复完全绝望之时,他仍不妥协,无限感慨地说:"久无王正月,徒有汉遗臣。草野哀痛史,渔樵愧隐沦。"(《戊辰元日作》)这首词感时伤事,痛切悲怀,但总的说,大气磅礴,如怒涛奔马,酣畅淋漓地抒发出作者的爱国衷情。置之稼轩"大声镗鎝"词中,并无愧色。

董以宁

(1630—1669)，字文友，号宛斋，江苏武进人。贡生。未及冠而明亡。存《蓉渡词》三卷，《词话》一卷。有"才子"之誉。

鹧鸪天·寄

董以宁

两小无猜直到今，丙寅鹊脑惯同斟。鸳鸯向午常交颈，豆蔻多时始见心。曾赋别，几嗣音，天涯南北雁难寻。归来朱鸟窗前看，应有珠丝网画琴。

陈廷焯云：《蓉渡词》三卷，艳体居其八九，钩心斗角，工丽芊绵，又远出施浪仙、马浩澜、沈去矜、周冰持之右。(《白雨斋词话》卷三)

沈雄云：余读文友词，极其儇巧，恰合屯田待制得意处。《国仪》一集，几四百首，又恐其以喁喁儿女渐沦落于渔樵问答也。(《古今词话·词评》卷下)

《续修四库全书蓉渡词提要》云：以宁工为艳语，惜思路微左。小令颇有精妙之作，长调则平庸流滑，无可选择。(《集部·词曲类·词集》)

陈廷焯评本词云：极写得十分秾艳，而遣词仍是不佻，自是作手。足以愧杀马浩澜一流人。(《云韶集·评》卷十六)

又云：丽而不佻，得诗人比义。(《词则·闲情集》卷五)

董文友以艳词著称。诸家多有评论。陈廷焯对其则誉多于毁。调寄《鹧鸪天》诸阕，实是婉约芊丽、艳而有则的爱情组词。本词为别后寄远之作。"两小无猜"，指男女孩童天真无邪，彼此在一起玩耍，没有嫌疑猜忌。李白《长干行》："郎骑竹马来，绕床弄青梅，同居长干里，两小无嫌猜。"词的首句是说：孩童时彼此间的天真无邪直到现在，仍未能忘。于是有次句的"丙寅鹊脑惯同斟"。作者自注："十月丙寅日，以鹊脑入酒，令人相思。""惯同斟"，而如今分在两地却已不可能，因此引起往事如潮，恍如梦寐，又怎能不令人相思！从往日相聚时"同斟"这一具体事实，愈见今日分手后的孤寂无聊。语浅情深，绝非俗艳。接用比义。"鸳鸯"，雌雄偶居不离，古称"匹鸟"，后用以比喻夫妇。《诗·小雅·鸳鸯》："鸳鸯于飞，毕之罗之。""交颈"，两颈相依，表示亲密。《庄子·马蹄》："夫马，陆居则食草饮水，喜则交颈相靡，怒则分背相踶。"后多用以喻夫妇之亲爱。这里以"鸳鸯交颈"，比两情之亲密；以豆蔻喻未嫁少女（如杜牧《赠别》），词言当时难见其心——直到如今分在两处，才可"始见心"感到她的情意深挚。故陈廷焯赞为"秾艳不佻"，诚哉斯言！

　　下阕叙述别情。前三句言分别以后，音信不通。"嗣音"，嗣者，续也。谓连续传寄音信。《诗·郑风·子衿》："纵我不往，子宁不嗣音？"后亦称人家的复信。古谓雁足传书，始见《汉书》卷五十四《苏建传附苏武传》："昭帝即位数年，匈奴与汉和亲，汉求武等，匈奴诡言武死。后汉使复至匈奴，常惠请其守者与俱，得夜见汉使，具自陈道，教使者谓单于言：'天子射上林中得雁，足有系帛书，言武等在某泽中。'使者大喜，如惠语以让单于，单于视左右而惊，谢汉使曰：'武等实在。'""雁难寻"，即音信不通也。最后从"归来朱鸟"的眼中，述无心弹琴布满蛛丝以见己之心绪凄凉。"朱鸟"，燕。燕颔下色赤，故名。扬雄《法言·问明》:"朱鸟翾翾,归其肆矣。"

　　在诸阕《鹧鸪天》如《忆》、《慰》、《绣苑》等,亦无所谓"淫言媟语"者。大抵文友艳情词,缠绵婉丽,却又以风致胜。即如本词"鸳鸯向午常交颈,豆蔻多时始见心"二句,陈廷焯评云:"丽而不佻,极芊婉之致。"(《白雨斋词话》卷三)作者不少同类词一般说都具有这种特点。

彭孙遹

(1631—1700),字骏孙,号羡门,又号金粟山人。浙江海盐人。顺治十六年(1659)进士。康熙十八年(1679),召试博学弘词,以第一授翰林院编修。历官吏部右侍郎,兼掌院学士。工诗,为时所重。尤善填词,多写艳情,特工小令。著有《松桂堂集》、《延露词》、《金粟词话》等。

画屏秋色·芜城秋感

彭孙遹

野照芜城夕。送远目、云水苍茫无极。琼蕊香遥,青楼梦杳,玉钩人寂。何处认隋宫?见衰草寒烟堆积。攒一片,伤心碧。听柳外哀蝉,风高响殢,如诉兴亡旧恨,声声无力。　　今昔,可胜凄恻,莫重问、锦帆消息。竹西歌吹,淮南笙鹤,尽成陈迹。转眼又西风,辞巢越燕还如客。落叶千重萧槭。万事总销沉,惟有清江皓月,曾照昔人颜色。

陈廷焯云:彭羡门词,意境较厚,但不甚沉著,仍是力量未充。长调小令,均有可观,而小令为胜。《忆王孙》(《寒食》)、《苏幕遮·娄江寄

家信》等篇,颇得北宋人遗韵。(《白雨斋词话》卷三)

李调元云:羡门《延露词》率多悲壮,不减稼轩。……然其艳体独步,不特阮亭所称"子城一带绿阴中"也。(《雨村词话》卷四)

《续修四库全书延露词提要》云:其为词不宗一派,喜步趋于北宋及五代,故骤观之,似觉深厚,细绎之,好逞聪明,不能沉著。盖浙派之词,以南宋为止境,其失也浅薄;孙遹高视阔步,其失也不纯,二者相较,厥失维均。(《集部·词曲类·词集》)

此词为作者秋日登芜城有感而作。"芜城",古城名,即广陵城。故城在今江苏江都县境。西汉吴王刘濞都此,筑广陵城。南朝宋竟陵王刘诞据广陵反,兵败死,城色荒芜,鲍照作《芜城赋》讽之,因名芜城。秋原荒凉,夕阳西下,极目远望,水连天,天连水,苍茫空阔,不见边际。起三句写景,由近及远,层次井然,而且形象映现出一个人伫望时的情景,给人以清疏高远之感。接着由物而思及人事。"琼蕊",古代传说中琼树的花蕊。或喻珍美之花。或谓琼蕊即琼花,则为花木名。李白《秦女休行》:"西门秦氏女,秀色如琼花。"总之,这里是以琼蕊(花)喻美丽的少女。"青楼",豪华精致的楼房。指显贵家之闺阁,或指妓院。在这里既非显贵之家,亦非指妓院。它上联"琼蕊",下挂"玉钩"。"玉钩",地名。有二:一在今江苏铜山县南戏马台下(见冯翊《桂苑丛谈·赏心亭》);一在今扬州。陈师道《后山诗话》:"广陵亦有戏马台,其下有路,号'玉钩斜'。"相传为隋葬宫女处。这里指后者。实际是说居"青楼"者,生时有"琼蕊"之美;死葬"玉钩"之地。从"香遥"、"梦杳"、"人寂"等字样可以看出,这是感叹"繁华事散"、"流水无情",那些不幸的宫女们早已长埋地下。故接云:"何处认隋宫?见衰草寒烟堆积。""隋宫",指在江都的行宫。据《通鉴》,大业元年,隋炀帝杨广"自长安至江都,置离宫四十余所"。大业十二年南巡至江都,沉湎酒色,无意北归,十四年为禁军将领于文化及等缢杀于宫中。如今隋宫不见,只剩下荒烟野草。"堆积",形容其多。这两句颇类李白《登金陵凤凰台》:"吴宫花草埋幽径,晋代衣冠成古丘。"昔日的宫苑,如今已是一片荒寒景象。这时只觉无限伤情麇集心头。"伤心碧",一如李白《菩萨蛮》"寒山一带伤心碧",这里的"衰草寒烟"同样使人无限惆怅。接着借蝉兴怀。蝉曰"哀",似比寒蝉尤为凄切。骆宾王《在狱咏蝉》云:"露重飞难进,风多响易沉。""易沉",毕竟有声;而"响殢",则是说发声极其困难以至发不出来。"殢"(tì),滞留。从那极其微弱的声音里,作者敏锐地意识到:"如诉兴亡旧恨,声声无力。"看来并非只是吊古了!

"今昔",本义现在和从前,但这里是忆昔思今的意思。以此两字,紧联下句"可胜凄恻",可见作者并非只是吊古,也含有感今。接叙三件历史故实。"锦帆",锦制的船帆。但此处专指隋炀帝事。宋人《开河记》载:"龙舟既成,泛江沿淮而下……时舳舻相继,连接千里,自大梁至淮口,联绵不绝。锦帆过处,香闻百里。""竹西",古亭名。杜牧《题扬州禅智寺》:"谁知竹西路,歌吹是扬州。"后人因于其处筑竹西亭,又名歌吹亭,在扬州府甘泉县(今江苏扬州市)北。"淮南笙鹤",原注:"淮南笙鹤用高骈事。"高骈,唐僖宗时剑南、镇海、淮南节度使。后割据一方,坐守扬州。"于府第别建道院,院有迎仙楼、延和阁,高八十尺,饰以珠玑金钿。侍女数百,皆羽衣霓服,和声度曲,拟之钧天。"(《旧唐书》卷一百八十二)以上三事,或以豪奢华丽胜,或以景物清幽胜,作者说"莫重问",因为"尽成陈迹"了!吊古之情,溢于言表。

再就此刻"送远目"的景况说:西风飒飒,秋意已深,越燕要飞走了,还生疏如客人。这样说似为了增添凄凉色彩。"越燕",燕之一种。巢于门楣上,作巢极浅。而这时千山落叶,万木萧疏。"槭",树枝光秃貌。潘岳《秋兴赋》:"庭树槭以洒落兮,劲风戾而吹帏。"李善注:"槭,枝空之貌。"最后再发之以感慨:人间万事销沉无迹,只有"曾照昔人颜色"的"清江皓月",不会破灭变化,还像往日里一样。

古人有谓:此词"可敌芜城一赋"。鲍照的《芜城赋》虽有悲凉消沉的一面,但它含思隽永,表明武力和地势之不足恃,统治者虽千方百计希望长治久安,结果仍不免灭亡。而此词则有其短处,乏其长处。不过,彭孙遹生当顺治末、康熙初,去明亡未远,发思古之幽情,却不免也有"诉兴亡旧恨"之意吧。

《续修四库全书延露词提要》有云:"其失也不纯。"如果"不纯"与芜杂近义,从此词含意和用典的重复看,似有此病,所幸词人还是笔尖带有感情的。

万树

（1630前后—1688），字红友，一字花农，号山翁，江苏宜兴人。国子监生。康熙十八年（1679）起，先后在福建、广东任吴兴祚幕僚。毕生创作传奇二十余种。其在词学上最大成就为撰《词律》二十卷，资料丰富，审音定律，考究翔实，广为填词者所法。著有《香胆词》，一名《堆絮词》。

惜分飞·蠡城别友

万树

豆酒新槽花露滴。小宴橙香菊色。离思谁知得？鲤鱼桥下风边笛。　　柳外疏星珠历历。独倚乌篷画楫。明月能相忆，送人直过西兴驿。

吴衡照云：万红友当镠辘蓁楛之时，为词宗护法，可谓功臣。旧谱编类排体，以及调同名异，调异名同，乖舛蒙混，无庸议矣。其于段落句读，韵脚平仄间，尤多模糊。红友《词律》一一订正，辩驳极当。所论上、去、入三声，上、入可替平，去则独异。而其声激厉劲远，名家转折跌荡，全在乎此，本之伯时（沈义父）。煞尾字必用何音方为入格，本之挺斋（周德清）。均造微之论。（《莲子居词话》卷一）

陈匪石云：万氏之书，虽不能谓绝无疏舛，然据所见之宋元以前词，参互考订，且未见《乐府指迷》，而辨别四声，暗合沈义父之说。凡所不认为必不如是，或必如何始合者，不独较其他词谱为详，且多确不可易之论，莫敢訾以专辄。识见之卓，无与比伦，后人不得不奉为圭

臬矣。(《声执》卷上)

陈廷焯云:万红友《香胆词》,颇多别调。语欠雅训,音律亦多不协处,与所著《词律》,竟如出两人手,真不可解。(《白雨斋词话》卷三)

这首词上阕写别时,下阕写别后。蠡城,不详何处,似为江南一小镇。先写别时之宴席:"豆酒新槽花露滴。""豆"通斗。《周礼·考工记·梓人》:"一献而三酬,则一豆矣。食一豆肉,饮一豆酒,中人之食也。"注:"一豆酒,又声之误,当为斗。"《诗·大雅·行苇》:"酒醴维醹,酌以大斗。斗者,酒器也。杜甫《饮中八仙歌》:"李白一斗诗百篇。""槽",酒槽。酿酒之器。刘伶《酒德颂》:"捧罂承槽,衔杯潄醪。"《文选》卷四十七引刘熙《孟子注》:"槽者,齐俗名之如酒槽也。"故"新槽"即新酿。"花露滴",形容酒之醇美。李贺《将进酒》有"小槽酒滴真珠红"句,此翻用其意。次句言别友之季节。"橙香菊色",暗用苏轼《赠刘景文》诗意:"一年好景君须记,正是橙黄菊绿时。"用事自然,"不露痕迹",而又别具新意,而"君须记"又隐寓其中了。虽说秋景宜人,但毕竟"秋之为气也,萧瑟兮,草木摇落而变衰。"(宋玉《九辨》)故古人常遇秋而悲,何况当此离别之时!"离思谁知得?""谁知得",谁都不知得,实意谁都知得,却都不愿溢于言表。用语极重,亦愈见离情之深。而又偏于此刻随风传来了凄凉的笛音。"鲤鱼",指鲤鱼风,俗称九月风。梁·简文帝《艳歌篇》:"镫生阳燧火,尘散鲤鱼风。"李贺《江楼曲》:"楼前流水江陵道,鲤鱼风起芙蓉老。"这里暗点主客将要告别,风生桥下,闻笛而别,更多一层凄凉。

下阕径写别后。略去写离别的场面,这是与一般写"别"词不同的地方。这时但见行者"独倚乌篷画楫",而天色已经晚了。江浙地区特有的乌篷船虽小,但装饰华丽。"楫",船桨。以局部代整体,指船。此刻所见者,惟柳树梢头几颗疏星如珍珠般闪闪发亮。"历历",分明可数。崔颢《黄鹤楼》:"晴川历历汉阳树。"而这时,只有明月相伴。可是这明月呵,却又引人思忆,但也只有它,一直送我到达西兴驿。"西兴驿",即西兴镇。在浙江省萧山县西北,地当钱塘江渡口,隔岸与杭州相对。明月可以"随人"、"送我"成为亲密的朋友,在李白诗里屡见,如"暮从碧山下,山月随人归"(《下终南山过斛斯山人宿置酒》);"我欲因之梦吴越,一夜飞渡镜湖月。湖月照我影,送我至剡溪"(《梦游天姥吟留别》);以至可以驱遣明月去做自己无法做到的事情:"我寄愁心与明月,随君直到夜郎西。"(《闻王昌龄左迁龙标遥有此寄》),等等。词结句实受诗的影响。这首词写景清丽雅致,明媚天然;"别友"情怀,不粘不滞,韵味悠悠;而频用前人诗语,多能旧语翻新,万树才情卓绝,于此亦可见。

王士禛

（1634—1711），字贻上，号阮亭，别号渔洋山人，山东新城（今山东省桓台县）人。清顺治十五年（1658）赴京参加殿试，居进士二甲，由扬州推官累至刑部尚书。论诗重在神韵，并构成其诗歌创作的艺术风格。康熙时继钱谦益主盟诗坛。晚岁位高名重，士林翕然应之。词作有《衍波词》、《阮亭诗余》。

浣溪沙（二首其一）

红桥同箨庵、茶村、伯玑、其年、秋崖赋

王士禛

北郭青溪一带流，红桥风物眼中秋。绿杨城郭是扬州。　　西望雷塘何处是？香魂零落使人愁。澹烟芳草旧迷楼。

唐祖命云：贻上束其鸿博淹雅之才，作为《花间》隽语，极哀艳之深情，穷倩盼之逸趣，其旖旎而秾丽者，则璟、煜、清照之遗也。其芊绵而俊爽者，则淮海、屯田之匹也。（《衍波词序》）。

陈廷焯云：渔洋小令，能以风韵胜，仍是做七绝惯技耳。然自是大雅，但少沉郁顿挫之致。昔人谓，渔洋词为诗掩，抑又过矣。又云：渔洋词含蓄有味，但不能深厚；盖含蓄之意境浅，沉厚之根柢深也。彼力量薄者，每以含蓄为深厚，遂自谓效法北宋，亦吾所不取。（《白雨斋词话》卷三）

陈廷焯再云：渔洋词，意极沉著，语极风流，如海上三山烟云缥缈；富丽矣，又清虚也。吾乌乎测其所至？（《云韶集·评》卷十四）

谭献评本词云:名贵。(《箧中词》一)

陈廷焯云:字字骚雅。渔洋小令之工,直逼五代北宋。"绿杨"七字,江淮间取作画图。(《词则·大雅集》卷五)

朱祖谋《望江南》云:消魂极,绝代阮亭诗。见说绿杨城郭畔,游人争唱冶春词。把笔尽凄迷。(《杂题我朝诸名家词集后》)

况周颐云:渔洋冶春红桥,风流文采,焰(照)映湖山。《倚声初集》(渔洋程邨同辑)录《红桥怀古·浣溪沙》十阕,末注云:"红桥词即席唱赓唱,兴到成篇,各采其一,以志一时胜事。当使红桥与兰亭并传耳。"当时同游十人,渔洋游记未详。(《蕙风词话》卷五)

王士禛《红桥游记》云:"出镇淮门,循小秦淮折而北。陂岸起伏多态,竹木蓊郁,清流映带,人家多因水为园。亭榭溪塘,幽窈而明瑟,颇尽四时之美。"词首句概括了这样一幅美景。红桥在扬州城北,出镇淮门后北行,故称"北郭"。"青溪",指小秦淮河的"清流映带"。一个"流"字,静中生动;"一带"更见其小而又绵绵不尽,一片清幽景象。吴绮《扬州鼓吹词·序》云:红桥"朱栏数丈,远通两岸,而荷化柳色,雕栏曲槛,绵亘十余里"。《游记》则云:"林木尽处,有桥宛然如垂虹下饮于涧,又如丽人靓妆袨服,流照明镜中,所谓红桥也。"说到"红桥风物",词"乘一总万,举要治繁"(《文心雕龙·总术》),只于次句用了一个"秋"字。或云"眼中秋——满眼秋色"。(《元明清词一百首》)误矣!"壬寅季夏季之望",(康熙元年六月十五日)何来"秋色",更何至"满眼"?"秋",秋水、秋波之简化也。即"一双瞳人剪秋水"(李贺《唐人歌》);"一寸横波剪秋水"(韦庄《秦妇吟》);"双眸翦秋水"(白居易《筝》);"两面秋波随彩笔,一奁冰影对钿花"(朱德润《对镜写真》);"佳人未肯回秋波"(苏轼《百步洪二首》其二);"个人风韵天然悄,入鬓秋波常似笑"(欧阳修《玉楼春》)等等。而"眼中秋"云云,则谓"红桥风物",如美人的娇波欲流,顾眄生姿,倾国倾城,极言其美。这一"秋"字,新颖奇特;

空灵含蓄,正体现"神韵"诗人之"家法"。大巧之后,以拙笔收结上阕:"绿杨城郭是扬州。"扬州,在前代文人的笔下是:"扬州,胜地也。每重城向夕,倡楼之上,常有绛纱灯万数,辉罗耀列空中,九里三十步街中,珠翠填咽,邈若仙境。"(于邺《扬州梦记》)词却截然相反,他赋予扬州一袭清丽、雅淡、娟秀、潇洒的外衫:"绿杨城郭"!古诗词大都杨柳并称,如"杨柳如丝风易乱,梅花似雪日难消"。(赵叚《汉阴庭树》)正是,从红桥南望扬州,但见杨柳环城,临风摇曳,青葱翠绿,袅娜生姿,令人有万顷碧波荡漾之感,而又会引起无穷的遐思。故"绿杨"七字,江淮间取作画图,而邹祗谟则赞此句"抵多少江都赋咏",盖由于此。

下阕面对"淮左名都"的扬州,作者不禁发思古之幽情:"西望雷塘何处是?"雷塘,据《扬州府志》称在扬州城北十里,一名雷陂。唐武德五年(622)改葬隋炀帝于雷陂南平冈上。雷塘至宋已湮废,故诗人有"何处是"的感叹。接仍叙炀帝事。"迷楼",楼名。故址在今扬州西北。据明人陶宗仪编《说郛》三十二引《迷楼记》称:浙人项昇进新宫图,炀帝令依图起造,经年始成。回环四合,上下金碧,工巧弘丽,自古无有,费用金玉,帑库为之一空。人误入者虽终日不能出。帝顾左右曰:"使真仙游其中,亦当自迷也,可目之曰迷楼。"昔日楼中,广蓄美女,荒淫无度。如今那些北地胭脂,南国佳人,"香魂零落",使人生愁;旧日迷楼,也早化作"澹烟芳草",杳无踪迹了。下阕三句化用杜牧《扬州三首》其一中句:"炀帝雷塘土,迷藏有旧楼。谁家唱《水调》?明月满扬州。"但较诗更为凄迷衰飒,荒寒冷寂,意近李白"吴宫花草埋幽径,晋代衣冠成古丘。"(《登金陵凤凰台》)红桥之游,同调二首,其二结句云:"新愁分付广陵潮。"看来,此词虽"渔洋冶游红桥,风流文采,照映湖山",亦其自称"即席赓唱,兴到成篇……以志一时胜事"之作,似又暗隐因事成愁,感怀故国的苦衷。盖词成之年,正当矢志抗清,并曾于三年前的顺治十六年(1659)率军从海道进入长江直达南京近郊的郑成功病死台湾之时也。

赵执信《谈龙录》引王士禛语云:"诗如神龙,见其首不见其尾,或云中露一爪一鳞而已,安得全体?是雕塑绘画者耳。"此说虽有异议,实则要求诗须朦胧含蓄,不可一览无余。果欲求全,便与雕刻绘画无异了。以小见大,以少总多,通过局部表现整体,乃是诗词创作之要诀。此词正表现出这种艺术特色。王士禛云:"余少时在广陵,每公事暇,辄召宾客泛舟红桥,与袁荆州(于令)诸词人赋诗,有'绿杨城郭是扬州'之句,江、淮间取作画图。"(《渔洋诗话》卷上)可知在当时即为人所称道。

醉花阴

王士禛

香闺小院闲清昼,屈戍交铜兽。几日怯轻寒,箫局香浓,不觉春光透。　　韶华转眼梅花后,又催裁罗袖。最怕日初长,生受莺花,打叠人消瘦。

邹祗谟云:《衍波词》小令,极哀艳之深情,窃倩盼之逸趣,其《醉花阴》、《浣溪沙》诸阕,不减南唐二主也。(徐珂《清代词学概论》引)

谭献云:含凄垂缩,尚不堕入曲子。(《箧中词》一)

这首词上阕如一泓秋水,至下阕始兴起微微的波澜。旧称女子内室为香闺。陶翰《柳陌听早莺》:"乍使香闺静,偏伤远客情。"李珣《虞美人》:"却迴娇步入香闺,倚屏无语捻云篦,翠眉低。"香闺小院,清昼幽静,一派安恬的气氛。"闲"者,静也。李白《独坐敬亭山》诗:"众鸟高飞尽,孤云独去闲。"接由香闺、小院而及门上饰物:"屈戍交铜兽"。"屈戍",门窗上的搭扣。李商隐《魏侯第东北楼堂郢叔言别》:"锁香金屈戍,带酒玉昆仑。"亦作"屈膝"。李贺《宫娃歌》:"啼蛄吊月钩阑下,屈膝铜铺锁阿甄。""铜兽",状如兽头之铜制门饰。王逢《塞上曲》:"月黑辉铜兽,风高啸紫驼。"香闺、小院、屈戍、铜兽,全是静态。或谓"一切景语皆情语也"。(《人间词话》)则此处景情正可称"妙合无垠"(《姜斋诗话》),而人之闲适自如,惟于象外见之。往后,人物始见其形:原来她"几日怯轻寒",未步出香闺。"箫局香浓"。"箫局",熏笼的别名。王志坚《表异录》五:"《记事珠》:箫局,古熏笼,一名秦篝。"熏笼以铜为之,内燃香料,用以熏干衣衾。白居易《后宫词》:"红颜未老恩先断,斜依熏笼坐到明。"这里"箫局"又近"熏炉",为贮火之器,可以取暖。李清照《浣溪沙》:"玉鸭熏炉闲瑞恼,朱樱斗帐掩流苏。""轻寒"而"怯",故熏香以度日,"不觉春光透"。前曰"不觉"后用"透",足见其来之速,令人惊悸。"透"者,极也。郝经《青州山行》:"酒散身逾困,饥透食有味。"又,通过、穿透。贾岛《病鹘吟》:"有时透雾凌空去,无事随风入草迷。"此云不觉春光已经来临。而从"不觉"中又可见此中人之安恬闲适。作者写来,运笔悠悠,闲闲自得,而人的情趣,如独茧抽丝,终于缕缕吐出却又绵绵不尽也。

转入下阕,惊"韶华转眼",情蕴其中。"韶华",美好的时光,常指春光。戴叔伦《暮春感怀》:"东君去后韶华尽,老圃寒香别有秋。"梅花,"万花敢向雪中出,一枝独先天下春"(杨维桢)。梅开虽在,但"梅花后",可知已是暮春季节。正应上"春光透",春已深了。接写闺中人的日常事务:"又催裁罗袖。"罗袖代指罗衣。"又催",谁催?看是自催,自己想着要赶紧制作罗衣。最后直抒情怀:"最怕日初长,生受莺花,打叠人消瘦。""生受",痛苦难受。阙名《冤家债主》:"随你便缵黄金过北斗,只落的乾生受。""莺花",莺啼花放。卢仝《楼上女儿曲》:"莺花烂漫君不来,及至君来花已老。""打叠"(迭),收拾,安排,准备。苏轼《与滕达道书》之十二:"晚景若不打叠此事,则大错。"郑德辉《㑳梅香骗翰林风月》三:"教你收拾书箱,打迭行装,便赴科场。"此三句言莺啼花放,春光老去,伊人不见,令人瘦减容光。"生受"、"打叠"(或作迭、揲),完全是曲子中语,用于词中,亦颇见情致。

谭献所谓的"垂缩",即他评温庭筠《更漏子》"梧桐树"以下数句的所谓"无垂不缩"。(《谭评词辨》)此乃书法中用语。所谓"垂",指竖笔;在作竖笔时,最后须往上逆缩一下,使字体不失其气势。比之于词,即是看似直率,纵笔而下,但须顿挫深厚,跌宕而有情致,似直而实纡,似露而实藏,词人的真情始终并未道出。

蝶恋花·和漱玉词

王士禛

凉夜沉沉花漏冻,欹枕无眠,渐听荒鸡动。此际闲愁郎不共,月移窗罅春寒重。　忆共锦裯无半缝,郎似桐花,妾似桐花凤。往事迢迢徒入梦,银筝断绝连珠弄。

谢章铤云:阮亭沿凤洲、大樽绪论,心摹手追,半在《花间》,虽未尽倚声之变,而敷辞选字,极费推敲。且其平日著作,体骨俱秀,故入词即常语、浅语,亦自娓娓动听。其"郎似桐花,妾似桐花凤"之句,最为擅名,然起结少味,殊非完璧。(《赌棋山庄词话》卷八)

陈廷焯云:此词绝雅丽,一时京师盛传,呼之为"王桐花"。(《词则·闲情集》卷三)

谭献云:深于梁、陈。(《箧中词》一)

这是一首用女子口吻自述离怀的作品。

夜凉如水,居室深邃("沉沉"),计时的莲花漏声已经听不到了。起句七个字,一片阒寂。这时,室内的女子倚枕而卧,一直没有入睡,又听到半夜的鸡叫了。"荒鸡",旧称三鼓前而鸣的鸡为荒鸡。由静而动,用"渐听"知这鸡声还将一声一声叫下去。"漏冻"、"鸡动",前者不该停而停,后者不该叫而叫,会引起不眠之人多么复杂的心态呢?但她只是轻轻地像说悄悄话儿似的一声耳语:"此际闲愁郎不共。"因不在一起而愁生,却也有这愁他是不会知道的意思。"试问闲愁都几许?"并不多说一个字,而接以景语:"月移窗罅春寒重。"月亮透过窗缝,夜越来越深了,也越来越凉了。这里融情入景,言尽意未尽,令人有清新神远之感。

下阕径直抒情,回忆从前的恋情生活。"裯",泛指衾被。过片这句说锦裯相共而没有一点缝隙,用晋代杨方《合欢诗》:"衣共双丝绢,寝共无缝裯。"这样写暗示两情的缱绻,雅而不俗。接用比喻,以示两人情浓意挚,须臾不可分离。"桐花凤",鸟名,以暮春采集桐花而名。这个比喻新颖、妥帖而具有民歌风味。把彼此间亲情密意永不分离的形象,生动地表现出来。王士禛称顾敻的"换我心,为你心,始知相忆深"(《诉衷情》)为"自是透骨情语"。(《花草蒙拾》)王之作,又何尝不可作如是观!它们都出自文人之手,但全用口语,坦率、直朴、痛快、热烈,无丝毫矫情造作,在大量爱情诗词中真令人耳目一新!

最后,仍以相思作结。说连绵无尽的往事,虽频频入梦,但有何用!"欹枕无眠",奏一支《连珠弄》曲吧,银色的筝弦却又一下断了。那么"此际闲愁"可解不可解呢?又惟有言外见之了。

思妇怀人的主题,词较之诗尤为多见。此词缠绵缱绻,情意切切,哀感顽艳,但能"运疏入密",既不"浓得化不开",而又清新蕴藉,浑然一体,颇得神韵派真髓。谭献评曰:"深于梁、陈。"(《箧中词》)谓其如始自梁·简文帝(萧纲)的词藻靡丽,感情虚假,华而不实的宫体诗,则失之片面了。

顾贞观

(1637—1714),初名华文,字华峰,号梁汾,江苏无锡人。康熙十一年(1672)举人,官内阁中书。后馆于纳兰明珠相国家,与其子性德交契。康熙二十三年(1684)还里,于无锡山祖祠旁构积书岩,读书写作垂三十年。沈德潜谓其诗"皆极古淡,味在酸咸之外"。但他的文学成就主要在填词。他与陈维崧、朱彝尊并称清初词家三绝。他亦以词自负,自称"吾词独不落宋人圈襀(套)、可信必传"。著有《积书岩集》及《弹指词》,并与性德合辑《今词初集》。

金缕曲

顾贞观

季子平安否?便归来,平生万事,那堪回首!行路悠悠谁慰藉?母老家贫子幼。记不起、从前杯酒。魑魅搏人应见惯,总输他、覆雨翻云手。冰与雪,周旋久。　泪痕莫滴牛衣透。数天涯、依然骨肉,几家能彀(够)?比似红颜多命薄,更不如今还有。只绝塞、苦寒难受。廿载包胥承一诺,盼乌头马角终相救。置此札,君怀袖。

《续修四库全书弹指词提要》云:贞观之词,不事修饰,然工力未深,时见草率。……但知发挥情性,不顾斟酌于声律字句间。(《集部·

词曲类·词集》)

谢章铤云:顾梁汾短调隽永,长调委宛尽致。得周、柳精处。(《赌棋山庄词话》卷七)

陈廷焯云:顾华峰词,全以情胜,是高人一着处。至其用笔,亦甚圆朗;然不悟沉郁之妙,终非上乘。(《白雨斋词话》卷三)

陈廷焯评本词云:华峰《贺新郎·寄吴汉槎宁古塔以词代书》两阕,只如家常说话,而痛快淋漓,宛转反复,两人心迹,一一如见,虽非正声,亦千秋绝调也。二词纯以性情结撰而成,悲之深,慰之至,丁宁告戒,无一不从肺腑流出,可以泣鬼神矣。(《白雨斋词话》卷三)

陈廷焯再云:二词如说话一般,而淋漓痛快,宛转反复,两人心地境况,一一可见。既悲之,复又慰之,情词兼胜。(《云韶集·评》卷十五)

《续修四库全书弹指词提要》云:寄吴汉槎《金缕曲》二阕,虽非词之正派,然金石肝胆,长歌当哭,亦古今少见之作。词名闻于朝鲜,有由来也。(《集部·词曲类·词集》)

黄之隽云:以词代书《金缕曲》二首,激昂悲壮,即置之稼轩集中,亦称高唱。(《词苑萃编》卷八)

本词词牌下小序曰:"寄吴汉槎宁古塔,以词代书,丙辰冬寓京师千佛寺冰雪中作。"

清顺治十四年(1657),吴兆骞参加江南乡试,考中举人。仇家章在兹、王发等人诬告他牵及考场舞弊案。清廷为加强对知识分子的钳制,借机镇压。主考官方猷同考官钱开宗等多人被杀。"自许文章堪报主"的吴兆骞,于顺治十六年十一月被流放到宁古塔(今黑龙江宁安县)。顾贞观于"丙辰冬"(康熙十五年,1676)"以词代书",写《金缕曲》二首,此为其一。

吴兆骞字汉槎,有两兄名兆宽、兆宫,按伯仲叔季排列,其为最幼者,故称"季子"。又因春秋时吴公子季札,称延陵季子,兆骞姓吴,故也有借此称谓意。"季子平安否?"似书信的寒暄套语,但万千感慨,尽寓其中。下面便径直抒情。"便归来、平生万事,那堪回首"。此时吴被流放已十七年。顾馆于太傅纳兰明珠家，与明珠子性德交好，曾多次请求性德救援兆骞。这里以"便"而"那堪"的句式，足见其郁愤不平，激越苍凉之情，奔涌笔端。而"母老家贫"，无人慰藉；吴在千里之外的宁古塔，有幼子桭臣相伴，却日夜沉浸在哀伤中。往日里与朋友杯酒欢乐的生活，早从他的记忆里消逝了。如此情景，曷堪忍受，因此禁不住发出沉痛的呼喊："魑魅搏人应见惯，总输他、覆雨翻云手。"对那些翻手为云，覆手为雨，专作诬陷人的"魑魅"之辈，予以痛斥；可是在当今之世，似也是司空见惯的了。杜甫《天末怀李白》："文章憎命达，魑魅喜人过。""冰与雪，周旋久。"指吴所处的现实情景，似也暗寓时势的艰危，人情的冷暖。悲苦怨愤之情，流溢纸面了。

　　下阕劝慰朋友并表示自己全力相救的赤诚之心。"牛衣"，用草或乱麻编织的衣服。换头这句用《汉书》卷七十六《王章传》："章疾病，无被，卧牛衣中，与妻决，涕泣。"以下数句于叙述吴兆骞远戍十数年，一家人犹能相聚的同时（吴遣戍四年后，其妻葛氏前往，在戍所十余年，生一子四女），用江南场案中被屠戮受害者多人，来慰朋友。"红颜命薄"喻遭逢不幸的人——这类事自古而然，何独见于今日！至此，笔锋一转，"只绝塞、苦寒难受"，设想当前吴的处境。《研堂见闻杂记》："宁古塔在辽东极北，去京师七八千里，其地重冰积雪，非复世界。"吴兆骞在《与计甫草书》中有着真切沉痛的描述："塞外苦寒，四时冰雪。陶陶孟夏，犹着敝裘。身是南人，何能堪此。每当穹庐夜起，服匿晨持，鸣镝呼风，哀笳带雪，萧条一望，泣下沾衣。"最后向朋友表示坚决营救他的愿望。春秋时楚国大夫申包胥与伍子胥为好友。吴避害自楚逃吴，临行时谓包胥曰："我必覆楚。"包胥曰："我必存之。"后伍子胥率吴兵陷楚都郢，申入秦求救，痛哭七日夜，终借秦力复楚国。(事见《史记》卷六十六《伍子胥列传》)"乌头马角":战国末,燕太子丹为质于秦,求归。秦王曰:"乌头白,马生角,乃许耳。"燕太子丹仰天长叹,乌头变白,马亦生角。(参看《史记》卷八十六《刺客列传·荆轲传赞》司马贞《索隐》)总之,"廿载"两句引用典故,表示自己坚贞不渝的信念。最后用《古诗十九首·孟冬寒气至》诗中"置书怀袖中,三岁字不灭",希望朋友得信后,放怀宽心。

顾氏《弹指词·金缕曲》后自注云:二词容若见之,"为泣下数行,曰:'河梁生别之诗,山阳死友之传,得此而三。此事三千六百日中,弟当以身任之,不俟兄再嘱也。'余曰:'人寿几何,请以五载为期。'恳之太傅,亦蒙见许,而汉槎果以辛酉(康熙二十年,1681)入关矣。"这的确是一首感慨苍凉,血泪斑斑,而又气格高古,"俯视一切,抗怀千载"的"古今少见之作"。

钱芳标

(生卒年不详),原名鼎瑞,字宝汾,一字葆酚。号莼渔,江南华亭(今上海松江县)人。康熙五年(1666)举人。官内阁中书。有《湘瑟词》。

忆少年

钱芳标

小屏残烛,小窗残雨,小楼残梦。铢衣已烟散,只蘅芜香重。　锦瑟华年愁里送,便凄凉也无人共。伤心白团扇,画秦娥箫凤。

彭孙遹云:葆酚居清切之地,雍容都雅,名满海内。乃词名《湘瑟》,若以仲文自况。夫曲终江上,句非不工,然寥寥十韵,何至乞灵神助?以视是编之惊才绝艳,大历才人,殆不免有愧色矣。(《国朝词综》卷五)

《续修四库全书湘瑟词提要》云:芳标词多艳绮,措语婉妙,可独步于当时。惟喜和宋、明词人及同时友朋之韵,往往凑合韵脚,徒自损其词境地。(《集部·词曲类·词集》)

陈廷焯云:钱湘瑟工为艳词,造语尤妙。如《忆少年》云:"小屏残烛,小窗残雨,小楼残梦。铢衣已烟散,只蘅芜香重。"雅丽语能入幽境,意味便永。然亦仅在皮毛上求深厚,非吾所谓深厚也。(《白雨斋词话》卷三)

陈廷焯又云:字字仙艳,真《楚骚》之遗。婉丽。(《云韶集·评》卷十五)

陈廷焯再云：出入《风》、《骚》，乃臻斯境；彼好为艳词者，那得如此雅丽。(《词则·闲情集》卷三)

这首小令含蓄蕴藉，他俩曾经有过一段缠绵的往事，但如今已是梦断香残，往事不堪回首了。前三句似叠非叠，似述旧而实伤今。"残"者，剩余；将尽。"残烛"，知夜已深。如陆游云："短檠膏涸夜将残。"(《冬夜读史有感》)。"残雨"，将止之雨。高适《陪窦侍御灵云南亭宴》："新秋归远树，残雨拥轻雷。""残梦"，则梦已破碎了。此"梦"，是真实的，即刚刚梦醒。而此梦何尝不是当前所处的境况！总之物象无一不凄清，幽怀寂寂，愁思悠悠，她陷入痛苦的深渊中。而遗留下来的是那无限若虚若实的感触。"铢衣已烟散，只蘅芜香重。"往日里的欢情虽已不可复得，而如汉武帝与李夫人般的恋情，却至今难忘。"铢衣"，极言衣之轻。贾至《赠薛瑶英》："舞怯铢衣重，笑疑桃脸开。"又，五铢衣，古代传说神仙穿的衣服。李商隐《圣女祠》："无质易迷三里雾，不寒常著五铢衣。""蘅芜"，香草名。晋·王嘉《拾遗记》卷五《前汉上》："汉(武)帝息于延凉室，卧梦李夫人授帝蘅芜之香。帝惊起，而香气犹著衣枕，历月不歇。"徐贲《梦》诗："交通毫管醒来异，武帝蘅芜觉后香。"

下阕全写相思之情。"华年"，谓青年时代，犹青春。李商隐《锦瑟》诗："锦瑟无端五十弦，一弦一柱思华年。"日坐愁城，青春虚度，联系下句"便凄凉也无人共"，与贺铸"锦瑟华年谁与度？月桥花院，琐窗朱户，只有春知处"(《青玉案》)同一感思。一结情意尤深："伤心白团扇，画秦娥箫凤。""团扇"，团形有柄的扇子，我国古代宫中常用，又叫宫扇。王建《调笑令》："团扇，团扇，美人并来遮面。"王昌龄《长信秋词五首》其三："奉帚平明秋(一作金)殿开，且将团扇共徘徊。"又，班倢伃《团扇歌》

(亦称《怨歌行》):"新裂齐纨素,鲜洁如霜雪。裁为合欢扇,团团似明月。出入君怀袖,动摇微风发。常恐秋节至,凉飙夺炎热。弃绝箧笥中,恩情中道绝。"虽遭"弃捐",但她仍希望这团扇所画的是"秦娥箫凤"。旧题汉·刘向撰《列女传》上:"萧史者,秦穆公时人,善吹箫,能致孔雀白鹤于庭。穆公有女字弄玉好之,公遂以女妻焉。日教弄玉作凤鸣。居数年,吹似凤声,凤凰来止其屋。公为作凤台,夫妇止其上,一旦皆随凤凰飞去。"秦女弄玉与萧史那样令人艳羡美满的姻缘,只能于"画"中见之。其情苦,其意真,充分表达出词中女主人公万转柔肠:她多么渴盼幸福,可惜幸福并不属于她。

  这首小词遣词用字,虽似信手所得,但秀丽清雅,柔情密意隐于字里行间。自有艳情词以来,通称温(庭筠)浓韦(庄)疏,这首词恰在浓疏之间。"铄衣烟散",旧情已逝;"蘅芜香重",她仍渴望往事重温。景情融溶,秋水微波,虽萧瑟,却澹荡。语丽境幽,蕴意深厚,堪称"源出义山"了。

孔尚任

（1648—1718），字聘之，又字季重，别号东塘，又号云亭山人，山东曲阜人。孔子六十四代孙。著名戏曲家，所著《桃花扇》与洪昇《长生殿》并重于世，有"南洪北孔"之目。康熙间，官户部员外郎。诗风朴素，寄兴幽微。亦有一些反映民间疾苦之作。

鹧鸪天

孔尚任

院静厨寒睡起迟，秣陵人老看花时。城连晓雨枯陵树，江带春潮坏殿基。　　伤往事，写新词。客愁乡梦乱如丝。不知烟水西村舍，燕子今年宿傍谁？

谭献评本词云：哀于《麦秀》。（《箧中词》一）
陈廷焯云：胜国之感，情文凄绝，较五代鹿虔扆《临江仙》一阕，所谓"烟月不知人事改，夜阑还照深宫。藕花相向野塘中，暗伤亡国，清露泣香红"者，可以媲美。（《白雨斋词话》卷六）

这首词见《桃花扇》传奇第一出《听稗》，为侯方域出场后念的定场词。《桃花扇》是"借离合之情，写兴亡之感"。即通过复社文人侯方域与秦淮歌妓李香君的悲欢离合的故事，抒写南明王朝瞬息兴亡的历史，表现出作者深沉的感叹。词破题展示出一幅凄凉的境界。"院静厨寒"，时也，环境也，微透出悲凉况味。"厨",古称碧纱幮。王建《赠王处士》:"松树当轩雪满地,青山掩障碧纱幮。"大抵以木作架,顶及四周蒙以绿纱,夏令张之,以避蚊蝇。又称纱厨。李清照词云:"玉枕纱厨"(《醉花阴》);又云:"今夜纱厨枕簟凉。"(《采桑子》)"睡起迟"者,人也。从"静"、"寒"尤从"迟"字,此中人的心境隐然若现。"秣陵",古县名。楚威王以其地有王气,埋金锁之,号曰金陵。时称南京,即今江苏省江宁县。"看花时",寓有故国之思。张炎云:"能几番游,看花又是明年。"(《高阳台·西湖春感》)王维云:"看花满眼泪,不共楚王言。"(《息夫人》)"秣陵人老看花时",一个"老"字更透出无限沧桑,与李清照"春归秣陵树,人老建康城"(《临江仙》)的家国飘零之感,实近之。下句"城",指金陵。"钟山龙蟠,石城虎踞。""陵",指明孝陵朱元璋的陵墓。风雨连绵,陵树已枯;江带春潮,殿基已坏。这风雨江潮,显然不只指自然景象,而此刻规模宏观的明孝陵,也并未树枯殿坏,此乃词人借物兴怀,抒发他的寂寞心情。

下阕标示写《桃花扇》的题旨:"伤往事,写新词。"明崇祯十七年(1644)三月十九日,李自成率军进入北京。三月十九日深夜崇祯帝缢死于煤山(今称景山)。吴三桂引清军入关后,李自成溃退。这年五月,福王朱由崧在南京称帝,建立"南明"弘光政权。这时黄河以北陷入混乱状态,而弘光帝统治的南方各省,大体尚好。左良玉、史可法拥兵近二百万,清兵入关之初,兵力仅十多万,因此国事大有可为。但由于马士英、阮大铖等权奸当道,派系纷争,朝政腐败,荒淫误国,仅仅一年南明便亡了。孔尚任所"伤"的"往事"即此,他在《桃花扇·小引》中有云:"《桃花扇》一剧,皆南朝新事,父老犹有存者。场上歌舞,局外指点,知三百年之基业,隳于何人?败于何事?消于何年?歇于何地?不独令观者感慨涕零,亦可惩创人心,为末世之一救矣。""新词",即"新词不让《长生殿》,幽韵全分玉茗堂"(《桃花扇题辞》)的《桃花扇》了。家破国亡,人间惨痛宁有过于此者?故云"客愁乡梦乱如丝"。结以荒烟野水,村落苦寒,燕子失去故家,象征亡国之痛。文天祥《金陵驿》云:"满地芦花和烟老,旧家燕子傍谁飞";张炎《高阳台·西湖春感》云:"当年燕子知何处?但苔深韦曲,草暗斜川。"燕子传出了诗人们那意境苍凉、韵味悠悠的情怀。

杨慎称鹿虔扆《临江仙》(金锁重门荒苑静)"故国《禾黍》之思,令人黯然。"(《词林纪事》卷二引)。此词亦复如是。它较鹿词浅白,不求华采,沉恨深哀,寓于春寒料峭、晓雨江潮的画境中。正所谓绚烂之极归于平淡者也。

纳兰性德

(1655—1685),初名成德,字容若,号楞伽山人,满洲正黄旗人。太傅明珠长子。康熙十五年(1676)进士,官至一等侍卫。善骑射,好读书,工翰墨,重交游,淡名利。诗清丽淡雅,喜用白描手法。他以词名一代,"骚情古调,侠肠俊骨,隐隐奕奕,流露于毫楮间。"有《侧帽词》、《饮水词》,总称《纳兰词》,约三百五十首。

鹊桥仙

纳兰性德

倦收缃帙,悄垂罗幕,盼煞一灯红小。便容生受博山香,销折得狂名多少! 是伊缘薄?是侬情浅?难道多磨更好?不成寒漏也相催,索兴尽荒鸡唱了!

顾贞观云:容若天姿超逸,翛然尘外,所为乐府小令,婉丽清凄,使读者哀乐不知所主,如听中宵梵呗,先凄惋而后喜悦。(《通志堂词·序》)

陈其年云:《饮水词》哀感顽艳,得南唐二主之遗。(冯金伯《词苑萃编》卷八引)

况周颐云:容若承平少年,乌衣公子,天分绝高。适承元、明词敝,甚欲推尊斯道,一洗雕虫篆刻之讥。独惜享年不永,力量未充,未能胜起衰之任。其所为词,纯任性灵,纤尘不染,甘受和、白受采,进于沉著浑厚何难矣。(《蕙风词话》卷五)

王国维云:纳兰容若以自然之眼观物,以自然之舌言情,此由初

入中原,未染汉人风气,故能真切如此,北宋以来,一人而已。(《人间词话》)

《续修四库全书纳兰词提要》云:慢词粗不协律,令曲则格高韵远,婉约绸缪。其论词推崇南唐后主,故或谓性德即后主化身,或谓词似《花间》,皆未免言过其实。后主气质浑厚,得自天成;《花间》高丽精英,情深比兴,性德并未能至其境也。若以古人拟之,其词出入东山、小山、淮海之间矣。(《集部·词曲类·词集》)

纳兰的恋情小词,含情绵邈,旖旎清新,令人意远。一起知为卧室,时已夜深。"缃帙",浅黄色的书衣。梁元帝《法宝联璧序》:"降意韦编,留神缃帙。"萧统(昭明太子)《文选序》:"词人才子,则名溢乎缥囊,飞文染翰,则卷盈乎缃帙。"亦即包书卷外的浅黄色封套,通常作书的代称。这里看似写景,却此中有人,是一对喜欢夜读的情人。他俩读书久了,有点慵倦,丢开书本,放下轻罗的帐闱。这些细微的动作,融溶着缠绵的情意,都是那么地静悄悄。周邦彦词云:"锦幄初温,兽香不断,相对坐调笙。"(《少年游》)意境相近,词意浅白,而不如本词凝重,并可使人揣度其动作,想象其情态。"倦收",暗示夜已深;"悄垂",情意脉脉,蕴思幽微,表现出此中人的内心世界。这时室内灯尚明,但对男女主人来说,既不再用挑灯夜读,此时只愿"一灯红小"。在此用了极平常的"盼煞"二字,称得上奇绝妙绝。这句比之柳永"留取帐前灯,时时待、看伊娇面"(《菊花新》);周邦彦"逗晓看娇面,小窗深、弄明未遍"(《凤来朝》);清新隽雅,格调高迥。接云"便容生受博山香,销折得狂名多少"。上句化用南朝乐府诗《杨叛儿》:"欢作沉水香,侬作博山炉。"《南州异物志》称:沉水香出日南,欲取当先斫坏树,著地积久,外自朽烂,其心至坚者置水则沉,名曰沉香。博山炉,古香炉名,长安巧匠丁缓制,九层,"炉象海中博山,下有盘贮汤,使润气蒸香,以象海之回环。"(《晋东宫旧事》)盖女子以博山炉自喻,以沉水香喻对方,象征男女爱情生活融溶欢乐。对此,词中的男主人公认为,即使引来多少"狂名",那也毫无所惜,却是十分值得的!"生受",感谢语,犹言难为、有劳。无名氏《冻苏秦》第三折:"生受哥哥,替我报复去,道有苏秦在门首。"词用此二字还有点调侃自得自慰的意思。词上阕把那种"窈窕淑女,寤寐求之"而终得偿夙愿的情怀,表现得酣畅淋漓,而又思不涉邪,较欧阳炯辈的"兰麝细香闻喘息,绮罗纤缕见肌肤"(《浣溪沙》),确乎不可作同日语。

词构思奇崛,读下阕始知上述欢情爱意,乃是梦中的往日情景;而下阕连用三问句既蕴意不同,又步步加深了词的内涵。"是伊缘薄?是侬情浅?"上句指对方,下句说自己。问人?问己?兼而有之。从而深层次透露出埋藏心底的无可奈何情愫。世人常云:"好事多磨。"诗人反诘之曰:"难道多磨更好?"凄苦哀伤中怨怒立见,感情激烈,直欲呼天抢地了。接再现奇峰:"不成寒漏也相催。""不成",反诘之辞,犹云难道。高观国《凤栖梧》:"拚却一番花信阻,不成日日春寒去。"铜壶滴漏,一声声,一下下,时间悄悄逝去,梦中一幕幕的温馨往事,都不再会成为现实,那么索兴任它荒鸡报晓,一切皆成过去吧。总之下阕写梦醒后的辗转反侧,欲睡无眠,怨"好事多磨",怨漏声相催,怨荒鸡报晓……最后"索兴"一辞,意似坚决,实际仍出于万般无奈也。

上引陈廷焯论纳兰词有云:"意境不深厚,措词亦浅显。"此词虽用语浅显,但意境不谓不深厚。而且写来刻绘入微,缠绵凄清,格高韵远,思不涉邪,又非《花间》后主之爱情词所可比拟了。

画堂春

纳兰性德

一生一代一双人,争教两处销魂。相思相望不相亲,天为谁春? 浆向蓝桥易乞,药成碧海难奔。若容相访饮牛津,相对忘贫。

唐代骆宾王《代女道士王灵妃赠道士李荣》诗云:"相怜相念倍相亲,一生一代一双人。"词首句用原诗句,但与次句联看,它与原诗歆羡、祝愿之意,大相径庭,一变为反诘愤怒的语气:他们这一双恋人,一生一世本应过相亲相怜的恩爱幸福生活,怎么叫他俩分居两地如此痛苦难受?"争教",怎么叫,为何叫。白居易《燕子楼》:"见说白杨堪作柱,争教红粉不成灰。""销魂",即魂为之销,形容极度悲伤愁苦。江淹《别赋》:"黯然销魂者,惟别而已矣。"周邦彦《忆旧游》:"渐暗竹敲凉,疏萤照晚,两地魂销。"这两句已愤情盈溢,接更云:"相思相望不相亲,天为谁春?"古人在痛苦无处可诉时,往往呼天抢地或指天发誓,如汉·无名氏《上邪》:"上邪!我欲与君相知,长命无绝衰。山无陵,江水为竭,冬雷震震,夏雨雪,天地合,乃敢与君绝。"屈原的《天问》对"天尊不可问"的天,一口气提出一百七十多个问题,淋漓尽致地表达了他内心的苦闷。但在以含蓄婉约见称的词里面,秦观只说:"天还知道,和天也瘦"(《水龙吟》),便被道学夫子程颐破口大骂:"上穹尊颜,安可易而侮之。"(袁文《瓮牖闲评》)周邦彦更发出乞怜之音:"天便教人,霎时厮见何妨。"(《风流子》)而这里却是激愤的指斥:"天为谁春?"春者,万物之始,一切美好事物的象征。这四个字表示:天不为他俩带来美好和幸福也。这个"天"是令人诅咒的!与李白"相见不相亲,不如不相见"(《相逢行》)也不尽同。纳兰迟五百余年,如果程颐见此句,当如何咬牙切齿呢。

过片换头连用两典。蓝桥,桥名。在陕西蓝田县东南蓝溪之上。《太平广记》卷五十《裴航》记唐·秀才裴航经过蓝桥驿,因渴求浆,一老妇命女云英持浆馈赠。裴航见云英貌美,恳切求娶。老妇提出以玉杵臼为聘礼。裴航历尽艰苦,千方百计求得玉杵臼,又替老妇人捣药百日,始成婚配。明人尤朆撰《蓝桥记》即述此事。另典见《淮南子·览冥训》:"羿请不死之药于西王母,姮娥窃以奔月。"李商隐《嫦娥》:"嫦娥应悔偷灵药,碧海青天夜夜心。"而词说"易",是经过艰苦的努力,已获得女人的芳心。说"难",是仍过着孤寂的生活。于是别有说法:"容若相访饮牛津,相对忘贫。"晋·张华《博物志·杂说》:天河与海通。汉代有人曾乘槎至天河,"奄至一处,有城郭状,屋舍甚严,遥望宫中多织妇,见一丈夫牵牛渚次饮之。"回来后问严君平,严说:某年月日有客星犯牵牛宿,正是此人到达天河之时。秦观(或作张绖)《玉楼春》:"当时误入饮牛津,何处重寻闻犬洞。"在历史上,有为了爱情离开富贵之家和司马相如夤夜私奔并愿当垆的卓文君;有不嫌家贫与丈夫梁鸿相敬如宾"举案(有脚的托盘)齐眉"的孟光。而秦观《鹊桥仙》词又云:"金风玉露一相逢,便胜却人间无数";"两情若是久长时,又岂在朝朝暮暮。"本词歌颂的便是这种人间天上难得的"相对忘贫"的纯真爱情。

这首词上阕满含愤怒地揭示作弄人的封建礼教,道德规范,使多少青年男女"相思相望不相亲"。下阕表明男女之间建立在真诚相爱基础上的感情,是不会计较贫富的。本来纳兰性德抒写情爱的作品,题材比较狭窄,思想境界有所局限。但这首词,对于"乌衣门第"的贵胄公子,若没有一分仁爱之心,怕也是不可能写出来的。

昭君怨

纳兰性德

深禁好春谁惜?薄暮瑶阶伫立。别院管弦声,不分明。　　又是梨花欲谢,绣被春寒今夜。寂寂锁朱门,梦承恩。

这是一首宫怨词。"禁",原义制止。《易·系辞》下:"禁民为非曰义。"(禁止百姓为非作歹,就是"合义"。)古代宫殿门户设禁卫,故指帝居之所。刘桢《赠徐干》:"拘限清切禁,中情无由宣。"颜延年《直东宫答郑尚书》:"两闱阻通轨,对禁限清风。"禁本幽邃,加一"深"字,更有种神秘、森严、冷峻的气氛。"好春",表面是说桃开柳绿姹紫嫣红。但深一层看,"春"者,青春也。好春者,美好的青春也。而且亦含有春情意。但是,她既处于"深禁"之中,再以"谁惜"问之,景象、气氛、情怀便完全不同了。如果说"侯门一入深如海"(崔郊《赠去婢》),那么,禁门一入却是永远都出不去了。曹雪芹借贾元妃的话仅用七个字作了十分准确的概括,说那是个"不得见人的去处"。(《红楼梦》

第十八回)词首句六个字三层意,"禁"而"深"而"谁惜",跌宕起伏,波澜迭见,生动曲折地写出"后宫佳丽"的悲苦命运。为排遣深沉的苦闷,故"薄暮瑶阶伫立"。伫立,或是为了等待君王。即杜牧《阿房宫赋》:"缦立远视,而望幸焉。"结果却大失所望:"别院管弦声,不分明。"这句即李煜词"别殿遥闻箫鼓奏"意。"管弦",管乐器和弦乐器。也泛指音乐。《淮南子·原道训》:"夫建钟鼓,列管弦。"高诱注:"管,箫也;弦,琴也。"上阕这后二句与王昌龄《春宫曲》后二句意境仿佛:"平阳歌舞新承宠,帘外春寒赐锦袍。"亦是"只说他人之承宠,而己之失宠,悠然可思,此求响于弦指外也"。(沈德潜《说诗晬语》)而"不分明",盖因遥闻故耳。

转入下阕,词别出新意:"又是梨花欲谢,绣被春寒今夜。"梨花,"翦水凝霜妒蝶群,曲阑风味玉清温"(文徵明《梨花》);"玉作精神雪作肤,雨中娇韵越清癯"(赵福元《梨花》);宋孝武帝《梨花赋》更曰:"春时弄色于细雨微烟,恍玉人之初沐也。"这些诗、赋都言其别具情韵。而宋人武衍《宫词》云:"梨花风动玉兰香,春色沉沉锁建章。惟有落红官不禁,尽教飞舞出宫墙。"幻想化作梨花飞出宫墙,自然不过是美丽的幻想了。词在这里不用桃花、牡丹等鲜艳花朵,偏用素洁的梨花,正暗寓对这位清纯少女的怜惜和同情。句前用"又是",可见担心"欲谢"早非一日。"今夜",只不过又是一个"绣被春寒"的日子吧。晏几道《生查子》云:"牵系玉楼人,绣被春寒夜。"一结如水流回环,应首句"深禁":"寂寂锁朱门,梦承恩。""寂寂"二字承"今夜";"朱门"不曰"关",不曰"掩",而云"锁",看来她完全失望,断定君王今夜不会来了!她没有"斜倚熏笼坐到明",没有"卧听南宫清漏长",她要入睡为的是"梦承恩"!这种情境正如王昌龄《长信秋词五首》其四:"真成薄命久寻思,梦见君王觉后疑。火照西宫知夜饮,分明复道奉恩时。"她们俩不仅不怨、不怒,一个希望梦中"承恩",一个仍清晰记得曾经"奉恩"。虽说其情苦,其意痴,其境哀,令人同情,但较那位"珊瑚枕上千行泪,不是思君是恨君"(刘皂《长门怨》)的不幸者,迥异其趣;因为她们仍存着镜花水月的幻想,这不仅可悲,亦复可怜了。

金缕曲·赠梁汾

纳兰性德

德也狂生耳,偶然间、缁尘京国,乌衣门第。有酒惟浇赵州土,谁会成生此意?不信道、竟逢知己。青眼高歌俱未老,向尊前、拭尽英雄泪。君不见,月如水。

共君此夜须沈醉。且由他、蛾眉谣诼,古今同忌。身世悠悠何足问,冷笑置之而已!寻思起、从头翻悔。一日心期千劫在,后身缘、恐结他生里。然诺重,君须记。

徐釚评本词云:词旨嵚崎磊落,不啻坡老、稼轩,都下竞相传写。于是教坊歌曲间,无不知有《侧帽词》者。(《词苑丛谈》卷五)

在纳兰性德的感情世界里,爱情友情都占有特殊的位置。

徐学乾说:"君所交游,皆一时俊异,于世所称落落难和者。"(《通议大夫一等侍卫进士纳兰君墓志铭》)而于顾贞观(梁汾)。"乃一见即恨识余之晚"(顾贞观语),成为年龄相差七岁的忘年之交。词一起突兀:"德也狂生耳!""狂生",不拘小节的人。《史记》卷九十七《郦生陆贾列传》:"郦生食其者……好读书,家贫落魄,无以为衣食业,为里监门吏。然县中贤豪不敢役,县中皆谓之狂生。"又,《后汉书》卷四十九《仲长统列传》:"统性俶傥,敢直言,不矜小节,默语无常,时人或谓之狂生。"生于权倾朝野钟鸣鼎食之家的贵胄公子,自称狂生,这也表示出他与当时许多纨袴子弟的不同。"物本相感生,相感乃相亲。"(纳兰性德《又赠马云翎》)同声相应,同气相求,不以富贵骄人,这是他的性格。一个"也"字,倍觉亲切。"偶然间、缁尘京国,乌衣门第。"陆机《为顾彦先赠妇》:"京洛多风尘,素衣化为缁。"后遂以"缁尘"喻世俗的污垢。元好问云:"归来应被青山笑,可惜缁尘染素衣。"(《自邓州幕府暂归秋林》)"乌衣门第",谓生长富贵之家。《南史》卷二十《谢弘微传》称"(谢)混风格高峻,少所交纳……常共宴处,居在乌衣巷,故谓之乌衣之游。"又,"乌衣巷",在今南京市东南,东晋以来,王、谢两大贵族居于此,世称乌衣门第。词用"偶然间"表示其对富贵荣华和仕宦生活的厌烦。"有酒惟浇赵州土",进而明白展示自己的襟怀。李贺《浩歌》:"买丝绣作平原君,有酒惟浇赵州土。"《史记》卷七十六《平原君虞卿列传》:"平原君赵胜者,赵之诸公子也。诸子中胜最贤,喜宾客,宾客盖至者数千人。"而"燕赵古称多感慨悲歌之士"。(韩愈《送董邵南序》)纳兰服膺平原君之为人,曾说:"吾闻赵公子,好客埒三千,能令千载后,买丝绣其真。"(《左太冲咏史》)虽如此赤诚待人,但他仍担心不被朋友理解,因此有"谁会"之问。"不信道"句,似疑实真,幸然而得,含有欣喜和安慰。前句("谁会")纵,后句("不信")擒,纵擒抑扬,顿挫成文,极腾挪变化之妙,正因与梁汾的友情弥足难得,自己是深以为慰的。"青眼高歌",是两人友谊的基础,与世俗的交往迥异。《晋书》卷四十九《阮籍传》:"籍又能为青白眼,见礼俗之士,以白眼对之。"嵇康"乃赍酒挟琴造焉,籍大悦,乃见青眼"。此处翻用杜甫《短歌行赠王郎司直》:"青眼高歌望吾子,眼中之人我老矣。""俱未老"者,既指年龄,更指彼此的凌云壮志;既勉人,亦励己。然而事实是:梁汾一直郁郁不得志,纳兰亦"惴惴有临履之忧"。(夏绳孙语)故尊前相对,不禁潸然泪下。一结"君不见,月如水"正情见乎辞也。

过片换头"沈醉"接"尊前",意脉不断,并由此引出对友人遭遇坎坷的同情。"蛾眉谣诼,古今同忌。"屈原《离骚》:"众女嫉余之蛾眉兮,谣诼谓余以善淫。"杨芳灿序纳兰词云:"或者谓(性德)高门贵胄,未必真嗜风雅,或当时贡谀者代为操觚耳。今其词俱在,骚情古调,侠肠俊骨,隐隐奕奕,流露于毫楮间,斯岂他人所能摹拟乎?且先生所与交游,皆词场名宿,刻羽调商,人人有集,亦正少此一种笔墨也。嗟乎!蛾眉谣诼,没世犹然。真赏难逢,为可累息。"像纳兰、梁汾这样的"青眼高歌"之士,遭人毁谤,自在意中。梁汾尝愤然曰:"不是世人皆欲杀,争显怜才真意。"(《金缕曲》)又曰:"洎谗口之见攻,虽毛里之戚,未免见疑于投杼,然吾哥必阴为调护。"(见顾贞观祭文)接仍作硬语:"身世悠悠",任人去作评论;"何足问",盖问亦无用也,故"冷笑置之而已"。轻蔑中饱含讽刺。《北史》卷二十四《崔逞传》附六世孙崔赡:"赡议若是,须赞其所长;若非,须诘其不允。何容读国士议文,直此冷笑。"李白《上李邕》:"时人见我恒殊调,见余大言皆冷笑。"此种"谣诼"之言,在纳兰亦不能免,故再发出激愤之声:"寻思起、从头翻悔。"世人的谗言污垢,且由它去，友情却是无比珍贵的："一日心期千劫在"，"劫"，佛教名词，梵文 Kalpa 音译"劫波"之略。佛经言天地的形成到毁灭谓之一劫。《法苑珠林劫量述意》："夫劫者，盖是纪时之名，犹年号耳。"一日心期相许，成为知己，虽历千劫，仍然存在！再以万般感慨作结："后身缘，恐结他生里。然诺重，君须记。"今世、他生永为朋友，真意弥坚，历历如见。"然诺"，许诺。"然诺重"，答应了的，决不食言。《新唐书》卷一百三十五《哥舒翰传》："家富于财，任侠重然诺。"

  这是一首真挚友谊的颂歌。披肝沥胆，洞见肺腑。词感慨扬厉，吐气如虹，对有才华而不得见用于当世反遭谣诼的朋友，沉痛地发出不平之鸣，令人扼腕。从中亦可见出在所谓的"康熙盛世"富有正义感的知识分子孤愤寂寞的心曲。

陈 仿

(1656—1692),字次山,江苏宜兴人。陈维崧之再从侄。著有《香草亭词》。

如此江山·西湖有感

陈 仿

销魂最忆西陵路,曾闻六桥佳处。车碾香尘,船篝画幔,金管玉箫归暮。今番来驻。看牧马千群,乍惊边戍。椎髻蛮娘,啾啼日落家傍语。　　当年绿波滟潋。䰀平堤柳斗,绮罗眉妩。不道锦塘,变成断垅,踏遍亭台疑误。凄凉如许。只瑟瑟酸风,月斜岳墓。秃桧僵杉,作狂涛吼怒。

《宜兴县旧志》卷八云:诗古文词工绝一世,与维崧齐名。以诸生入国学,年未四十,卒于京师。

陈仿生于清顺治十三年,英年早逝。1665年四月,清军攻占扬州,六月攻占南京,南明福王朱由崧政权亡。"扬州十日,嘉定三屠。"江浙一带许多城市遭到严重破坏。兵燹之后的杭州西湖，在陈仿笔下，是一幅破败荒凉的图画。词首句破空而来，直倾情愫：令人魂为之销而万分思念的是杭州的西湖。"忆"，非回忆乃"思念"意。如古乐府《饮马长城窟行》："上言加餐饭，下言长相忆。""西陵路"，即今杭州孤山西泠桥一带，旧称西陵。接以"曾闻六桥佳处"，知道非亲历清军入侵以前的西湖。"六桥"，指西湖的堤桥。外湖六桥为苏轼所建，名映波、锁澜、望山、压堤、东浦、跨虹。里湖六桥为杨孟映所建，名环璧、流金、卧龙、隐秀、景竹、濬源。"西陵路"、"六桥"均为西湖胜地。那时的路上，"车碾香尘"；那时的桥下，"船寨画幔"；到处是一片欢乐热闹景象："金管玉箫归暮。""金管"，乐器，箫笛类。金，言其华美。李白，《江上吟》："木兰之枻沙棠舟，玉箫金管坐两头。""玉箫"，乐器。南朝·梁·陶弘景《真诰》三："玉箫和我神，金醴释我忧。""今番来驻"，词人现在是身临其境了。看到的是"牧马千群"，怎会不有犹如进入边塞之"惊"！落日西下，"椎髻蛮娘"，正依坟旁而哭啼（啼，声大；啾，声小）。"椎髻"，一撮之髻，形状如椎。《后汉书》卷八十三《逸民列传》：梁鸿妻孟光"乃更为椎髻，著布衣，操作而前"。由"忆"（思念）而"闻"（听说），接从今昔景象迥异中传出感时之情。

过片，用"当年"领起，一连三句仍是"曾闻"：碧水满湖，绿波荡漾；堤柳成阴，婀娜斗丽；红妆鲜艳，翠黛眉妩。总之无论水中岸上，景色秀美；游人服饰，绮丽生辉。以此三句概括了"当年"的西湖繁华。接仍用对比，写这次词人身历之所见："锦塘"变成"断坞"，因此虽"踏遍亭台"，也怀疑这里再不是西湖了！"锦塘"，指西湖。唐昭宗时，改吴越王钱锡（建都于此）所住的安众营为衣锦营，后又改杭州为衣锦城。"凄凉如许"句，既承上又接下，酸风瑟瑟，斜月照在岳飞墓上，风卷着老树杈枒，发出如狂涛般的怒吼声！纵恣苍凉，豪情健举，无论"曾闻"的"佳处"，"今番"的"凄凉"，大笔如椽，写来既有苏轼之"豪"，也有柳永之"腻"。"酸风"，悲风。缪袭《屠柳城》篇："但闻悲风正酸。"又，"酸风"，凄风。李贺《金铜仙人辞汉歌》："魏宫牵车指千里，东关酸风射眸子。"悲、凄之情，浩浩茫茫，怒吼之声，不绝于耳。

　　远在公元前七百多年的春秋时代，今天的苏州、杭州是吴越两国争霸的地带。从晋·郭璞"天目高高两乳长，龙飞凤舞到钱唐(塘)"，已见当时山川形势之胜。自隋文帝开皇元年(581)在凤凰山下筑立新城定名为杭州，经唐宋六百余年的建设，杭州风景甲天下了。在历代诗人无数锦心绣口的作品中，每当国破家亡之时，人们对"万绿西泠，一抹荒烟"的西湖，往往发出"怕见飞花，怕听啼鴂"(张炎《高阳台·西湖春感》)的哀音。南明亡后十五年，词人韩纯玉路经西湖，写有《忆江南》七首，他或怨南宋君臣无能，未阻遏清军南下；或怨清军进入杭州后，宵禁森严；或怒斥清军乱砍滥伐，使堤失翠柳，山无红树。陈仿这首词有"怨"，但更有"愤"！感时伤情，不流于一般化，且用今昔对比写法，使人感受到"凄凉如许"的沉痛心情。

王时翔

(1675—1744),字抱翼,号小山,江苏镇洋(今太仓县)人。雍正六年(1728)以诸生荐授福建晋江知县,终成都知府。有《小山诗余》。其自跋云:"词至南宋始称极工,诚属创见。然笃而论之,细丽密切,无如南宋;而格高韵远,以少胜多,北宋诸君往往高拔南宋之上。余年十五,爱欧阳、晏、秦之作,慕其艳制,得二百余首。"(《小山词跋》)

临江仙

王时翔

不断柔情春似水,迢迢那计西东。午眠初起玉钗松,画屏离思远,罗袖泪痕浓。　　云水粘天楼外路,卷帘试认狂踪。一双燕子夕阳中,莫衔残絮影,吹向落花风。

《续修四库全书小山诗余提要》云:时翔宗六一、小山、淮海三家,故情词婉丽。……时翔主北宋,其后张惠言倡温、韦,盖皆不惬于浙派之词也。(《集部·词曲类·词集》)

陈廷焯云:小山词,依微婉约,诚如自跋所云。其盖化与北宋而亦不略南宋者欤!小山词,风流蕴藉,初读似平淡,读之既久,乃觉意味深长。(《云韶集·评》卷十八)

陈廷焯再云:小山自云规模北宋,此亦未必尽然;大约得晏、欧之貌,不能升周、秦之堂也。(《词则·闲情集》卷六)

陈廷焯评本词云:"一双燕子夕阳中,莫衔残鬓影,吹向落花风。"情词凄婉,晏、欧之流亚也。(《白雨斋词话》卷四)

陈廷焯再云:究令晏、欧为之,不足过也。(《云韶集·评》卷十八)

陈廷焯又云:情丝宛转,触处生愁。(《词则·闲情集》卷六)

柔情似春水,既"不断"而又"迢迢",是加倍写法。"那计西东",即不计西东也。任其自在流去,绵远无际,正是"问君能有几多愁,恰似一江春水向东流"。若谓"愁之为物,惟惚惟恍"(曹植《释愁文》),那么情之为物,亦是谁都说不清道不明的,惟有此中人知之。首二句为柔情所苦,至矣,尽矣,蔑以加矣!"午眠初起",写时;"玉钗松",暗逗出慵懒之状。"画屏离思远",上应"不断柔情",下联"罗袖泪痕浓"。或云正由于上句的"因",才有下句的"果"。"画屏",室内的装饰品。闺中人对此常有不同的感受。秦观《浣溪沙》:"淡烟流水画屏幽。"它与女主人朝夕相伴,虽说漠漠轻寒,天气阴湿,但那一片淡烟流水的图景,却也表现出环境的恬适。赵令畤《蝶恋花》结句云:"飞燕又将归信误,小屏风上西江路。"这位女主人此刻所看到的是:通向西江的水路,那是所怀念之人去的地方,今夜梦中就会沿着这条路去相会吧。它与本词"画屏离思远"表达的情愫正同。一个"远"字,见"离思"的无穷无尽,与不断的柔情之如春水,一脉相承,针线极密;明言"泪痕浓",足见伤情之重,怀思之深,婉约中尤见笔态。

过片,"云水粘天",即云水连天,意近"浪粘天,葡萄涨绿"(叶梦得《贺新郎》)。源自李白《襄阳歌》:"遥看汉水鸭头绿,恰似葡萄初酦醅。"楼阁临水,故知外面是一条水路。所思之人正是从这条水路乘船走的,这才"卷帘试认狂踪"。"狂踪",狂人的踪迹。谓人放荡不羁曰"狂"。李白《庐山谣寄卢侍御虚舟》:"我本楚狂人,凤歌笑孔丘。"寻离去之人的踪迹用"试认",可知时间已久,正映前结无限孤寂难忍之情:罗袖泪日积月累,因而"痕浓"。再以景衬情:"一双燕子夕阳中。"夕阳绮丽,燕子轻盈,成双成对,翩跹嬉戏,景美境真,而此刻深闺独处的人突发绮思异想:"莫衔残鬓影,吹向落花风。"钗松鬓残,其影亦可怜,怎忍被衔走?还是让它随风吹向落花而同归于尽吧!本来夕阳双燕一片美景,却幻化出无限悲凉,情丝绵绵,哀感顽艳,但轻轻倩倩,毫不见雕镂,比"燕子呢喃,似念人憔悴,往来朱户"(薛梦桂《三姝媚》),深刻沉挚,称得上真善言情者也。

词写闺中人念远相思,倩柔秀曼,情深一往,与那些字面上恨呀怨呀的佻薄浮躁的相思篇什,大相径庭,较晏、欧小令更多一层蕴藉深厚。词人曾云:"年来,与里中毛博士鹤汀顾孝廉玉停举词社,二君皆仿南宋,余亦强效之,弗能工也。"(《小山词跋》)置之北宋抒离情的小令中,是堪可伯仲的。

厉 鹗

(1692—1752),字太鸿,号樊榭,浙江钱塘(今杭州)人,康熙五十九年(1720)举人。乾隆元年(1736)试博学弘词科,再度报罢。家居数年后,客扬州,于藏书甚富的马氏"小玲珑山馆"授徒为业,饱读诗书。学问渊博,主盟坛坫,先后近三十年。性孤介,习闲静;老屋三间,蓬蒿不剪,书籍满架,别无常物。"偃蹇佗傺,不废文史。"诗词兼工,继朱彝尊之后为浙西词派领袖。有《秋林琴雅》四卷,《樊榭山房词》二卷,《续词》一卷,《集外词》一卷。又与查为仁同撰《绝妙好词笺》七卷。

百字令

月夜过七里滩,光景奇绝。歌此调,几令众山皆响。

厉 鹗

秋光今夜,向桐江、为写当年高躅。风露皆非人世有,自坐船头吹竹。万籁生山,一星在水,鹤梦疑重续。孥音遥去,西岩渔父初宿。　　心忆汐社沉埋,清狂不见,使我形容独。寂寂冷萤三四点,穿过前湾茅屋。林净藏烟,峰危限月,帆影摇空绿。随风飘荡,白云还卧深谷。

《续修四库全书秋林琴雅提要》云:鹗学力甚深,天才轶举。词似同于朱彝尊一派,故有朱、厉二家之称。其实鹗词不为朱派所限,盖彝尊以南宋为最高。鹗并不以姜、周、张、王为止境也。其骚情雅意,曲折幽深,声调高清,丰神摇曳,此境不易到也。(《集部·词曲类·词集》)

陈廷焯云:厉樊榭词,幽香冷艳,如万花谷中,杂以芳兰,在国朝词人中,可谓超然独绝者矣。论者谓其沐浴于白石、梅溪,此亦皮相之见。大抵其年、锡鬯、太鸿三人,负其才力,皆欲于宋贤外别开天地,而不知宋贤范围,必不可越。陈、朱固非正声,樊榭亦属别调。(《白雨斋词话》卷四)

陈廷焯评本词云:"万籁生山,一星在水,鹤梦疑重续。筝音遥去,西岩渔父初宿。"无一字不清俊。下云:"林静藏烟,峰危限月,帆影摇空绿。随风飘荡,白云还卧深谷。"炼字炼句,归于醇雅,此境亦未易到也。(《白雨斋词话》卷四)

陈廷焯再云:无一字不清俊。先生自云:"几令众山皆响",斯言信不诬也。"林净"三句,千锤百炼之句。结更高远。(《云韶集·评》卷十八)

陈廷焯再云:炼字炼句,归于纯雅。而于写景之外,尤饶余味。似此真可步武玉田矣。(《词则·大雅集》卷五)

谭献云:与于湖"洞庭词",壮浪幽奇,各极其盛。(《箧中词》二)

纪游之作,在樊榭词中,并不鲜见。七里滩又名七里濑、七里泷,为富春江之一段,在今浙江省桐庐县严陵山西。两岸高山夹峙,水流湍急。秋光明媚,秋夜清寂,秋月玲珑。当此之时,船行七里滩,驰向严子陵钓台旁的桐庐。词之意旨如文所明言:"为写当年高躅。""躅",足迹。左思《蜀都赋》:"外则轨躅八达,里闬对出。"此"高躅"指严子陵。《后汉书》卷八十三《逸民列传》:"严光字子陵……少有高名,与光武(汉光武帝刘秀)同游学。及光武即位,乃变名姓,隐身不见。帝思其贤,乃令以物色访之。……除为谏议大夫,不屈,乃耕于富春山,后人名其钓处为严陵濑焉。"接写江上"风露"。"竹",指竹制管乐器,如笙笛之类。《礼·乐记》:"金、石、丝、竹,乐之器也。""自坐船头吹竹",一片清幽冷峻境界,故生"皆非人世有"之感。"万籁"三句,写大自然界的空旷窈眇,并将历史与现实浑然融化。"一星",即客星,忽隐忽现的星。《史记》卷二十七《天官书》:"客星出天廷,有奇令。"又,《后汉书》卷八十二《逸民列传·严子陵传》:"(光武帝)复引光入,论道旧故,相对累日。……因共偃卧,光以足加帝腹上。明日,太史奏客星犯御座甚急。帝笑曰:'朕故人严子陵共卧耳。'""万籁生山,一星在水",非只是"清俊"的炼字炼句的"醇雅",而表现出一种幽深杳冥的情境,故疑似"鹤梦重续"。"鹤梦",喻梦之缥缈。卢纶《和王仓少尹暇日言怀》:"剑飞终上汉,鹤梦不离云。"陆游《秋夜》:"露凉惊鹤梦,月冷伴蛩秋。"至此,"月夜过七里滩",如梦似幻,由幻而真,从摇船的桨声中,知船近严子陵钓台了!"拏音",摇船的声音。《庄子·渔父》:"待水波定,不闻拏音而后敢乘。"前结从柳宗元《渔翁》"渔翁夜傍西岩宿"句化出。上阕意境清冷,用笔冷峭,拥情入景,引古鉴今,空灵疏宕,一片化机,隐约间可见诗人的骚情雅意。

换头三句径直抒情。厉鹗辑撰《宋诗纪事》卷七十八于谢翱诗前云:"信公(文天祥)被执后,避地浙东。在浦江,主吴渭家,与方凤、吴思齐游。度钓台南地为文冢,名会友之所曰汐社,期晚而信。……乙未八月,寓杭,终于妇刘氏舍。友人方凤、吴思齐辈归其骨,葬于钓台,从初志也。"谢翱于南宋亡后,流匿民间。其后,北行至浙江,登严子陵钓台北望吊祭,作《登西台恸哭记》。并有《西台哭所思》云:"残年哭知己,白日下荒台。泪落吴江水,随潮到海回。故衣犹染碧,后土不怜才。未老山中客,惟应赋《八哀》。"这里,表现出词人对严子陵、谢翱的崇敬,隐有心系故国之意。"清狂",放荡不羁。杜甫《壮游》:"放荡齐赵间,裘马颇清狂。""汐社沉埋,清狂不见","心忆"又有何用?

故有"形容独"之感。萤既"冷"而"寂寂",偏又只有那么"三四点",再衬以"前湾茅屋",一派萧瑟冷落,与"形容独"前后呼应。景中寓情,隐而不露。"林净藏烟",见烟之多;"峰危限月",见山之高;而此刻,唯见一片帆影动摇于碧波之中。静中之动,愈见其静。无名氏《西洲曲》:"卷帘天自高,海水摇空绿。"又,"空绿",即空碧,白居易《西湖晚归回望孤山寺赠诸客》:"烟波澹荡摇空碧,楼台参差倚夕阳。"一结"随风飘荡,白云还卧深谷"。手法与上同,仍是动中见静。景美情真,潇洒自然。

此词上下阕均以写景胜。"月夜过七里滩,光景奇绝。"奇绝之"光景",写来如"身在画图中"。然其高处,更在表现一种超脱尘俗的高洁清操,而神致自在言外,正所谓"融情景中,旨淡而远"也。

谒金门·七月既望,湖上雨后作

厉鹗

凭画槛,雨洗秋浓人淡。隔水残霞明冉冉,小山三四点。　　艇子几时同泛?待折荷花临鉴。日日绿盘疏粉艳,西风无处减。

陈廷焯云:中有怨情,意味便厚,否则无病呻吟,亦可不必。(《白雨斋词话》卷四)

陈廷焯再云:"人淡"二字精妙。通首写雨后情景,画所不到。上半写景,下半寄情。(《云韶集·评》卷十八)

陈廷焯又云:"秋浓人淡"四字,写雨后,奇而精。(《词则·大雅集》卷五)

《续修四库全书秋林琴雅提要》云:感时览物,寄托深微。(《集部·词曲类·词集》)

李渔云:"作词之料,不过情景二字。"(《窥词管见》)宋徵璧云:"情景者,文章之辅车也。"(《古今词话·词品·品词》)他们视二者相互依存,缺一不可。王夫之云:"情景名为二,而实不可离。神于诗者,妙合无垠。巧者则有情中景,景中情。"(《姜斋诗话》)王国维云"词家多以景寓情",并进而曰:"昔人论词,有景语情语之别。不知一切景语,皆情语也。"(《人间词话》)此词上阕看似景语,所谓"上半写景",但实景中有人,人亦含情。下阕抒情,而正因其"藉景色映托,乃具深宛流美之致。"(吴衡照《莲子居词话》)。词云:七月新秋,雨后湖上,阳光明媚。"秋浓""人淡"相对而言。秋老矣!人的心情也愈益淡泊。或说"人淡如菊。"(《司空图·诗品·典雅》)"菊有黄华"(《礼记·月令》),它从来是高洁雅士的象征。"荷尽已无擎雨盖,菊残犹有傲霜枝。"(苏轼《赠刘景文》)以之喻人,与"寂寂寥寥,朝朝暮暮,吟得梅花俱恼"(厉鹗《齐天乐》)的幽香冷艳的梅花,庶几近之。这里正表出景情融洽而妙合无垠。"残霞",光照幽微,何况"隔水",故虽"明"而"冉冉"。"冉冉",慢慢地,渐近貌。《离骚》:"老冉冉其将至兮,恐修名之不立。""小山三四点",清空婉约,于写景之外,犹饶余味,是"淡而弥永,清而不肤"(赵执信)的。

"艇子几时同泛?"此中有人,呼之欲出。但人已"淡"而秋已"浓",此刻殆不能泛,事既成虚,婉惜之情内蕴。"七月既望",花正盛开,故有临鉴折花的期待。"鉴",镜子。《左传·庄公二十一年》:"王以后之鞶鉴予之。"杜预集解:"鞶,带而以镜为饰也。鉴,镜也。"《庄子·则阳》亦称:"生而美者,人与之鉴。"原为青铜制成,盛水或作浴器。战国以后,制成青铜镜照影,遂为铜镜之别称。《新唐书》卷九十七《魏征传》:"以铜为鉴,可正衣冠。"这里以"鉴"喻指西湖。这种泛舟折荷的如诗如画的愿望,本来难以实现。因为如盘的荷叶日渐萧疏,粉艳的荷花日渐憔悴,而原因全在无情西风不停地吹拂!这真是:"荷叶生时春恨生,荷叶枯时秋恨成"(李商隐《暮秋独游曲江》)啊!

词写来窈曲深婉,怨而不怒,温柔敦厚之外,别具冷艳幽香之趣。论者曰:"中有怨情"、"寄托深微",殆无疑义。但究系时事?情事?从"日日绿盘疏粉艳"看,以艳荷之凋谢,实伤美人之迟暮,似两者兼而有之。为词之道,妙在含糊;一语破的,情味索然。余观樊榭小令之长处,虽在"如草木之有花,而兰之味芬芳",却尤在"窈然而深,悠然而远",有种"深窈空凉"之美也。读此词可以验之。

忆旧游

厉 鹗

溯溪流云去,树约风来,山剪秋眉。一片寻秋意,是凉花载雪,人在芦碕(一作漪)。楚天旧愁多少,飘作鬓边丝。正浦溆苍茫,闲随野色,行到禅扉。　　忘机。悄无语,坐雁底焚香,螀外弦诗。又送萧萧响,尽平沙霜信,吹上僧衣。凭高一声弹指,天地入斜晖。已隔断尘喧,门前弄月渔艇归。

谭献云:白石却步。(《箧中词》二)
陈廷焯云:起三句写景清妙。樊榭胸中本无些子俗意,落笔自与他人不同。"入"字炼。(《云韶集·评》卷十八)
《续修四库全书秋林琴雅提要》云:骚雅遒逸,读之忘疲。(《集部·词曲类·词集》)

词调下小序云:"辛丑九月既望,风日清霁,唤艇自西堰桥,沿秦亭、法华,湾洄以达于河渚。时秋芦作花,远近缟目。回望诸峰,苍然如出晴雪之上。庵以'秋雪'名,不虚也。乃假僧榻,偃仰终日,唯闻棹声掠波往来,使人绝去世俗营竞所在。向晚宿西溪田舍,以长短句纪之。"知词作于康熙六十年(1721)阴历九月十六日。是日词人自杭州西北的西堰桥乘艇沿秦亭、法华诸山侧至杭州西溪秋雪庵,夜宿西溪田舍。此词乃追怀旧游之作。

溯溪流而上,飘然若云,有陶渊明"舟摇摇以轻飏,风飘飘而吹衣"(《归去来兮辞》)的轻快;又有李白"皎皎鸾凤姿,飘飘神仙气"(《赠瑕丘王少府》)的高举。而"风来"曰"树约";又谓秋山如修剪得美好的眉黛,反用"文君姣好,眉色如望远山"。(《西京杂记》)琢字炼句,在有无间,工妙整饬,迥不由人。船近西溪,更见一片秋意。此地"沙屿萦回,秋深荻花如雪"。(《钱塘县志》)词称"凉花载雪",用一"载"字,足见芦花之繁茂之洁白。这些为人在芦塘曲岸所见,因此而生"楚天旧愁"之怀。"飘作鬓边丝"。"鬓丝",鬓边白发。白居易《久不见韩侍郎戏题四韵以寄之》:"还有愁同处,春风满鬓丝。"此处鬓发与"荻花如雪"合写:白发之生,本出于内心的"旧愁",但词人奇思异想,偏说由于"芦碕"(芦塘曲岸)的芦花飘上发丝,点成白色。真是"文之思也,其神远矣"。寓庄于谐,颇具生活情致。此刻,"正浦溆苍茫"。"浦溆",水边。《诗·大雅·常武》:"率彼淮浦,省此徐土。"王维《三月三日曲江侍宴应制》:"画旗摇浦溆,春服满汀洲。"以"苍茫"状浦溆,足见其亦辽阔亦深远。《钱塘县志》云:"西溪溪流深曲……凡三十六里,群山回绕,曲水湾环,沙溆芦汀,重重间隔。"如此"野色",令人神往。"闲随",似无意间,尤见情趣。就这样把如雪的芦花,楚天(泛指南方)的旧愁,鬓边的白发,外景内情融溶交织,伴着诗人来到了秋雪庵的门前。

过片换头"忘机"是个独立句,亦为一篇之主。"机",机心。权变机巧的心思。《庄子·天地》:"有机械者必有机事,有机事者必有机心。机心存于胸中,则纯白不备。"白居易《朝回游城南》:"机心一以尽,两处不乱行。""忘机",忘却计较或巧诈之心,指自甘恬淡与世无争。李白云:"我醉君复乐,陶然共忘机。"(《下终南山过斛斯山人宿置酒》)苏轼云:"芍药樱桃俱扫地,鬓丝禅榻两忘机。"(《和子由送春》)正因"陶然忘机",而有"雁底焚香,蛩外弦诗"。"雁底",雁堂,指佛堂。《释氏要览》上《居处雁堂》:"善见律云,毗舍离于大林为佛作堂,形如雁子,一切具足。"储光羲《题慎言法师故房》:"过客知何道,徘徊雁子堂。""蛩",《尔雅·释虫》:"蟋蟀,蛩。""弦诗",弦,即弦歌。《周礼·春官·小师》:"小师掌教鼓、柷、敔、埙、箫、管、弦、歌。"注:"弦谓琴瑟也;歌依咏诗也。"孙诒让正义:"《汉书·艺文志》云:'诵其言谓之诗,咏其声谓之歌。'依咏谓依于琴瑟以为节。"《论语·阳货》:"子之武城,闻弦歌之声。"朱熹注:"弦,琴瑟也。时子游为武城宰,以礼乐为教,故邑人皆弦歌也。"这两句词用典虽多,实云:佛殿焚香,并闻远处的蟋蟀声与琴瑟弦

清·草堂赏泉图

清 · 秋风牧归图

清 · 莨谷图（下页）

清·仿王蒙山水图

歌之声不绝于耳。焚香、蛩吟、弦诵,极写此刻淡泊宁静与世无争的心境。可是,秋风萧萧,芦苇声响,霜落平沙,已是一片秋意,刹那天地间又夕阳西下了。古称白雁"秋深乃来,来则霜降,河北谓之霜信"。元好问《药山道中》:"白雁已衔霜信过,青林闲送雨声来。"结以尘世喧嚣尽去,唯见门前冷月悬空,照着归来的渔艇。……情韵悠悠,幽思渺渺。徐逢吉(紫山)评樊榭词有云:"生香异色,无半点烟火气。……如入空山,如闻流泉,真沐浴于白石、梅溪而出之者。"(冯金伯《词苑萃编》卷八引)此词足以当之。

这首词笔意幽冷,清空绝尘;然感喟深沉,言中有物,骚情雅态,岂无弦外之响乎?卢前"好将静志比长芦。探骊得明珠"之言并非过誉。探骊得珠,俯仰一代,陈廷焯推为陈、朱外之"巨擘",良有以也。

江 昱

(1706—1775),字宾谷,号松泉。本皖籍,流寓江苏仪征。诸生。专研《尚书》,酷嗜金石文字,精音韵训诂之学。有《泉松诗集》六卷,《梅鹤词》四卷,《集外词》一卷,另有《山中白雪词疏证》等。

鹧鸪天·冬夜感旧

江 昱

午夜寒多酒不胜,梦华往事记菅腾。屏留绿雾香煤暖,帐掩红罗烛泪凝。　　嗟岁月,怆无凭,近来风味转如僧。纸窗竹屋闲听雨,人与梅花共一灯。

陈廷焯云:江宾谷词,亦得南宋人遗意,虽未臻深厚,却与浅俗者迥别。(《白雨斋词话》卷四)

陈廷焯又云:《梅鹤词》,骚情古致,逼近姜、史,与琢春(江炳炎)并立为两雄。(《云韶集·评》卷十九)

陈廷焯评本词云:凄艳近梦窗。冷隽。(《词则·别调集》卷五)

这是一首感慨今昔,怅触生怀的作品。但写来哀而不伤,于寂寞聊落的情绪中,仍透出真切疏荡的雅趣。冬夜天寒,不觉多饮了酒。个中原因,显然是"何以解忧,惟有杜康"(曹操《短歌行》),想排遣一下烦闷。这一来如潮的往事不由涌上心头。"梦华"用《列子·黄帝篇》:"(黄帝)昼寝而梦,游于华胥氏之国。华胥氏之国在弇州之西,台州之北,不知斯齐国几千万里;盖非舟车足力之所及,神游而已。"这是一个距中国有几千万里路的神话世界。宋人孟元老《东京梦华录·序》:"古人有梦游华胥之国,其乐无涯者,仆今追念,回首怅然,岂非华胥之梦觉哉。"后因以追思往事,恍如梦境曰梦华。元人张煮《清明游包家山》:"辇路迷游躅,宫词入梦华。"这里用典达到了"使事如不使"(《寒厅诗话》),"语如己出,无斧凿痕"(《说诗晬语》)的程度。这"往事"恍若一梦,故曰"瞢腾":神志不清,朦胧迷糊之态也。韩偓《格卑》:"惆怅后尘流落尽,自抛怀抱醉瞢腾。"晁冲之《如梦令·春情》:"墙外辘轳金井,惊梦瞢腾初省。"又"瞢腾"通"懵腾",有半睡半醒意。韩偓《马上见》诗:"去带懵腾醉,归成困顿眠。"词接倒叙浮现眼前的瞢腾往事:"屏留绿雾香煤暖,帐掩红罗烛泪凝。"香煤",原为古代妇女画眉用品,这里指炉内所燃香料。(如麝香,又名麝煤)"屏留绿雾",言香煤烟绕如雾。这句恰如许浑诗"画屏香雾暖如春"(《观章中丞夜按歌舞》)意。而"帐掩红罗",更是一幅十分旖旎的景象。这一对句,如果只看前十一个字,可谓暖室生春,艳溢香融。但"烛泪凝"三字一出,境况便倏然不同了。一般说"玉炉香,红蜡泪"(温庭筠《菩萨蛮》)或"更被银台红蜡烛,学妾泪珠相续"(李白《清平乐》)已极堪伤,这里又用一"凝"字,故此"烛泪凝"寓有"蜡烛成灰泪始干"(李商隐《无题》)意,愈见当时人之情浓意挚。况周颐云:"词有淡远取神,只描取景物,而神致自在言外。"(《蕙风词话》续编卷一)这里,从景物描绘中见出人的无限深情。

换头,回到"午夜寒多酒不胜"的今时。岁月流逝,华年不再,令人嗟叹。这是形之于外的。接再作渲染:"怆无凭。""怆"者,伤心,悲也。《礼记·祭义》:"霜露既降,君子履之,必有凄怆之心,非其寒之谓也。"王褒《九怀·思忠》:"感余志兮惨慄,心怆怆兮自怜。""怆"而"无凭",似不知其来自何处,正见怆之深,然非关乎时令。接着呈以具象:"近来风味转如僧。""风味",本指隽雅美好耐人寻味,可用以状人,也可用以喻物,这里引申为自己独特的感受。僧,在常人眼里既是孤单寂寞的,也往往受到尊重。"如僧",以之表自己的情怀;亦暗示清高不同于俗人。试看:纸窗,竹屋,本已清雅,而夜雨绵绵,淅沥有声,偏是闲而听之。"闲"者,安静也,如李白《独坐敬亭山》诗:"众鸟高飞尽,孤云独去闲。"结以"人与梅花共一灯",更见出作者的雅士情怀了。

这首词的取意似受蒋捷《虞美人·听雨》影响:"少年听雨歌楼上,红烛昏罗帐。壮年听雨客舟中,江阔云低、断雁叫西风。 而今听雨僧庐下,鬓已星星也。悲欢离合总无情,一任阶前、点滴到天明。"这类题材在诗词中每多见,但这位"追情石帚,继响玉田"(赵秋谷语)的词人,写来真实亲切,清隽别致。刁去瑕云:"江宾谷雅好南宋人词,尤爱其中一二家尤平淡者;平日论词及所自为,并能追其所见。"谭莹《论词绝句》有云:"由来绚烂归平淡,苦学《花间》一辈知。"与葛立方《韵语阳秋》(卷一)说的"欲造平淡,当自组丽中来,落其华芬,然后可造平淡之境"以及"'清水出芙蓉,天然去雕饰'平淡而到天然处,则善矣"。都道出了"平淡"的真谛,而这亦正是本词的妙处。它平而有趣,淡而有味,正所谓"一语天然万古新,豪华落尽见真淳"(元好问),归真反璞,"看似寻常最奇崛"(王安石)。在同类题材作品中,不让宋人专美于前。

曹雪芹

（约1715—约1763），名霑，字梦阮，号雪芹、芹溪。满洲正白旗包衣（奴仆）。曾祖玺、祖寅、父頫先后任江宁织造六十年。父頫被免职，产业被抄没，遂迁居北京。雪芹工诗画多才艺。中年后居北京西郊，贫至举家食粥。所著《红楼梦》八十四，为我国古典长篇小说的杰作。小说中的诗词曲赋具有明显的个性化，大都从属于人物形象的塑造和故事情节的描述。或谓作者曾先后增删五次，仅写至等八十回便"泪尽而逝"了。今流行本一百二十回，后四十回一般认为乃高鹗所续。

西江月·嘲贾宝玉二首

曹雪芹

无故寻愁觅恨，有时似傻如狂。纵然生得好皮囊，腹内原来草莽。　潦倒不通世务，愚顽怕读文章。行为偏僻性乖张，那管世人诽谤！

富贵不知乐业，贫穷难耐凄凉。可怜辜负好时光，于国于家无望。　天下无能第一，古今不肖无双。寄言纨绔与膏粱：莫效此儿形状！

贾宝玉是贯穿《红楼梦》的主要人物。他在第三回中出现时,作者对其服饰、容貌作了细致的描绘,然后说:"看其外貌,最是极好,却难知其底细,后人有《西江月》二词批宝玉极恰。"所谓"极恰",就在于对这个复杂的艺术形象,进行了高度的概括。这二首精心制作的词,不仅使我们看到了人物的"缩影",对于全书主要矛盾的某些方面,还有个见微知著的了解。词用寓褒于贬、似抑实扬、若嘲实赞的写法,许多话须从反面看。"愁"和"恨"是现实存在,本不应去"寻"和"觅",更非"无故",这是每个《红楼梦》读者都知道的,而作者偏正话反说,笔力劲健,又寓同情于不觉中。"似傻如狂"曰"有时",即不总是这样。那么贾宝玉什么时候会有此表现呢?应该说就在这第三回书中便可找到。当他问黛玉"可有玉没有",黛玉答"我没有玉"时,宝玉听了,登时发作起痴狂病来,摘下那玉,就狠命摔去,骂道:"什么罕物,人的高下不识,还说灵不灵呢!我也不要这劳什子。"被贾母等人奉若神明、看成"命根子"的玉,宝玉竟弃之如敝屣!在这里他的"似傻如狂",一因"家里姐姐妹妹都没有";二因"如今来了这个神仙似的妹妹也没有";三因"这个神仙似的妹妹"和众人似乎一样,对他也不理解(视玉为"稀罕物儿")。实际愁、恨、傻、狂的产生,乃出于现实环境的被迫,并非贾宝玉的本色。那位"蹁跹袅娜,与凡人大不相同"的警幻仙姑便"知他天分高明、性情颖慧"。自称"槛外人"的妙玉,林黛玉也被她称作"大俗人",在栊翠庵饮茶,她将"自己常日吃茶的那只绿玉斗来斟与宝玉"。宝玉自称他"随乡入乡"。在这些仙或"气质美如兰,才华复比仙"的人看来,宝玉是既不傻,也不狂的。

曹雪芹这种似嘲实赞的写法,后二句就看得更清楚了。皮囊,即皮袋,指人的躯体。佛家认为人的灵魂不死不灭,人的躯体只是灵魂暂时寄居的地方,故有此称。《景德传灯录·黄蘖希运禅师》:"且当人事宜不能体会得,但知学言语,念向皮袋里安著,到处称我会禅,还替得汝生死么?"刘克庄《寓言》诗:"赤肉团终当败坏,臭皮袋死尚贪痴。"草莽,丛生的杂草。陶渊明《归园田居》诗之二:"常恐霜霰至,零落同草莽。"这两句是说贾宝玉虽然外表长得很漂亮,原来腹内空空,没有学问。其实这正是这个"混世魔王"叛逆精神的特殊表现。我们知道,自元代皇庆二年,将《四书》(即《大学》、《中庸》、《论语》、《孟子》)定为科考的必修课,必须在《四书》内出题,发挥题意,又必须以南宋理学家朱熹的《四书章句集注》为根据,一直到明清相沿不改,成为封建统治者奉为经典的政治教科书。贾宝玉上学时,贾政十分明确地指示:"什么《诗经》、古文,一概不用虚应故事,只是先把《四书》一齐讲明背熟,是最要紧的。"宝玉初见黛玉时对她说:"除了《四书》,杜撰的也太多呢。"表面看他似乎肯定《四书》,但他的行动却是"怕读"、"断不能背",并以鄙视的态度表示:"除了什么'明明德'外就无书了。"《大学》头一句为:"大学之道,在明明德,在亲民,在止于至善。""明明德"指《大学》一书。而《大学》又是《四书》的第一部,因此"明明德"亦指整个《四书》。自康熙钦定《四书》为读书科举、经邦治国的"经典",雍正时有人以"毁谤程朱,诽讪朝庭"罪,被捕下狱,充军塞外。乾隆皇帝更明确宣称:"制科取士,首重《四书》文,盖六经精微,尽于四字书,非读书穷理,无以发先圣之义蕴。"在如此一片严峻酷烈的形势下,更有甚者,他"除'四书'外,竟将别的书焚了"(焚书一节,见庚辰本《脂砚斋重评石头记》第三十六回)!这样的思想行动,岂止贾政之流视为"腹内原来草莽",就是贾政门生傅试家的两个婆子,也一个说:"怪道有人说他们家的宝玉是相貌好,里头胡涂,中看不中吃。"一个说:

"千真万真有些呆气。"这首先由于立身处世态度所决定,却也由于世俗的无知。

下阕前二句仍承上意。"潦倒",落拓不羁,举止不自检束,浅言之,则散漫意。嵇康《与山巨源绝交书》:"足下旧知吾潦倒粗疏,不切事情,自维亦皆不如今日之贤能也。""世务",程乙本作"庶务",则只是指日常生活中各项杂务。戚序本作"时务",义与甲戌、庚辰诸本作"世务"同。或称"世事",指当世有关国计民生的大事。《三国志·蜀志·诸葛亮传》注引《襄阳记》:"刘备访世事于司马德操(徽)。德操曰:'儒生俗士,岂识时务?识时务者在乎俊杰。'"如宝玉这样的"富贵闲人",他把那些终朝孜孜以求"功名仕进"和"读书上进"的人,痛骂为"禄蠹";对举世沉迷的"时文八股",痛斥为"须眉浊物"的"饵名钓禄之阶";他自己更是"懒与士大夫诸男人接谈,又最厌峨冠礼服";讽刺"文死谏,武死战"的最高封建道德是"胡闹";如此等等,岂不与"世(时)务"相去十万八千里!"文章",本指文采或文辞。今通称独立成篇的、有组织的文字为文章。这里"文章"是指宝玉厌读的孔、孟、程、朱的"圣贤"之书。而他对那些为封建统治者严令禁毁的所谓"小说淫词"、"异端邪说",如"古今小说""传奇脚本"之类的书,却竟如"得了珍宝"。他读《会真记》(即元稹所作传奇《莺莺传》),"从头细看",还对林黛玉说:"真是好文章!你要看了,连饭也不想吃呢!"如此这般的一个人,在封建统治者眼里,自然是痴愚顽劣之徒了!

最后二句,先是对上述宝玉诸种行为的一个概括,后是对他这种行为的大力赞仰。"偏僻":不端正;"乖张":执拗、不驯顺。行为与世俗的要求背道而驰;性格不合乎正统思想标准。那些具有封建正统观念的人,对他诽谤也好,想方设法整治以致大加答挞"规引入正"也好,都没有阻止他坚决走向叛逆之路!程颐说:"不偏之谓中,不易之为庸;中者,天下之正道,庸者,天下之定理。"(《四书集注》)对于这种"中庸之为德也,其至矣乎"(《论语·雍也》)等等儒家至高的道德标准,贾宝玉虽不能清醒地看到它是用来维护封建地主阶级的反动统治的,但他以"偏僻"、"乖张"和不畏人言的态度对之,却又是多么的难能可贵啊!

　　生长在"钟鸣鼎食之家,翰墨诗书之族"的荣国府里的贾宝玉,是一位"富贵闲人"。第二首,"富贵不知乐业",乐业,乐于本业。《史记·律书》:"文帝时,令天下新去汤火,人民乐业。"《汉书·成帝纪》:"众庶乐业,咸以康宁。"贾宝玉的本业是什么呢?简单地说到了上学年龄时,就是读书,曹雪芹写的前八十回,正面写到宝玉上学、读书有两次。一次是第九回。宝玉回来向贾政请安,"回说上学去",贾政冷笑道:"你要再提'上学'两个字,连我也羞死了。"贾政的嘲讽,虽属无理,但宝玉这次上学所以积极,却是因有"伴读的朋友"秦钟。结果不见读什么书,却因人对他俩的"诟谇谣诼,布满书房内外",引起了一场纷争,把个家塾闹得天翻地覆。第二次是七十三回。那是在听到小鹊的讯息,担心贾政"明儿盘考",深夜披衣起来要读书。这时才突然发现:"上本《孟子》,就有一半是夹生的";"'下孟',就有大半生。"贾政要他读的百十篇"时文八股",只是"偶尔一读",更没有"潜心玩索"。"如今若温习这个,又恐明日盘究那个;若温习那个,又恐盘驳这个。"把个怡红院闹得人仰马翻,结果是"勇晴雯"心生一计,让贾宝玉假装生病,蒙混了过去。从不读"圣贤"之书来说,可称得上"富贵不知乐业"。至于"在内帏厮混"的事儿,那就不胜枚举了。这样一个生活在深宅大院、画栋雕梁、锦衣玉食、美器珍玩中,又被娇小姐、俏丫鬟包围着的贾宝玉,一旦"蛛丝儿结满雕梁"、富贵烟消云散,怎会不产生"难耐凄凉"之感!

由"富贵"而"贫穷",这是曹雪芹预示的贾宝玉所走的道路。对此,作者接以愧叹之笔:"可怜辜负好时光,于国于家无望。"可怜,可惜。陈与义《邓州西轩书事》:"瓦屋三间宽有余,可怜小陆不同居。""好时光",指贾府破败前的荣华富贵之时。的确,宁、荣二府上下均对宝玉寄予重望。宁荣二公之灵亦嘱警幻仙姑:"我等之子孙虽多,竟无可以继业者。惟嫡孙宝玉一人,禀性乖张,用情怪谲,虽聪明灵慧,略可望成,无奈吾家运数合终,恐无人规引入正。幸仙姑偶来,望先以情欲声色等事警其痴顽,或能使他跳出迷人圈子,入于正路,便是吾兄弟之幸了。"至于贾政、王夫人、袭人、宝钗都无不"规引入正";甚至当宝玉装模作样地去上学读书来辞黛玉时,黛玉也笑道:"好,这一去,可是要'蟾宫折桂'了!"而宝玉却道:"好妹妹,等我下学再吃晚饭。那胭脂膏子也等我来再制。"封建家族为他设计的"齐家治国"的蓝图,再也难以绘出了。

下阕前二句仍承上意。"天下无能第一,古今不肖无双。"不肖,子不似父。《说文》:"肖,骨肉相似也。……不似其先,故曰不肖也。"《孟子·万章上》:"丹朱之不肖,舜之子亦不肖。"要说"无能",贾政可称得上"第一"。他蒙皇恩"赐了个额外主事职衔",后来升了"员外郎"。对于自己的无能,贾政并非全无自觉。大观园题咏时,他对众清客说自己"我自幼于花鸟山水题咏上就平平的,如今上了年纪……纵拟了出来,不免迂腐古板,反不能使花柳园亭生色"。幸而遇上了贾宝玉,为试一试他的"歪才",却博得了众人不时"哄然叫妙"。不过这里的"能",指维护封建宗法社会制度的"能",这的确为贾政所"能",而为宝玉所"无能"了!

结末,正话反说:"寄言纨绔与膏粱,莫效此儿形状!"纨绔,细绢制成的裤。《汉书》卷一百上《叙传》:"数年,金华之业绝,出与王许子弟为群,在于绮襦纨绔之间,非其所好也。"注:"纨,素也。绔,今细绫也。并贵戚子弟之服。"后因以泛指富贵人家子弟。杜甫《奉赠韦左丞丈二十二韵》:"纨绔不饿死,儒冠多误身。"膏粱,本指精美的食物或比喻富贵人家。这里与纨绔同义。这两句作者显然是正话反说,"莫效"者,正望有人"效"也。

"字字看来皆是血,十年辛苦不寻常。"曹雪芹含辛茹苦写成的前八十回《红楼梦》,把贾宝玉的性格发展到一个贵族公子所能达到的最大强度。按照曹雪芹的构思,随着贾宝玉的叛逆思想的发展,贾府也一天一天走向衰败、毁灭。总的说来,这两首词的前首对贾宝玉的叛逆性格,作了艺术概括;后首则深切地表达出像这样一个"背父兄教育之恩,负师友规训之德"的人物,对衰朽的封建制度,对地主阶级的封建统治,其冲击波是猛烈的,于当时的清王朝,于这个"百足之虫,死而不僵"的"钟鸣鼎食之家",确是"无望"的。曹雪芹在全书第三回贾宝玉第一次"出场"时,便用两首词专来咏他,对于我们认识全书的思想意义和书中主人公,都大有裨益。高鹗没有按"寒冬噎酸齑,雪夜围破毡"的原意作书续书,而是让宝玉高中乡魁,荣受朝封,又生了"贵子",后继有人,"将来兰桂齐芳,家道复出",这与《红楼梦》原来的主题思想,既背道而驰;与这首"批的极恰"的二首《西江月》的主旨,也是扞格矛盾的。须知所谓"愚顽"、"偏僻"、"乖张"、"无能"、"不肖"以至"莫效"等等,这些都是从封建卫道者的眼光来看的,故字面似嘲,其实是赞。"假语"联翩,正发人深思。

蒋士铨

(1725—1785),字心余,一字苕生,号清容,又号藏园,晚号定甫。江西铅山人。乾隆二十二年(1757)进士,三年后授编修。在官八年,归主绍兴蕺山、杭州崇文、扬州安定三书院。著有《忠雅堂全集》,计文十六卷,诗三十卷,《铜弦词》二卷。诗与袁枚、赵翼并称"江左三大家"。他又是著名的戏剧家,存戏剧十六种。其中杂剧《一片石》、传奇《临川梦》等,合刊《藏园九种曲》。

水调歌头·舟次感成

蒋士铨

偶为共命鸟,都是可怜虫。泪与秋河相似,点点注天东。十载楼中新妇,九载天涯夫婿,首已似飞蓬。年光愁病里,心绪别离中。　咏春蚕,疑夏雁,泣秋蛩。几见珠围翠绕,含笑坐东风?闻道十分消瘦,为我两番磨折,辛苦念梁鸿。谁知千里夜,各对一灯红。

谢章铤云:学稼轩,要于豪迈中见精致。近人学稼轩,只学得莽字、粗字,无怪阑入打油恶道。试取辛词读之,岂一味叫嚣者所能望其顶踵。蒋藏园(士铨)为善于学稼轩者。(《赌棋山庄词话》卷一)

《续修四库全书铜弦词提要》云:集中慢词最多,恣意放纵,似效陈其年者,或又比于郑燮。其实士铨所作,固不敢望陈其年,即以板桥

词较之,鋆时有沈著之作,士铨则叫嚣矣。(《集部·词曲类·词集》)

《听松庐诗话》云:先生古文亦雅正有法,其《铜弦词》尤为独绝。或行以劲气,则磊落崎嵚;或出以深情,则缠绵婉曲。直是世间一种不可磨灭文字,不得以小词目之。(《国朝诗人征略》卷三十七)

陈廷焯云:蒋心余词,气粗力弱,每有支撑不来处。匪独不及迦陵,亦去板桥甚远。(《白雨斋词话》卷四)又云:《铜弦词》初看似板桥,继看半似半不似,再看则全不似。盖读书成名,二公皆可无憾,而一人有一人之心胸,故发为词章,卒不能强之使同也。(《云韶集·评》卷二十一)

谭献评本词云:生气远出,善学坡仙。(《箧中词》二)

这是一首怀念妻子的词。首二句用典。一见《翻译名义集·杂宝藏经》:"雪山有鸟,名为共命,一身二头,识神各异,同共报命,故曰命(共)命。"又,"共命鸟",梵语"耆婆耆婆迦"的义译。"耆婆"有"命"或"生"之义,故又译作命命鸟、生生鸟。杜甫《岳麓山道林二寺行》:"莲花交响共命鸟,金榜双回三足乌。"二见《乐府诗集》二十五《梁·企喻歌》:"男儿可怜虫,出门怀死忧。"一般说使典用事,可丰富作品的内涵,增加审美的情趣和韵味,而这里更达到了"使事如不使"、"以不露痕迹为高"(顾嗣立《寒厅诗话》)的程度,自然妥帖,恍如己出,"偶为",似出于命运之安排;"都是",为两人所共有。以己度彼,愈见情深。于是径直抒情:"泪与秋河相似,点点注天东。"这里用牛郎织女故事。"秋河",天河,又名银河。谢朓《暂使下都夜发新林至京邑赠西府同僚》诗:"秋河曙耿耿,寒渚夜苍苍。"南朝·梁·宗懔《荆楚岁时记》云:"天河之东有织女,天帝之子也,年年织杼劳役,织成云锦天衣。天帝怜其独处,许嫁河西牵牛郎。嫁后遂废纴。天帝怒,遂令归河东,唯每年七月七日夜,渡河一会。"泪似秋河,其泪之多可见,"点点注天东"者,一点一滴也不散失而全部地"注"向织女所居的天东了!沉挚深刻地表现出对妻子的无限深情。而且,其情如秋河之水,一发不可收拾:"十载楼中新妇,九载天涯夫婿,首已似飞蓬。"前二句一则令人惊心动魄——十载不谓不长,而妻子仍如"新妇";一则令人黯然魂销——自己远在天涯,竟有九年之久!似对非对,意象鲜明。因此头发无心梳理,有如蓬草之乱。《诗·卫风·伯兮》:"自伯之东,首如飞蓬。"本意是妻子怀念远行人,这里词人反用之来说自己。不过又何尝不是揣想对方也如此呢?"心有灵犀一点通。"从字面看是述己,从词人此刻的感情说,他觉得会彼此彼此的。这样,为年光如流,为病,为别离而生的愁,千头万绪,纷至沓来,"忧端齐终南,颖洞不可掇"(杜甫)了!

词的通常写法是上阕写景,而此词却是句句抒情。"天下之至文,未有不出于童心。"(李贽)愁如山叠海涌,使人不生堆砌之感,固由于用典、用故事以及出语新颖,但最主要的是表现出词人毫不掩饰的"童心",倾诉出了他真诚的衷怀。

换头三句承上阕的别离心绪。"咏春蚕"用李商隐《无题》"春蚕到死丝方尽"意,表示对妻子爱情的坚贞。雁为候鸟,每年春分后飞往北方,秋分后飞回南方,人们常于春、秋日见雁。汉时即有雁足传书的说法。"疑夏雁",表示夏日不见雁,亦即音信杳然。"秋蛩",一名吟蛩,蟋蟀的别名。崔豹《古今注·鱼虫》:"秋初生,得寒则鸣。"这里谓泣如秋蛩。总之,这三句或借前人诗意,或借雁与秋蛩,表示出词人对妻子的思念和愁怀,情溢纸面,而又用字精炼,给人以鲜明的形象感。接着,似想象似纪实,笔调灵活:"几见珠围翠绕,含笑坐东风?""珠围翠绕",形容豪华富贵。"几曾见",未见也。两句是说多年来未能给妻子以安适欢乐生活,自己深怀歉疚。元稹《遣悲怀三首》其一:"诚知此恨人人有,贫贱夫妻百事哀"与此意相近。接三句意与上二句同,却换了一种写法。梁鸿,东汉扶风平陵人。家贫好学，不求仕进，与妻孟光同入霸陵山中，以耕织为业，后避祸去吴，为人舂米，既归来，孟光为之备膳，举案齐眉，夫妇相敬如宾。李商隐有云："纻衣缟带，雅贶或比于侨吴；荆钗布裙，高义每符于梁孟。"（《重祭外舅司徒文》）这里作者以梁鸿自比，希望与妻子朝暮相伴，以慰她因自己的远离而身体消瘦，备受折磨，但结果呢？"谁知千里夜，各对一灯红。"事与愿违，却仍是相隔千里，各自独对孤灯！此词虽始终未离相思情苦，但这由性灵肺腑中流出的至真之情，"如泉流归海，回环通首，源流有尽而不尽之意"。（江顺诒《词学集成·法》引张砥中语）

沈祥龙论词有"词之言情，贵得其真"（《论词随笔》）。况周颐亦云："真字是词骨。情真景真，所作必佳。"此词佳处，正在于情真意挚，汪洋恣肆，一泻如注，"诗从肺腑出，出辄愁肺腑"（苏轼），不仅诗人愁，它也深深地感染了读者，产生了动人心弦的艺术力量。

赵文哲

（1725—1773），字璞函，号损之，江南上海（今上海市）人。乾隆二十七年（1762）高宗南巡，召试赐举人，授内阁中书，入直军机处。后从阿桂为掌书记，继从征大小金川，擢户部主事。乾隆三十八年（1773）进军木果木时殉职，恤赠光禄寺少卿。存《媕雅堂词》四卷。

霓裳中序第一

赵文哲

轻烟弄暝色，伫立单衣寒恻恻。一片东风巷陌，问送过几番，宝鞍金勒。凭高望极，但暮云芳草凝碧。人何处？瑶华信杳，迢递乱山驿。　　畴昔，清尊瑶席，记玉面灯前初识。江湖谁念倦客？感灭烛匆匆，许闻芗泽。越罗红泪拭，道别后、休思此夕。今应是、梨花门掩，燕子伴岑寂。

陈廷焯云：赵璞函词，措语秾至，用笔清虚，规模亦甚宏远，可与竹垞、樊榭并驱争先。璞函词，秾艳是其本色，然能规模古人，不离分寸；故雅而不晦，丽而有则。视国初名家，正不多让。（《白雨斋词话》卷四）

陈廷焯又云：国初词家，朱、陈尚矣；数十年而得一太鸿，又数十年而得一位存，又十数年而得一璞函，其他名手虽多，无出此五家之右者。璞函词无一字不温婉。璞函词，亦是南宋规模，而才大心细，圆美流转，盖斟酌古名家而出之者，尽美矣，又尽善矣。（《云韶集·评》卷二十一）

吴竹屿云：赵璞函词，瓣香于碧山、蜕岩，故轻圆俊美，调协律谐，以近代词家论之，允堪接武竹垞，分镳樊榭。（冯金伯《词苑萃编》卷八）

陈廷焯评本词云："凭高望极，但暮云芳草凝碧。人何处？瑶华信杳，迢递乱山驿。"又云："越罗红泪拭，道别后、休思此夕。今应是、梨花门掩，燕子伴岑寂。"思深意苦，笔致迥与人殊。（《白雨斋词话》卷四）

陈廷焯再云：凄警。情词之妙，远接白石，近比竹垞。曰"别后休思今夕"语，真泪随笔堕。（《云韶集·评》卷二十一）

词写男女情事。首叙别后今时，春末夏初，天已渐晚，轻烟淡霭，笼罩大地。单衣久立，寒意侵人，内心不由地涌起阵阵伤痛。"伫立"，久立。《诗·邶风·燕燕》："瞻望弗及，伫立以泣。""恻恻"，悲伤貌。杜甫《梦李白》："死别已吞生，生别常恻恻。"街道上吹过一片东风，伫立久待的人遂兴起"送过几番，宝鞍金勒"的回忆。"巷陌"，街道的通称。刘禹锡《题王郎中宣义里新居》："门前巷陌三条近，墙内池亭万境闲。""宝鞍金勒"，喻指马。鞍，马鞍。勒，套在马头上带嚼口的笼头。《汉书》卷九十四下《匈奴传下》："鞍勒一具。""问"者，自问。几次在此送人远行，于今恍如梦寐，引出无限回忆。但登高极目望远，唯见暮云遥挂天际，芳草碧绿，绵绵远去。至此明示相思念远："人何处？"不知其在何处，或不愿知其在何处，或知其在何处故作不知。伤情至极，盖因那被视为极珍贵的音信，如今杳然！"瑶华"，传说中的仙花。屈原《九歌·大司命》："折疏麻兮瑶华，将以遗兮离居。"洪兴祖补注："'瑶华'，麻花也，其色白，故比于瑶,此花香,服食可致长寿。"又,喻珍贵。谢朓《郡内高斋闲望答吕法曹》:"惠而能好我,问以瑶华音。"白居易《答元八宗简同游曲江后明日见赠》:"赖闻瑶华唱,再得尘襟清。"书信既杳然,而又山遥路远,此情此景,人何以堪!

过片,"畴昔",明言对往昔生活的回忆。彼时"清尊瑶席,记玉面灯前初识"。那是在一次华贵的酒宴上,灯前初识你这玉般美丽的女人。对于像我这样的"江湖倦客",又有谁会来垂怜!但却蒙你"灭烛"幽欢,得有肌肤之亲!"瑶席",以玉饰席。瑶,瑶草,传说中的仙草。或谓用瑶草编成的坐席。皆状华美之意。屈原《九歌·东皇太一》:"瑶席兮玉瑱,盍将把兮琼芳。"谢灵运《石门新营所住四面高山回溪石濑修竹茂林》:"芳尘凝瑶席,清醑满金樽。""玉面",称容颜美好。李白《浣纱石上女》:"玉面耶溪女,青娥红粉妆。"叙述过"初识"之后,接以"谁念",感慨今昔,情深一往。对玉人无限怀念之情,溢于言表。"谁念?"无人念,而所念者,唯有君(玉人)耳!"灭烛",用《史记》卷一百二十六《滑稽列传》:齐威王使淳于髡到赵国请救兵,得"精兵十万,革车千乘"。威王大悦,置酒后宫,髡大谈饮酒之道,有云:"男女同席,履舄交错,杯盘狼藉,堂上灭烛,主人留髡送客。"(一作"留髡坐,起送客")示女主人独厚于髡。此处亦正有此意。"芗泽",即香泽,香气。《淳于髡传》:"罗襦襟解,微闻香泽。"联系上句"感灭烛"二句,指男女欢爱。"越罗红泪拭",极言别时的悲痛。晋人王嘉《拾遗记》卷七:"(魏)文帝所爱美人,姓薛名灵芸……时文帝选良家子女,以入六宫。……灵芸闻别父母,歔欷累日,泪下沾衣。至升车就路之时,以玉唾壶承泪,壶则红色。既发常山,及至京师,壶中泪凝如血。"李贺《蜀国弦》:"谁家红泪客,不忍过瞿塘。"正因如此伤心悲痛,遂又记起伊人似曾有过嘱咐:"道别后、休思此夕。""此夕"者,

"灭烛匆匆,许闻荟泽"之夕也。昔时伊人曾"道",今则更令人"思"。情深意挚,温情难忘,是彼此都会有的。"今应是",是揣测对方如今所处的情景,当此薄暮暝暝单衣怯春寒的时候,她该是"梨花门掩,燕子伴岑寂"吧。"梨花门掩",是"雨打梨花深闭门"的同义语。"燕子伴岑寂",只是一厢情愿。其实燕子或"红楼归晚,看足柳昏花暝"(史达祖《双双燕》);或"罗幕轻寒,燕子双飞去"(晏殊《蝶恋花》);它们是从不同情妇女孤寂的。后二句选用"梨花"、"燕子",尤见个中人之情伤。

此词首从单衣伫立、登高望远的今时写起,继而思及"人在何处"?引起对往事的回忆。及荐枕席,而两情缱绻,虽"思深意苦",却用笔清虚,艳而不溢,丽而有则,"别后休思此夕",非不想思,而是想更难过,真要"泪随笔堕"。结语更神驰千里,越过乱山亭驿,想望对方的凄苦寂寞情景,语至此,又怎一个"情"字了得!

钱大昕

(1728—1804),字晓徵,号辛楣,又号竹汀。江苏嘉定人。乾隆十九年(1754)进士,选庶吉士,擢侍讲学士,迁少詹士。历充山东、湖南、浙江、河南乡试考官,提督广东学政。以丁忧归,后称病不复出。归田三十年,历主钟山、娄东、紫阳书院。始以辞章名,继精研经史。著述甚丰,为一代汉学大师,时推为通儒。

桂枝香·蟹

钱大昕

江干小市,记露白烟青,簖疏灯细。秔稻香浓,束缚不论千辈。笑他一向雌黄口,算今番、横行无计。橙丝香糁,姜芽细捣,故园风味。　　渠碗新笤正美。捉瓮边俦侣,拍浮同醉。碎雪含黄,那费门生多议。酒阑解渴茶旗展,认星星、眼浮活水。蓼花秋老,阿谁画取,一天寒意。

"不专治一经而无经不通,不专攻一艺而无艺不精"(江藩《汉学师承记》)并被遵为通儒的钱大昕,这首调寄《桂枝香》的咏蟹词,一反清代学者夸饰衒露、逞才使气的习气,不堆垛典实,清疏澹荡,而从咏物词说,也是别具一格的。词开篇描绘出一幅亲切生动的画图:在露白烟青秋色宜人的江边,灯火微微闪动:人们正在捕鱼捉蟹。这是从一个"簖"字透出消息的。旧称插在河流中拦捕鱼蟹的苇栅或竹栅为簖。洪亮吉《与孙季述书》:"鱼田半顷,围此蟹簖。"吕同老咏蟹《桂枝香》云:"犹记灯寒暗聚,簖疏轻入。"接云"秔稻香浓,束缚不论千辈。"秔,亦作稉、粳。秔稻,米质粘性较强的一种稻。刘基《过闽关》:"过了秋风浑未觉,满山秔稻入闽中。"蟹又称螃蟹,种类甚多,有栖海岸者,也有生活于江湾河汊淡水中者。"秔稻香浓",正是捕蟹的季节,故下句"束缚不论千辈",说不论大小均被"簖"拦截捆缚了。再以嘲讽的口吻写蟹虽身有甲壳,二螯八足,横行,却也再无计逃脱。"雌黄",即鸡冠石,黄赤色,可作颜料。古时写字用黄纸,写错了就用雌黄涂抹再写。(见颜之推《颜氏家训·勉学篇》及沈括《梦溪笔谈·故事》)后用以比喻不顾事实,随意乱说。王夫之《宋论·真宗》:"使支离之异学,雌黄之游士,荧天下之耳目而荡其心。"遂有"口中雌黄","信口雌黄"之说。但词用"雌黄口",只就其形象取义,"横行无计",亦是讥其横行,并无另外含意。结云"橙丝香糁,姜芽细捣"的"故园风味"的制作方法。古有用橙子和螃蟹调制的食品。宋人林洪《山家清供》上《蟹酿橙》云:"橙用黄熟大者,截顶剜去穰,留少液,以蟹膏肉实其内,仍以带枝顶覆之。入小甑,用酒醋水蒸熟,用醋盐供食,使人有新酒、菊花、香橙螃蟹之兴。"螃蟹有肚脐,雌蟹圆形,雄蟹尖形,其性寒。我国传统医书认为,须用辛温发散的生姜、紫苏等来解它。《红楼梦》第三十八回贾宝玉《螃蟹咏》有句云:"泼醋擂姜兴欲狂","脐间积冷馋忘忌"等句;薛宝钗咏蟹诗亦云:"性防积冷定须姜。"这里的"姜芽细捣",即为了驱寒性。沈雄云:"紧要处前结,如奔马收缰,须勒得住,又似住而未住。"(《古今词话·词品》上卷)张砥中云:"前结如奔马收缰,尚存后面地步,有住而不住之势。"(江顺诒《词学集成》卷六引)"住",已经写过了捕蟹和"故园风味"的蟹的制作;"未住"(或云"不住")指与后面应紧密地联系起来。

下阕换头正是"似住而未住","有住而不住之势"。紧写酒美味香。"筥",用篾编成的滤酒具。"新筥",新酒筥。此指酒笼里压榨出酒来。首句说新酒味美。苏轼《江城子》:"今夜巫山真可好,花未落,酒新筥。"唐珏《枝词香》:"更喜荐,新筥玉液。"接写邀友人饮酒食蟹:"捉瓮边俦侣,拍浮同醉。""捉"者,握也。《新唐书》卷一百《杨师道传》:"捉笔赋诗。""俦侣",同辈伴侣。嵇康《兄秀才公穆入军赠诗》其一:"徘徊恋俦侣,慷慨高山陂。"这二句写与同伴握蟹螯饮酒的乐趣。接用《世说新语·任诞》毕茂世云:"一手持蟹螯,一手持酒杯,拍浮酒池中,便足了一生。"苏轼《答乔太傅》:"万斛船中著美酒,与君一生常拍浮。""拍浮",都极言高兴。接仍写食蟹。继写蟹味之美。"碎雪含黄",如《红楼梦》林黛玉《螃蟹咏》:"螯封嫩玉双双满,壳凸红脂块块香。"正是尽兴而食,不管他人闲话。"门生",有多义,这里泛指众人。于是酒阑后,又饮了香茶。"茶旗",茶的嫩叶。旧称茶萼未展者曰枪,已展者曰旗。皮日休《奉和鲁望秋日遣怀次韵》:"茶旗经雨展,石笋带云尖。"这时闲坐庭院中,遥望晴空,星星如"活水"一样,展现眼前。"活水",长流不尽的水。朱熹《观书有感二首》其一:"问渠哪得清如许,为有源头活水来。"最后一结别拓新意,遥应开篇的秋景:"蓼花秋老","一天寒意",又倩谁把它写入画图中呢?如此以秋景起,以秋景结,前后贯穿,尤觉清新雅致,别具意韵。

无疑,大学问家钱大昕是以余事填词的。历来词以比兴寄托为高,咏物词尤多有寄托。南宋遗民周密、王沂孙、唐珏、王易简、唐艺孙、吕同老等十四人所辑《乐府补题》分以龙涎香、白莲、莼、蝉、蟹五物,以咏南宋高宗孟妃等六个帝妃的陵墓被掘事,都是有寄托的。不过蔡松云《柯亭词论》云:"何者宜赋,何者宜比兴,则须相题而用之。"此词只写了捕蟹,制作蟹,饮酒食蟹,食罢看星星,全用赋体,何尝有比兴寄托?而且笔调幽默,富有情趣。又语多调侃,如"束缚不论千辈"、"横行无计"、"那费门生多议"等,更为全篇增色。而在咏蟹词中,尤是难得的一首上乘之作。

黄景仁

(1749—1783)，字汉镛，一字仲则，江苏武进（今常州市）人。十六岁应郡县试。于三千人中名署第一。乾隆三十六年（1771），任安徽学道朱筠的幕僚。一生坎坷，多愁善感，贫病交加。诗多抒穷愁不遇，寂寞凄楚的情怀；亦有反映现实愤世嫉俗之作，传出下层知识分子苦闷不平的心声。亦工词，有《竹眠词》二卷，又名《悔存词钞》、《两当轩诗余》。

丑奴儿慢·春日

黄景仁

日日登楼，一换一番春色。者似卷如流，春日谁道迟迟？一片野风吹草，草背白烟飞。颓墙左侧，小桃放了，没个人知。

徘徊花下，分明认得，三五年时。是何人、挑将竹泪，粘上空枝？请试低头，影儿憔悴浸春池。此间深处，是伊归路，莫学相思。

郭则沄云：仲则清才逸气，而患在奔放无余。（《清词玉屑》卷二）

陈廷焯云：黄仲则《竹眠词》，鄙俚浅俗，不类其诗。（《白雨斋词话》卷四）

又云：仲则一代诗人，词亦清奇桀傲，不落恒径。（《云韶集·评》卷二十三）

陈廷焯评本词云：《词选》附录一首（按，即指本词），尚见作意。（《白雨斋词话》卷四）

词写春日怀人，一往情深。"日日登楼"，焦灼可见，而伊人始终杳无踪影。唯见春色轮番更替，一天一天老去了。情思深沉，含蕴无限，从而逼出一腔的怨情。既云这春日"似卷如流"，何曾有什么"春日迟迟"？一反《诗·豳风·七月》"春日迟迟"的说法。春，是青春和生命的象征，"一朝春尽红颜老"，是再也无可追寻了。怨春？惜春？似后者的分量重一些。风"野"，烟"白"，景色凄清；小桃开于"颓墙"畔，难怪"没个人知"。暮春三月，杂花生树，群莺乱飞，而词人却别一番情愫。较周邦彦"愿春暂留，春归如过翼，一去无迹"（《六丑》）；李涉："野寺寻春花已迟，背岩唯有两三枝。明朝携酒犹堪赏，为报春风且莫吹。"（《春晚游鹤林寺寄使府诸公》）更为凄绝。

于是，自然地转入忆往。"分明认得"，是由于它曾经给予人以极大的欢乐。以约代繁，只举一事："徘徊花下"，那是在青春正好的"三五年时"时光。作者《绮怀》诗云："几回花下坐吹箫，银汉红墙入望遥。……三五年时三五月，可怜杯酒不曾消。"与词情景仿佛。旧题南朝·梁·任昉《述异记》："舜南巡，葬于苍梧，尧二女娥皇、女英泪下沾竹，文悉为之斑。"韩愈《送惠师》："斑竹啼舜妇，清泪沈楚臣。"刘禹锡《泰娘歌》："如何将此千行泪，更洒湘江斑竹枝。""是何人"呢？词未言明，亦毋须言明，言明反觉无味。"泪下沾竹"，此情苦，此境悲，可知已无挽回了。伊人不见，往事成空，自己临池照影，容颜憔悴，寤寐思之，始终未能忘情于怀。一结应题"春日"，呼应首句"日日登楼"，强作欢愉：春归之路，就在落花深处。正是："满地余香在，繁枝一夜空。"（李咸用《落花》）而"莫学相思"者，正表明其因春去而在相思中也。"请试低头"以下数句,颇类张先《天仙子》:"送春春去几时回?临晚镜,伤流景,往事后期空记省。"而幽咽之情则过之。

词通首抒情沉实深厚,却不粘不滞,韵致芊绵,幽怀逸气,尤以上阕"一片野风吹草,草背白烟飞。颓墙左侧,小桃放了,没个人知"和下阕忆往中见之。陈廷焯称张惠言《词选》附录本词"殊可不必","此一词不过偶有所合"云云,并非确论。陈之论词,凡不合"沈郁顿挫"、"意在笔先,神余言外"者,动辄大加挞伐,早已不足怪了。此词并未有违"词人才子"所祖的温柔敦厚诗教,正如谭莹《论词绝句》所云:"头衔未署柳屯田"也。至于谭献云:"春光渐老,诵黄仲则词'日日登楼,一换一番春色。者似卷如流,春日谁道迟迟?'不禁黯然!初月侵帘,逡巡徐步,遂出南门旷野舒眺;安得拉竹林诸人,作幕天席地之游。"(《复堂日记》)此盖伤心人别有怀抱,与本词内涵,了不相涉。

卖花声·立春

黄景仁

独饮对辛盘,愁上眉弯。楼窗今夜且休关。前度落红流到海,燕子衔还。　　书贴更簪欢,旧例都删。到时风雪满千山。年去年来常不老,春比人顽。

立春,二十四节气之首。《群芳谱》:"立,始建也。春气始而建立也。"这时黄河中、下游大地解冻,所谓"律回岁晚冰霜少,春到人间草木知。"(张栻)本来,应时之作多意兴盎然,神清气爽。但此词一起便云:"愁上眉弯",而其因则由于"独饮"也。"辛盘",即五辛盘。《太平御览》二十九周处《风土纪》:"元旦造五辛盘。"《本草纲目·菜部》:"五辛菜,乃元旦、立春,以葱、蒜、韭、蓼蒿、芥辛嫩之菜杂和食之,取迎春之意,谓之五辛盘。"元人贡性之《题菜》诗:"三日宿酲醒不得,正思风味到辛盘。"燕为候鸟,冬迁南方。"年去年来来去忙,春寒烟暝渡潇湘。"(郑谷)如今春临大地,燕又归来。忆及去年,花落水面,想必最终流入大海,于是忽发奇思:"燕子衔还!"他不仅把燕子看做老朋友,而且希望它衔回去年漂走的落红!为了迎接曾经失去的落红(花):"楼窗今夜且休关。"旧情之深,清晰可见。虽说"片言可以明百意,坐驰可以役万景"(刘梦得);观古今于须臾,抚四海于一瞬"(陆机);然"思理之妙",正在"神与物游"(刘勰)。这里非只是联想的巧妙,它和上面"独饮"而生"愁"有联系,深刻地映现出对旧情之难忘。含蕴深厚,此善于抒情者也。

过片应题"立春"。《荆楚岁时记》:"立春日,悉剪彩为燕以戴之,贴'宜春'二字。""簪欢",指立春日簪幡胜为欢。古时风俗每逢立春,剪彩绸为花、蝶、燕等状。插于妇女之鬓,或缀于花枝之下,或作象征吉祥的物件,曰春幡,亦名幡胜、旛胜、彩胜。辛弃疾《蝶恋花·立春》:"谁向椒盘簪彩胜。"又,《梦梁录·立春》:"宰臣以下,皆赐金银幡胜,悬于幞头之上,入朝称贺。"无论民间、官府、妇女、老人,皆以此示春日的到来,故云"簪欢"也。如今却是"旧例都删"。词人的心绪落漠,于此可见一斑。为什么会这样呢?"到时风雪满千山。"虽说"立春",却仍是寒凝大地,何况更"天有不测风云"呢?黄景仁少年以诗载誉士林,但为人作幕,一生穷愁潦倒。"忧患潜从物外知。"(《癸巳除夕偶成》)冥冥之中,总隐隐感到忧患仿佛就在身边。"年去年来",春天每年一度,但是,"常不老"的是它"比人顽"!岁月无情之感,蓦然涌上心头。

　　词由怀旧(上阕)而感今(下阕),情致凄怆,音调悲苦,而含思回旋,意绪低迷,读之令人慨然。结二句尤冷峻。富有哲理,非只是"年年岁岁花相似,岁岁年年人不同"的自我伤怀,对同病之人,何尝不也如"猿啼鹤唳"!洪亮吉评作者的诗品为"秋虫咽露",卢前引之入词,具见词人的沉痛深哀,于诗于词都是一脉相承的。

张惠言

(1761—1802),清代学者、文学家,初名一鸣,字皋文,号茗柯,江苏武进(今常州)人。嘉庆四年(1799)进士,入翰林院,改庶吉士,后授编修。他是著名的经学家、古文家、辞赋家、词家。古文与恽敬同为阳湖派领袖。词为常州派开创者。论词重比兴寄托,"缘情造端,兴于微言。"反对雕琢靡曼的词风和轻视词体的观念。曾与弟琦合编《词选》一书,对当时和后世均有影响。著有《周易虞氏义》、《茗柯文编》等。另编有《七十家赋钞》。

水调歌头·春日赋示杨生子掞

张惠言

百年复几许?慷慨一何多!子当为我击筑,我为子高歌。招手海边鸥鸟,看我胸中云梦,蒂芥近如何?楚越等闲耳,肝胆有风波。　　生平事,天付与,且婆娑。几人尘外相视,一笑醉颜酡。看到浮云过了,又恐堂堂岁月,一掷去如梭。劝子且秉烛,为驻好春过。

《续修四库全书词选提要》云:明代词风,曼淫浮诞;清初浙派,起而矫之,一以南宋为宗。及其弊也,流为江湖;其效《乌丝》者,又近于叫嚣。诚有如惠言《自序》所谓:"后进弥以驰逐,不务原其指意,破析乖剌,坏乱而不可纪也。"因矫正之。以寄托遥深温柔忠厚为主,惟有温、韦，可接《风》、《骚》。遂秉此旨，选录唐、宋之词。浙派初兴，朱彝尊编选《词综》，时逞其博。常州派兴，选录是编，惟求其精也。求精太过，则近于苛；亦间有以浅为深者。……编中间下己意，虽未尽合，然诗无达诂，词亦宜然。见仁见智，各有会心，未可是彼而非此也。(《集部·词曲类·词选》)

陈廷焯云：张皋文《词选》一编，扫靡曼之浮音，接《风》、《骚》之真脉。《附录》一卷，简择尤精。洵有如郑抢元所云："后之选者，必不遗此数章。"具冠古之识者，亦何嫌自负哉！(《白雨斋词话》卷四)

陈廷焯评《水调歌头》五章：既沉郁，又疏快，最是高境。陈、朱虽工词，究曾到此地步否？不得以其非专门名家少之。……热肠郁思，若断仍连，全自《风》、《骚》变出。(《白雨斋词话》卷四)

词共五首，此为其二，如题所示，皆为感春而赋。或谓此五首可用杜甫《绝句漫兴九首》其四来概括，即："二月已尽三月来，渐老逢春能几回？莫思身外无穷事，且尽生前有限杯。"杜甫虽云"莫思"，实际并未"且尽"，张惠言虽感慨韶光易逝，亦非伤春伤别，仍有旷达自遣之意。岁月易逝，瞬息百年，能无感慨！"一弹再三叹，慷慨有余哀。"(《古诗十九首》其三) 据《说文》："慷慨，壮志不得志于心也。"含有悲叹意。司马相如《长门赋》："贯历览其中操兮，意慷慨而自卬。"词首二句正有此意。"筑"，古弦乐器名。清人陈元龙《格致镜原》四十六："(筑)形如琴，十三弦。鼓法：以左手扼之，右手以竹尺击之，随调应律，唐代编入雅乐。"《史记》卷八十六《荆轲传》："高渐离击筑，荆轲和而歌。"击筑高歌，虽忧思难忘，仍令人意远。于是，"招手海边鸥鸟"希望来倾听自己的心事。历来诗人们喜与鸥鸟结盟，如辛弃疾："富贵非吾事，归与白鸥盟。"(《水调歌头·壬子三山被召》)黄庭坚："万里归船弄长笛，此心吾与白鸥盟。"(《登快阁》)朱熹："浩荡鸥盟久未寒，征骖聊此驻江干。"(《过盖竹》诗其二)词表示归隐是其次，而更有显示自己清高绝俗意。如今他对鸥鸟说:我心坦荡,即使遇上一些不如意的事,也不会放在心上。"云梦",泽名。古籍上或单称"云",或单称"梦",或称"云梦"。《周礼·夏官·职方氏》:"正南曰荆州……其泽薮曰云瞢(梦)。""胸中云梦",谓胸中有波澜。蒂芥同芥蒂。《汉书》卷四十八《贾谊传》:"细故蒂芥,何足以疑。"颜师古注:"蒂芥,小鲠也。"后用芥蒂比喻积于胸中的怨恨或不快。苏轼《送路都曹》:"恨无乖崖老,一洗芥蒂胸。"词似仿司马相如《子虚赋》语:"吞若云梦者八九于其胸中,曾不蒂芥。"再进而表现出旷达襟怀:"楚越等闲耳,肝胆有风波。"《庄子·德充符》:"自其异者视之,肝胆楚越也;自其同者视之,万物皆一也。""楚越等闲耳",是从"同"的角度看,楚与越虽是两国,也是寻常之事。"等闲",寻常,等闲视之。孟郊《送淡公》十二首其七:"兹焉激切句,非是等闲歌。""肝胆有风波",是从"异"的角度看,肝胆虽在同一身体内,但它们之间也可产生风波。意在表明:对世界不平事,应视之平常,不以为意,随其自然。

换头三个三字句超然世外,感情更为舒放:人一生的祸福荣辱,上天早已给安排,何必强自追求,不如尽情地欢歌醉舞。"婆娑",舞貌。《诗·陈风·东门之枌》:"子仲之子,婆娑其下。"毛传:"婆娑,舞也。"吴文英《玉楼春.京市舞女》:"归来困顿殢春眠,犹梦婆娑斜趁拍。"接云:"几人尘外相视,一笑醉颜酡。"即言"尘外"(超出尘俗之外)能正视人生者,也不过"几人"而已。既知己寥寥,那就甘愿一醉以酬之了。"醉颜酡",因醉酒面色发红。《楚辞·招魂》:"美人既醉,朱颜酡些。"周履靖《拂霓裳·和晏同叔》:"金尊频欢饮,俄顷已酡颜。"而这一切都由于世事如浮云,岁月如投梭,很快就会堂堂逝去。"堂堂",公然地。薛能《春日使府寓怀》:"青春背我堂堂去,白发欺人故故生。"王安石《次韵东厅韩侍郎斋居晚兴》:"壮节易催行踽踽,华年相背去堂堂。"因此,最后示杨生曰:"劝子且秉烛,为驻好春过。""秉烛",执烛。"昼短苦夜长,何不秉烛游?"(《古诗十九首》其十)"古人秉烛夜游,良有以也。"(李白《春夜宴从弟桃花园序》)秉烛夜游,及时游赏,方可使流逝的大好春光,留驻下来。

张惠言《词选·序》云:"恻隐盱愉,感物而发,触类条鬯,各有所归,非苟为雕琢曼辞而已。"正是:哀乐之情,触物兴矣,沉郁中有疏快,抑塞中生俊逸,笔意所到,有所依归,而劝其莫辜负大好春光,与"刻意伤春复伤别"者,旨趣自不可作同日语。

木兰花慢·杨花

张惠言

尽飘零尽了,何人解、当花看?正风避重帘,雨回深幕,云护轻幡。寻他一春伴侣,只断红、相识夕阳间。未忍无声委地,将低重又飞还。　　疏狂情性,算凄凉耐得到春阑。便月地和梅,花天伴雪,合称清寒。收将十分春恨,做一天、愁影绕云山。看取青青池畔,泪痕点点凝斑。

谭献云:撮两宋之菁英。(《箧中词》三)

吴世昌云:皋文《木兰花慢·杨花》下片:"便月地和梅,花天伴雪,合称清寒",此皆硬凑,与本题无关,长调堆砌之病,往往如此。(《词林新话》)又,《罗音室学术论著》第二卷《词学论丛》)

关于咏物词的宗旨和写作,宋、清两代词评家的论述,大体是一致的。如张炎云:"诗难于咏物,词为尤难。体认稍真,则拘而不畅;模写差远,则晦而不明;要须收纵联密,用事合题。一段意思,全在结句,斯为绝妙。"(《词源》)邹祇谟云:"咏物固不可不似,尤忌刻意太似。取形不如取神,用事不若用意。"(《远志斋词衷》)沈祥龙云:"咏物之作,在借物以寓性情。凡身世之感,君国之忧,隐然蕴于其内,斯寄托遥深,非沾沾焉咏一物矣。"(《论词随笔》)作为常州词派的创始人,张惠言强调比兴寄托,应"与诗赋之流同类而风诵之",从而"低徊要眇,以喻其致"。此词藉咏杨花实践了作者的上述理论。

起句连用"尽"字,则杨花之"飘零"可谓至矣尽矣了!进而更云:"何人解、当花看。"韩愈云:"杨花榆荚无才思,惟解漫天作雪飞。"(《晚春》)苏轼云:"似花还似非花,也无人惜从教坠。"(《水龙吟·次韵章质夫杨花词》)章楶(质夫)云:"轻飞乱舞,点画青林,全无才思。"(一作"轻飞点画青林,谁道全无才思?")本词与韩诗迥异,对杨花怜惜之情,也比苏、章词更深厚。此刻正是暮春季节,"风避重帘,雨回深幕,云护轻幡",对仗工稳。动词"避"、"回"、"护";形容词"重"、"深"、"轻",十分贴切自然。天气虽有风有雨,但风雨中的花与"何人解、当花看"的杨花,又自不同。"轻幡",护花幡。旧时传说一种保护花木的旗帜。郑还古《博异志》载:唐人崔玄微(元徽)在花苑中遇数美人,自谓苦恶风,求玄微道:"处士每岁岁日与作一朱幡,上图日月五星之文,于苑东立之,则免难矣。"崔从之。其后某日,暴风拔木,而苑中繁花皆无恙。这三句实写杨花的坎坷遭遇,暗寓人世的辛酸。词接云:"寻他一春伴侣,只断红、相识夕阳间。"断红,飘零的残花。"花谢花飞飞满天,红消香断有谁怜。"(《红楼梦》)夕阳虽好,只是已近黄昏。它与断红堪可相伴,如青春将一去不返,如英雄濒临穷途。"一春"所"寻"到的是如此"伴侣",可见其身世之凄凉。不过它仍勉作挣扎:"未忍无声委地,将低重又飞还。"章梁云:"傍珠帘散漫,垂垂欲下,依前被风扶起。"正所谓"曲尽杨花妙处"。(魏庆之《诗人玉屑》卷二十一)苏轼云:"梦随风万里,寻郎去处,又还被、莺呼起。"正所谓"直是言情,非复赋物。"(沈谦《填词杂说》)总之,章词太似(杨花),苏词不似——"略形貌而取神骨"。张词以形传神,杨花寓有人的精神、气质。而且这杨花既非"无才思",亦未"作雪飞"。它不甘心于"无声委地",虽"将低",最后还是"重又飞还"!坚忍不拔,抗争奋起,令人鼓舞。它达到"赋手文心,开倚声家未有之境"。"倚声之学,由二张(张惠言、张琦)而始尊"(谭献语),于此词亦可见出。

过片换头径直抒怀。"疏狂",狂放不羁貌。白居易《代书诗一百韵寄微之》:"疏狂属年少,闲散为官卑。"这样的"情性",禁得住凄凉,耐得住寂寞,而到了现在这春意阑珊的季节。接仍从性格方面说:月地梅开,花枝伴雪,斗天傲寒,正是"欲传春信息,不怕雪里藏"(陈亮);"凌厉冰霜节欲坚,人间乃有此癯仙"(陆游)的精神。这里用梅、雪喻杨花,"合称清寒"。于此引入人事:既与时势、世俗有违,那结果一如暮春的杨花,或"愁影绕云山"而漫天飞舞,或落于"青青池畔",似"泪痕点点"凝集成斑。这里化用苏轼词"细看来、不是杨花,点点是离人泪。"

词将人生感慨寄托于杨花,写物而伴有人,离形得似。虽处断红、夕阳的情境,"委地"却又"飞还";更以月夜寒天的梅、雪来反衬,其不妥协精神可见。虽终不免衔春恨以飘零,但感情沉郁,力量内蕴,隐含抗争;且脱却章、苏词窠臼,翻出新意,非仅摄取"菁英"也。

李兆洛

(1769—1841),字申耆,晚号养一老人,阳湖(今江苏武进)人。嘉庆进士,曾任安徽凤台县知县。后主讲江阴书院。通音韵、史地、历算之学,提倡骈散合一。有《养一斋诗余》、《骈体文钞》以及地理著作多种。

疏 影

怀人岁暮,吊影茫然,适得硕甫书兼寄"题倚杖数归鸦照"《疏影》一阕,感而赋此即用原韵。

李兆洛

都无故物,但斜阳立尽,独自凄绝。只见飞去,不见飞还,知他何处栖息?能还便自寻俦侣,也不是、旧时乡国。怎无端,十里连林,几夜霜华铺白? 曾是同林并翅,而今生共死,一样愁寂。数遍空枝,也没巢痕,剩有数张残叶。天涯梦断归难盼,枉说是、连飞双翼。又茫茫、日下林梢,要等如何等得?

洪稚存云:李申耆(兆洛)词,如承恩虢国,淡扫蛾眉。(张德瀛《词

征》卷六引)

从词调下小序知道,词为正当作者岁暮怀人,对影自怜,无限孤独时,得友人"题倚杖数归鸦照《疏影》一阕"有感而作。一起四字,如爆竹骤响,声震四方(见《四溟诗话》),称得上"起句贵突兀"(《说诗晬语》)之笔。"都无故物"即"故物都无"——一切的往事都无踪无影了。有的只是在斜阳中一直凄绝伫立的作者一个人。虽说"情为主,景是客"(《窥词管见》),但苒苒而下的斜阳与此刻伫立之人的心绪,相摩相荡,景情浃洽,融合一片,接点题,应"鸦"字,既言"数归鸦",当然"照"中有鸦,不然何以数起?"照",原义为对着镜子或其他反光物看自己的影子。《晋书》卷四十三《王戎传》附王衍:"在车中揽镜自照。"引申以指人物的图影。但作者"用原韵",而内容则一反其意:"只见飞去,不见飞还",比毕竟还有鸦可数,岂不更令人生悲!说"都无故物",事实不可能,一个清醒的人是不可能把一切都忘得干干净净的。这是"无理而妙"(《邻水轩词筌》),深切表现出词人的孤寂之情!虽说眼前无物,但却担心着那飞去无还的鸦:"知他何处栖息?"此亦可见物藏在了心里。关切、怀思之后,再别生一意:"能还……"本已"不见飞还",这是无情的事实;"能还",是说可能还,这是词人的想望。但即使如愿以偿又怎样呢,他会"自寻俦侣"(伴侣)。对"旧时乡国"也不会那么留恋了。"乡国",家乡。韩愈《忆昨行和张十一》诗:"眼中了了见乡国,知有归日眉方开。"最后感情的潮水又倒流,仍禁不住关切和怀念:怎么会没有料到在连绵的树林里,不久天气就会转冷,那儿就"霜华铺白"呢!"无端",不料,未料。姜白石《鹧鸪天·丁巳元日》:"柏绿椒红事事新,隔篱灯影贺年人。三茅钟动西窗晓,诗鬓无端又一春。"上阕这结三句应上"知他何处栖息",但关切之意更深一层。

过片换头三句,先忆往,后写实:"同林并翅",关系何其亲密!而今呢?无论是生,无论是死,都是同样的愁寂,因为再不能"同林并翅"了。"数遍空枝",是由"愁寂"引起,而"数遍"的结果是:"也没巢痕,剩有数张残叶。"这情景,岂不更令人伤心?于万般无可奈何之中,唯一办法是只有寻梦。"天涯梦断"即"梦断天涯",极言梦中追寻之远,可是"归难盼",梦中亦未能归来一见(即伊人未入梦)。这样不由自主地发出埋怨:"枉说是、连飞双翼。"似问人,似问己,"在天愿作比翼鸟",也前言成虚了。一结"日下林梢"应开头的"斜阳立尽"。四野茫茫,平林漠漠,夕阳西下的凄苦境遇,这真是"要等如何等得"呵!愁苦深情,一片汪洋恣肆。

这首词立意巧妙,未为原题所囿,咏的是"只见飞去,不见飞还"的鸦,但词中不见一个"鸦"字,却使人感到鸦无处不在。在词里,鸦实是人的借代,这人是谁呢?一点暗示也没有。词又多用"赋"的手法。"赋者,敷陈其事而直言之者也。"(朱熹《诗集传》)它的特点是"敷陈"、"直言"。即直接叙述事物,铺陈情节,抒发感情。这样往往会直露、乏味,流于浮散芜蔓。但本词并无此病,关键是:从总体说以鸦去暗比人的去,以鸦的不还暗比人的不还,有昭然可见又不露痕迹之妙。而在抒情中,起是以斜阳为背景,衬"独自凄绝";继则关心栖息何处;转而盼归;又是关心"十里连林","霜华铺白"的艰苦处境。感情动荡往复,"一转一深,一深一妙"(刘熙载《艺概》卷四),并未流于板滞,而且如栖时"同林并翅",飞时"连飞双翼"等,均有鲜明形象色彩。下阕或用对比(首三句),或重寻旧迹("数遍空枝"三句),或觅梦而终难得一见,最后更以"要等如何等得",朴中有灵的话作结,真是痛彻肺腑!总之,词人句句叙事,却也句句含情,凄楚愁苦,浮漾纸面。但与"喁喁儿女语,恩怨相尔汝"(韩愈《听颖师弹琴》)又自不同,却是一片苍茫,呈现出词人百感交集的情怀。在同类题材的作品中,这位清代地理学家又是文学多面手的作家,其词也表现出他的卓荦不群。

金式玉

(1774—1801),字朗甫,安徽歙县人。官庶吉士。有《竹邻词》一卷。

相见欢

金式玉

微云渡尽窗绡,夜迢迢。又恐秋声无赖上芭蕉。　玉绳转,金波暗。可怜宵!只剩栖香胡蝶抱空条。

洪稚存云:金朗甫词,如黄筌作画,婉约传神。(张德瀛《词征》卷六引)

《续修四库全书竹邻词提要》云:所作虽少,首首可读。式玉受学于张惠言,又与董士锡同学磋磨,故其词工力甚深,善于寄托,婉而多讽。(《集部·词曲类·词集》)

陈廷焯评本词云:金朗甫学于皋文,《词选·附录》七首,意远态浓,婉而多讽,《相见欢》三章,尤为绝唱。(《白雨斋词话》卷四)

《续修四库全书竹邻词提要》云:情词俱美,盖得于《金筌》、《浣花》者深矣。(引同前)

陈廷焯云:(三章)曲折隽永,后主二阕后,有嗣音矣。(《词则·大雅集》卷六)

嘉庆年间,张惠言为挽浙派渐趋空疏狭隘的风气,选录唐宋词四十四家,一百十六首,成《词选》一书。《附录》有其门人金式玉(字朗甫)词七首。从首章的"真珠一桁帘旌,坐调笙";次章的"夫容(芙蓉)面,轻罗扇"看,显然都词中有人。此章却只见景物,而人的情思隐约闪烁于字里行间。首二句言长夜漫漫,"微云渡尽窗绡",暗示夜已深而夜色清幽。"绡",薄纱。曹植《洛神赋》:"践远游之文履,曳雾绡之轻裾。"李善注:"绡,轻縠也。""迢迢",见夜之长,暗示人的不寐。首二句纯写景后,只于第三句透出消息:"又恐秋声无赖上芭蕉。""秋声",秋令西风时作,草木零落,"其为声也,凄凄切切"。所谓"树树秋声,山山寒色"(庾信),容易引起人的哀愁。其后刘禹锡《登清晖楼诗》云:"浔阳江色潮添满,彭蠡秋声雁送来。"孟郊《分水岭别夜示从弟寂》诗云:"古木摇雾色,离风动秋声。"欧阳修《秋声赋》,对此作了尽情的描述,呼曰:"噫嘻悲哉,此秋声也。""芭蕉",本是一种大者高可及丈,果实可食,根茎花蕾入药的多年生草本植物,但它出现在诗词中,常作为抑郁多愁的象征。张说《戏草树》:"戏问芭蕉叶,何愁心不开。"李商隐《代赠》:"芭蕉不展丁香结,同向春风各自愁。"欧阳修《鹊踏枝》更说:"秋入蛮蕉风半裂。""无赖",有多义。《三国志》卷二十九《魏书·华佗传》:"彭城夫人夜之厕,虿(蝎子)螫其手,呻吟无赖。"犹无奈,无可如何。又,指无聊,没有道理。徐陵《乌栖曲》:"惟憎兀赖汝南鸡,天河未落犹争啼。"据此,"又恐秋声无赖上芭蕉"是情语,非景语,一种百无聊赖而又无可奈何的难言之情,隐然其间;而从"又"字看,显然已不止这一次,尤见苦情之深。

时间的脚步静悄悄地前进着。下阕首二句仍写夜深。"玉绳",星名。张衡《西京赋》:"上飞闼而仰眺,正睹瑶光与玉绳。"李善注引《春秋元命苞》曰:"玉衡北两星为玉绳。"亦泛指星光。杜甫《大云寺赞公房》之三:"玉绳迥断绝,铁凤森翱翔。""金波",形容月光波动,因亦指月光。《汉书》卷二十二《礼乐志·天马》:"月穆穆以金波。"颜师古注:"言月光穆穆,若金之波流也。"苏轼《洞仙歌》词:"金波淡,玉绳低转。"词径直曰:"可怜宵!"斩截快当,无半点虚饰,愤恨之情,洋溢纸面。再以比兴结之:"只剩栖香胡蝶抱空条。""栖香胡蝶"喻胡蝶之香而艳。《诗·周南·汝坟》:"伐其条枚。"毛传:"枝曰条,干曰枚。""条"既已空,抱又何用?"只剩",犹如上云"又恐"。凄凉、寂寞、愁苦无奈的情怀,与上阕尽同。

  这首只有三十六个字的小词,的确"曲折隽永","婉而多讽"。但所"寄托"者何?"曲折"中所寓者何?比《金荃》、《浣花》尤深不可测。说实话,这是一首朦胧词。但"雾里观花",雾里有花,确也有种朦胧美。人们还是根据自己的人生体验、生活经历,美学情趣去"思而得之"吧。

邓廷桢

(1775—1846),字嶰筠,江苏江宁(今南京市)人。嘉庆六年(1801)进士。道光十五年(1835)累迁两广总督。时值禁烟,与林则徐多次击退英军进犯,终其任使英舰不得入虎门。后调闽浙,坐事戍伊犁。(今新疆绥定县)1843年释回,1845年任陕西巡抚。著有《双声叠韵谱》及《双砚斋诗钞》等。

月华清

中秋月夜,偕少穆、滋圃登沙角炮台绝顶眺楼。西风泠然,玉轮涌上,海天一色,极其大观,辄成此解。

邓廷桢

岛列千螺,舟横海鹢,碧天朗照无际。不到珠瀛,那识玉盘如此。划秋涛,长剑催寒;倚峭壁,短箫吹醉。前事,似元规啸咏,那时情思。　却料通明殿里,怕下界云迷,蜃楼成市。诉与瑶闾,今夕月华烟细。泛深杯,待喝蟾停;鸣画角,忍惊蛟睡。秋霁,记三人对影,不曾千里。

宋翔凤云:先生持节数省,洁清自守,居处饮食,一如寒素,胸次坦白,嗜欲尤鲜。惟于音律,殆由夙授,分刌节度,有顾曲风。而于古人之词,靡不博综。其自制词则雍容和谐,写其一往。纤挈之音,迭滥之响,与尘垒而共洗,偕风露而俱清,虽所存无多,而所托甚远。(《双砚斋词·序》)

杨钟羲评本词云:先是邓嶰筠尚书与林文忠以筹海驻虎门,中秋之夕偕滋圃登沙角炮台望月,遂极山巅。滋圃战殁,尚书亦戍伊犁,其《壬寅伊江中秋》诗:"今年绝域看冰轮,往事追思一怆神。天半悲风波万里,杯中明月影三人。英雄竟污游魂血,枯朽空余后死身。独念高阳旧徒侣,单车正逐玉关尘。"时文忠,亦将出关也。(《雪桥诗话》)

从道光十九年(1839)六月三日开始,连续二十天,于广东虎门海滩前,林则徐尽数焚毁收缴的英人鸦片,写下中国人民抗击外侮光耀史册的一页。据林则徐《己亥日记》:道光十九年(1839)八月十五日,"午后,制军(邓廷桢)来,即同舟赴沙角,在关提军(天培)舟中查点日来兵勇各船册籍,计前后排列兵船、火船共八十余只。并携酒肴邀关提军、黄镇军同赴沙角炮台上小饮,月出后同登山顶望楼上,玩赏片时,仍与制军乘潮而返。"另,林则徐有《中秋,嶰筠尚书招余及关滋圃天培,饮沙角炮台眺月有作》长诗,与此词所写为同一事。

词开篇写登临绝顶所见:千岛罗列如螺,万舟横陈如鹢,碧天无垠,明月高照,一派旷远辽阔的景象。辛弃疾《水龙吟·登建康赏心亭》曾云:"遥岑远目,献愁供恨,玉簪螺髻。"则是以螺髻比喻峰峦。古画鹢首于船头,故亦称船为鹢或鹢首。谢朓《泛水曲》:"罢游平乐苑,泛鹢昆明池。"词人于感叹碧天如洗,明月如盘下的珠海(瀛,海也)美景后,用隔句对描绘当时仗剑吹箫,醉饮酣畅,兴会淋漓的情景:"划秋涛,长剑摧寒;倚峭壁,短箫吹醉。"气势豪雄,英风逼人。接以晋代征西将军庾亮登武昌南楼据胡床赏月事,收束上阕。庾亮字元规。《世说新语·容止》:"庾太尉(亮)在武昌,秋夜气佳景清,使吏殷浩、王胡之之徒登南楼理咏，音调始道，闻函道中有屐声甚厉，定是庾公。俄而率左右十许人步来，诸贤欲起避之，公徐曰：'诸君少住，老子于此处兴复不浅。'因便据胡床，与诸人咏谑，竟坐甚得任乐。"虽说"似元规啸咏"，但既云"前事"，复云"那时情思"，可知与今时林、邓、关等枕戈待旦壮怀激烈的情思迥异，并无原典吟咏开玩笑，那种优哉游哉的乐趣。

下阕虽承"碧天朗照""玉盘"，仍写月色，但由写景叙事的实写转入想象的驰骋。道教认为玉皇大帝所住的天宫有通明殿。宋人王十朋注苏轼《上元侍饮楼上三首呈同列》："仙风吹下御炉香，侍臣鹄立通明殿"引《敦谟明圣保德传》有云："上帝升金殿，殿之光明照于帝身，身上之光明照于金殿，光明通彻，故为通明殿。"词人说，由于天帝"怕下界云迷，蜃楼成市"，敌人乘机进犯，故告知天上玉帝的城门（"瑶阊"），才有今天的"月华烟细"，海天澄澈。"蜃楼成市"，通称"海市蜃楼"，亦称"蜃景"。《史记》卷二十七《天官书》："海旁蜄（蜃）气象楼台；广野气成宫阙然。"实际是光线经不同密度的空气层，发生显著折射时，把远处景物显示在空中或地面的奇异的幻景，古人误以为蜃吐气而成。常用以比喻虚幻不足恃的事情。又，《隋唐遗事》："张昌仪恃宠，请托如市。李湛曰：'此海市蜃楼比耳，岂长久耶。'"这里借指英国侵略者。这想象虽奇特，但正反映出作者的爱国心声。"月华"，出现在月亮周围的光环。冯应京《月令广义·八月令》："月之有华常出于中秋夜次……月华之状如锦云捧珠，五色鲜荧，磊落匝月，如刺绣无异。华盛之时，其月如金盆枯赤，而光彩不朗，移时始散。"词再用隔句对写醉酒与夜静："泛深杯，待喝蟾停；鸣画角，忍惊蛟睡。"前二句用李贺《秦王饮酒》："酒酣喝月使倒行"，形容兴会之豪。后二句说：不忍吹画角惊醒蛟睡，以示夜深人静，最后用李白《月下独酌》："举杯邀明月,对影成三人。"祝愿与林、关携手合作,不会远别。谢庄《月赋》:"美人迈兮音尘阙,隔千里兮共明月。"张铣注:"千里,盖言君子远也。"林、邓、关三位抗英英雄,中秋夜登虎门海口外沙角炮台绝顶望远,海天茫茫,月光如水,置酒畅饮,豪气满怀。词设色华丽,笔势奇横,正是一篇"飘飘有凌云之气"的作品。

周　济

（1781—1839），字保绪，一字介存，号未斋，晚年号止庵，江苏荆溪（今宜兴）人。嘉庆十一年（1806）中进士，授淮安府学教授。少有壮志，自负经世材。习骑射，喜谈兵。中年隐居金陵春水园，潜心著述。他自述年十六为词。嘉庆九年识张惠言甥（后为婿）董士锡切磋词学，为常州词派之后劲。论词推重周邦彦，崇尚"雅"、"正"，强调"非寄托不入，专寄托不出"，对当时和后世都有较大影响。有《味隽斋词》（不全）、《词辨》（今存二卷）、《介存斋论词杂著》，亦选有《宋四家词选》等著述。

蝶恋花

周　济

柳絮年年三月暮，断送莺花，十里湖边路。万转千回无落处，随侬只恁低低去。　　满眼颓垣攲病树，纵有余英，不直封姨妒。烟里黄沙遮不住，河流日夜东南注。

蒋敦复云：借得先生《存审轩词》一卷读之，是真得"意内言外"之旨。……盖先生少年时，与张皋文、翰风兄弟同里相切劘，又与董晋卿各致力于词，启古人不传之秘。近来浙、吴二派，俱宗南宋，独常州诸公，能瓣香周秦，以上窥唐人微旨，先生得其眉目也。（《芬陀利室词话》卷一）

谭献云：《茗柯词选》（即《宛邻词选》）出，倚声之学日趋正鹄。张氏甥董晋卿，造微踵美，予未得其全集。止庵切磋于晋卿，而持论益精。其言曰:"慎重而后出之,驰骋而变化之,胸襟酝酿,乃有所寄。"又曰:"词非寄托不入,专寄托不出。……"以予所见,周氏撰定《词辨》、《宋四家词笺》,推明张氏之旨而广大之,此道遂与于著作之林,与诗赋文笔同其正变也。止庵自为词,精密纯正,与茗柯把臂入林。(《箧中词》三)

谭献评本词云:浑灏。

柳树种子带有白色绒毛,称为柳絮,也叫柳绵,或称杨花。"暮春三月,江南草长,杂花生树,群莺乱飞。"(丘迟《答陈伯之书》)本是一幅绮丽迷人的景色。在词人笔下却大不相同:春事阑珊,柳絮飘飞,偏以"年年"强调之。令人顿生"年年岁岁花相似,岁岁年年人不同"(刘希夷),好景不常,年华易逝的感慨。"莺花",莺啼花开之意,用以泛指春日景物。卢仝《楼上女儿曲》:"莺花烂熳君不来,及至君来花已老。"王禹偁《春日官舍偶题》:"莺花愁不觉,风雨病先知。"如今"莺花"被"断送"——葬送、埋葬,语极悲切,与"年年"二字上下照应。"十里湖边路",地域辽阔,可见大好春光已经消磨尽了。"万转千回无落处",极写其处境的悲苦艰辛。其结果是:柳絮随风只能这样("只恁")即一任其低低飞去!以无可奈何之情,收束上阕。

换头情隐景中。"颓垣",倒塌的墙。《牡丹亭·惊梦》:"原来姹紫嫣红开遍,似这般都付与断井颓垣。""病树",将枯死的树。陆游《秋怀》:"病树有凋叶,残蝉无壮声。"在颓垣与病树之间偏用一"欹"字,它们是相依为命抑同病相怜?两者似兼有且又触目皆见("满眼")!"满眼颓垣欹病树"七个字,叠意层层,道尽无聊意绪。写来心境凄迷,却不粘滞。"余英",指剩余的尚未被风吹走的杨花。说"纵有"也不值得"封姨妒",即已经"花谢花飞飞满天,红消香断有谁怜"(《葬花吟》)了。语似直,仍有隐情。"封姨",古代神话传说中的风神。事见郑还古《博异志·

崔玄微》,谓唐天宝年间崔玄微月夜遇美人杨氏、李氏、陶氏和绯衣少女石醋醋及封家十八姨共饮。后知诸女为花之精,十八姨为风神。诗文中常以封姨为风的代称。范成大《嘲风》:"纷红骇绿骤飘零,痴骏封姨没性灵。"张孝祥《浣溪沙·座上十八客》:"唤起风姨清晚景,更将荔子荐新圆。"词最后完全抛开柳絮,描绘出一幅气象雄浑,境界阔大的景色:春天里烟雾尘沙,遮天蔽日,但是长江大河毕竟仍日夜不停地滚滚东流!这里既有"逝者如斯夫!不舍昼夜"(《论语·子罕》)的慨叹,也有"大江流日夜,客心悲未央"(谢朓)的悲怆。

词写春日感怀,以"柳絮年年"起,以江河日夜流结。惋惜春光流逝,由渺小事物而至大江大河,终至一片浑灏浩茫。作者论词主张"非寄托不入,专寄托不出"。(《宋四家词选目录序论》)有寄托,意境才会深厚,但看去又似无寄托。从而,"寄意题外,包蕴无穷"。(《介存斋论词杂著》)有的作品,读者即使不了解其托意所在,或许会仁者见仁,智者见智,但"阅载千百,馨咳弗违",许多年后,仍如听其言笑。这首词的主题思想,总不只是惋惜春光流逝吧。

渡江云·杨花

周济

春风真解事,等闲吹遍,无数短长亭。一星星是恨,直送春归,替了落花声。凭阑极目,荡春波、万种春情。应笑人、春粮几许,便要数征程。　　冥冥。车轮落日,散绮余霞,渐都迷幻景。问收向、红窗画箧,可算飘零?相逢只有浮云好,奈蓬莱东指,弱水盈盈。休更惜,秋风吹老莼羹。

谭献云:怨断之中,豪宕不减。(《箧中词》三)

吴世昌云:止庵《渡江云·杨花》云:"替了落花声",几曾见落花有"声",坠絮能"替"!又云"应笑人,春粮几许?"硬用典,又与所咏无关。全是硬凑。末用"秋风",才窘极矣!(《词林新话》。又见《罗音室学术论著》第二卷)

历代咏杨花词颇多,大抵都感叹其"抛家傍路",飘飞零落,或寄托个人的幽怨哀思。这首词虽未完全脱离窠臼,但哀而不伤,怨而不激,时见疏隽情怀。首述杨花"吹遍"郊野,"无数短长亭"。"十里一长亭,五里一短亭"。(《白孔六帖》卷九)见其范围广阔,而又暗寓离思,"何处是归程,长亭更短亭。"(李白《菩萨蛮》)并说春风的"吹遍",一是由于它"解事"——还以"真"强调之。晏殊《踏莎行》云:"春风不解禁杨花,濛濛乱扑行人面。"此则反其意而用之。二是它似非有意,只是随便地吹拂。春风之与杨花是友善的。"等闲",随便,漫不经心。皮日休《襄州春游》:"等闲遇事成歌咏,取次冲筵隐姓名。"

接三句赋予杨花以感情色彩:她虽有恨,但只星星点点;当此暮春季节,百花零落,她随风与花共同飘坠。这个"替"字有衰落、衰败意。潘岳《西征赋》:"寮位儡其隆替,名节漼以隳落。"意谓它的衰败与落花声无异。"凭阑极目",至此始出现人物。他所见到的是:"荡春波、万种春情。""春情",春日的情景或意兴。唐太宗《月晦》:"披襟欢眺望,极目畅春情。"李群玉《感春》:"春情不可状,艳艳令人醉。"这里写飘荡空中的杨花,起伏飞扬,春情万种,极其变化多姿。春风把杨花吹遍短亭长亭,征程遥远。如以春粮计算征程,岂不可笑!《庄子·逍遥游》:"适百里者,宿舂粮;适千里者,三月聚粮。"如此旷放语,在咏杨花诗词中并不多见。

过片换头写景。"冥冥",指天空高远深邃。古医书《素问》有云:"窈窈冥冥,孰知其道。"注:"冥冥,言玄远也。"扬雄《法言·问明》:"鸿飞冥冥,弋人何篡焉。"这时,夕阳西下,红日如车轮,徐徐下落,霞光似绮。径用谢朓《晚登三山还望京邑》:"余霞散成绮,澄江静如练。"一片迷离虚幻。因此不禁引起对"荡春波、万种春情"的杨花的归宿的关注:"问收向、红窗画箧,可算飘零?""红窗",指少女的住房,犹"红闺"。想象杨花飘落少女的闺房,被收进画箧,写入丹青。王昌龄《初日》诗前四句写阳光射进少女的香闺,后二句云:"云发不能梳,杨花吹更满。"李贺《蝴蝶飞》前二句云:"杨花扑帐春云热,龟甲屏风醉眼缬。"春光烂熳,杨花成阵,落满屏风和彩色斑斓的衣服上。而词句前用"问"字,后用"可算",已见对此归宿自己似都心怀惴惴,故再云:"相逢只有浮云好,奈蓬莱东指,弱水盈盈。"若与浮云同飞往海外的蓬莱山,但那里"弱水盈盈",不知能载得起杨花否?关于"弱水",古籍多有所载,今据《山海经》卷十六《大荒西经》:"西海之南,流沙之滨,赤水之后,黑水之前,有大山,名曰昆仑之丘。有神,人面虎身,有文有尾,皆白,处之。其下有弱水之渊环之。"郭璞云:"其水不胜鸿毛。"李好古《张生煮海》三:"小生曾闻这仙境有弱水三千丈,可怎生去的?"那么理想的去处在哪儿?"休更惜,秋风吹老莼羹。"《晋书》卷九十二《张翰传》:"翰因见秋风起,乃思吴中菰菜莼(蒓)羹鲈鱼脍,曰:'人生贵得适志,何能羁宦数千里以要名爵乎!'遂命驾而归。"(亦见《世说新语·识鉴》)云"休更惜"可知弃官归隐,乃最理想所在了。

此咏杨花词,虽似句句写杨花,而人之情思始终隐约其间。最后由杨花写到人,其意仍含而不露,蕴藉风流,不失为寄托而不露痕迹的作品。

董士锡

（1782—1831），字晋卿，一字损甫，江苏武进（今常州市）人。嘉庆十八年（1813）副贡生，候选直隶州州判。从其舅父张惠言学，治经学，精虞氏《易》。工古文、赋、诗、词，著有《齐物论斋词》三卷。

江城子·里中作

董士锡

寒风相送出层城。晓霜凝，画轮轻。墙内乌啼，墙外少人行。折尽垂扬千万缕，留不住，此时情。　　红桥独上数春星。月华生，水天平。镜里夫容，应向脸边明。金雁一双飞过也！空目断，远山青。

谭献评本词云：格高。（《箧中词》三）

吴世昌云：晋卿《江城子·里中作》上片言"霜凝"，下片言"春星"，其弊同前（按，指时令不合），又与"月华"不侔。（《词林新话》，又见《罗音室学术论著》第二卷）

古称"在壄（野）曰庐，在邑曰里。"（《汉书》卷二十四《食货志》上）颜师古注："庐各在其田中，而里聚居也。"此处或指北里，即长安平康里，后称妓院所在之地。恋情送别为词中常见主题，但本词无柳欹花軃之态，悱恻柔靡之情，景清境新，意贯条畅。"晓霜凝",见送别之早,亦因"寒风"故也。"层城",古代神话谓昆仑山有层城九重,分三级:下层叫樊桐,一名板桐;中层叫玄圃,一名阆风;上层叫层城,一名天庭,为太帝所居,上有不死之树。张衡《思玄赋》云:"登阆风之层城兮,构不死而为床。"后用以比喻高大的城阙。《世说新语·言语》:"桓征西(温)治江陵城甚丽,会宾僚出江津望之,云:'若能目此城者,有赏。'顾长康时为客在坐,目曰:'遥望层城,丹楼如霞。'""画轮",彩画的车轮,言车之美者。欧阳修《浣溪沙》:"湖上朱桥响画轮。"词写寒风、晓霜相伴乘画轮而走出层城。凄凉景象隐于字里行间。接"墙内""墙外"两句,暗示离情。李端《乌栖曲》:"东房少妇婿从军,每听乌啼知夜分。"周邦彦《少年行》:"马滑霜浓,不如休去,直是少人行。"或化用,或直用,情意缠绵,含蓄内蕴。古有折柳赠别的习惯(见《三辅黄图·桥》),柳、留谐音,盖欲留也。"折尽"三句,极写其情深。李商隐《离亭赋得折杨柳二首》其一:"人世死前惟有别,春风争拟惜柳条。"为了纪念离别之情,怎么能再爱惜柳条呢。诗与词意同,即使"不惜"、"折尽",人却仍然留不住!俱见情意深挚,恋恋惜别。

下阕写别后,登桥望远,惟见春星,月华,水天相接。"月华",《月令广义·八月令》:"月之有华常出于中秋夜次……月华之状如锦云捧珠,五色鲜荧,磊落匝月,如刺绣无异。""镜里夫容",此镜指水光洁如镜。上句言"水天平",可知所见是江河,非渠沟。李珣《临江仙》以小池喻镜:"小池一朵芙蓉。""夫容"即芙蓉,喻人面。白居易《长恨歌》:"芙蓉如面柳如眉。"桥下水流,脸映水中,似觉双颊生辉。这里暗指人的美丽。正当天将破晓,冷意侵人之时,"金雁一双飞过也"。化静为动,把桥上独望之人从注目凝思中唤回,极目所见,惟一片远山青翠。"金雁",即秋雁,因西方为秋而主金,故名。司空图《灯花》:"几许金雁传归信,剪断香魂一缕愁。"蔡伸《虞美人》:"一行新雁破寒空,肠断碧云千里,水溶溶。"都由雁而及情,而这一结尤宕出远神,与"曲终人不见,江上数峰青"(钱起《湘灵鼓瑟》)同一韵致,绵绵不尽之意,蕴于远远的一抹青山中。

　　此词写一对情侣拂晓依依惜别场面,词旨缠绵温柔,语淡情深,疏荡开阔,结笔尤峻丽,令人意远。

龚自珍

（1792—1841），一名巩祚，字瑟人，号定庵，浙江仁和（今杭州）人。道光九年（1829）进士，官礼部主事。他博览群书，志在经世之学。负才气，淹贯古今，通经学、小学和史地学，兼通释典。诗文俱称名家。于文沈博奥衍，出入诸子百家；诗不主格律家数，皆卓然可观。为嘉道间提倡"通经致用"的今文经学重要人物。主张道、学、治三者不可分割，开知识界慷慨论天下事之风。他力主改革内政，抵御外侮，为近代改良主义之先驱。作品多抨击当时黑暗现实。道光十九年（1839）乞归里，越二年卒。著有《定庵全集》，其中词集凡五种，题名《无著词选》、《怀人馆词选》、《影事词迻》、《小奢摩词选》、《庚子雅词》各一卷。

鹊踏枝·过人家废园作

龚自珍

漠漠春芜春不住，藤刺牵衣，碍却行人路。偏是无情偏解舞，濛濛扑面皆飞絮。　　绣院深沉谁是主？一朵孤花，墙角明如许。莫怨无人来折取，花开不合阳春暮。

谭献云：定公能为飞仙、剑客之语，填词家长爪梵志也。昔人评山谷诗"如食蝤蛑，恐发风动气"，予于定公词亦云。（《箧中词》四）

谭献又云：阅定庵诗词新刻本，诗佚宕旷逸而豪不就律，终非当家；词绵丽飞扬，意欲合周（邦彦）、辛（弃疾）而一之，奇作也。（《复堂

日记》)

段玉裁云:造意造言,几如韩李之于文章。银碗盛雪,明月藏鹭,中有异境。又云:风发云逝,有不可一世之概。(《经韵楼集·怀人馆词序》)

此词纯用比兴,藉废园春景抒写对时事的感怀。嘉庆十五年庚午(1810),作者年十九岁,首应顺天乡试,考中副榜第二十八名。十八年四月,入都应顺天乡试,仍未考中。本词约作于此后一二年间。春来,杂草丛生。"漠漠",密布貌。陆机《君子有所思行》:"廛里一何盛,街巷纷漠漠。"王维《积雨辋川庄作》:"漠漠水田飞白鹭,阴阴夏木啭黄鹂。"此处则形容杂草密布之状。"春不住"者,则因"漠漠春芜"喧宾夺主也。春光既不见,而所见唯"藤刺牵衣"与扑面飞絮。晏殊"春风不解禁杨花,濛濛乱扑行人面",(《踏莎行》)却责在春风。本词则一言其"无情",再言其"解舞"。如果说晏词是"刺词"(见谭献《复堂词话》),那么这"惟解漫天作雪飞"(韩愈)并被视为"轻薄小人"的杨花(黄蓼园称"小人如杨花之轻薄"),正寓有象征意义。联系在此时(嘉庆十八九年),龚自珍写了《明良论》四篇,揭露社会黑暗,清王朝官僚统治集团的腐败和昏庸无能,抨击封建制度的淫威。而于稍后作的带有寓言色彩的政论《尊隐》中,驳斥当时理学家粉饰太平,颂扬清王朝"无鸡鸣狗吠之警"的谬论,尖锐地指出封建社会已到了"日之将夕"的"哀世"等,那么这词上阕五句写废园,写残春,一派衰败景象,而又藤刺牵衣阻路,飞絮乱舞,便绝非只是写景,恰是对清王朝政治混乱,腐败无能的"刺语"。

张炎主张"过片不要断了曲意,须承上接下"。(《词源》)沈祥龙则曰:"须辞意断而仍续,合而仍分。"(《论词随笔》)此词"绣院深沉谁是主",正似断仍续,似合仍分,它既非完全承接上意,也未另起别意。绣者,华丽、精美也。杜甫《清明二首》其一:"绣羽衔花他自得,红颜骑竹我无缘。""绣院",指清政府的统治机构。"深沉",极深。李白《鲁郡尧祠送窦明府薄华还西京》:"深沉百丈洞海底,那知不有蛟龙蟠?"如此深深的"绣院"谁是"主"呢?一问包括无限感慨。朝廷中枢已日趋腐朽,就难怪"春芜"、"藤刺"、"杨花"之流,兴风作浪了。可是"一朵孤花,墙角明如许"。这一朵孤花,使人想到王安石的《梅花》:"墙角数枝梅,凌寒独自开。遥知不是雪,为有暗香来。"词人以孤花自喻,对比上述种种腐朽势力,又大不同,它是"明如许"啊!一结蕴意深远,似与花对语:"莫怨无人来折取,花开不合阳春暮。"此云"莫怨",因为花开不适时,正有"人不逢辰"意。而"莫怨"又正见怨之深也。"阳春",温暖的春天。《管子·地数》:"阳春农事方作,令民毋得筑垣墙,毋得缮冢墓。"杜秋娘《金缕衣》:"花开堪折直须折,莫待无花空折枝。"此词结语亦有美人迟暮之意。

词寄寓深刻,说穿了"废园"即"绣院"也。破题即写景,但情寓景中。转入下阕,用"孤花"以明志,实与前种种(如"春芜"、"藤刺"、"杨花"等)对比,则词人之怀抱,告天地,明日月,悲愤之情于中见之。今人吴世昌评此词:"末句又失之浅豁。"此非智者之言。而就全词论,更是语不直,脉不露,味不短,音韵不散缓亦不迫促的一首佳作。

台城路

赋秣陵卧钟,在城北鸡笼山之麓,其重万钧,不知何代物也

龚自珍

山陬法物千年在,牧儿叩之声死。谁信当年,楗锤一发,吼彻山河大地。幽光灵气。肯伺候梳妆,景阳宫里?怕阅兴亡,何如移向草间置? 漫漫评尽今古。便汉家长乐,难寄身世。也称人间,帝王宫殿,也称斜阳萧寺。鲸鱼逝矣。竟一卧东南,万牛难起。笑煞铜仙,泪痕辞灞水。

此钟置南京市鼓楼东北大钟亭内。镌有"洪武二十一年九月吉日铸"铭文。题云"在城北鸡笼山之麓",且云"不知何代物也"。未谂缘何词人如此说。道光二十年(1840)八月作者游苏州、南京,词约作于此时。开篇云千年"法物"被置于"山陬"(陬,角落),且"牧儿叩之声死"。"法物",帝王仪仗队所用的器物。《后汉书》卷一《光武帝纪下》建武十三年:"益州传送公孙述瞽师、郊庙乐器、葆车、舆辇,于是法物始备。"李贤注:"法物,谓大驾卤簿仪式也。"《晋书》卷五十一《挚虞传》:"虞考正旧典,法物粲然。""声死",声音微弱。常建《吊王将军墓》:"战

余落日黄，军败鼓声死。"虽说现在法物声微，然而当年呢？"楗锤一发，吼彻山河大地。""楗锤"即楗椎，梵语。也作楗槌、乾槌，实为寺院中所悬木鱼、钟、磬之类。当年如彼，今日岂不令人深思？我们知道，正是在作此词的上年（道光十九年）七月，作者过镇江，写下了大气磅礴呼唤冲破死气沉沉局面的"九州生气恃风雷，万马齐喑究可哀"震撼山河的名篇。而大钟的"幽光灵气"今天与"当年"也迥异了。言外之音不难窥知。"伺候"二句用典，见《南齐书·武穆裴皇后传》："上（萧赜）数游幸诸苑囿，载宫人从后车。宫内深隐，不闻端门鼓漏声，置钟于景阳楼上，宫人闻钟声，早起装饰。"词用反诘语，"肯"者，岂肯、怎肯、那肯，实即不肯也。意谓钟声若有知，岂肯伺候宫人梳妆于景阳宫里？借古人喻今，愤激之意，若李白"安能摧眉折腰事权贵，使我不得开心颜"。（《梦游天姥吟留别》）最后以"怕阅兴亡，何如移向草间置"的伤痛慨叹语作结，亦应题的山陬卧钟。

过片，紧承上阕，"意脉不断"。"漫漫评尽今古。"明言写词是借古评今，并仍为卧钟而兴叹。"长乐"，长乐宫，汉宫名。故址在今陕西长安县西北。本秦兴乐宫，汉加增饰，因改名。汉初为朝会之所，其后为太后所居，谓之东宫，又称东朝，至唐尚存，天宝后废。钱起《酬阙下裴舍人》："长乐钟声花外尽，龙池柳色雨中深。""萧寺"，佛寺。李贺《马诗》二十三首其十九："萧寺驮经马，元从竺国来。"王琦汇解引《释氏要览》："今多称僧居为萧寺者，是用梁武造寺以姓为题也。"李肇《国史补》："梁武帝造寺，令萧子云飞白大书萧字。""便汉家"数句，云如万钧（三十斤为一钧）卧钟，或置"帝王宫殿"，或置"斜阳萧寺"，都"难寄身世"。作者一生宦途失意，嘉庆二十三年（1818）第四次应乡试，始中第四名举人。后再考进士试，却连连落第。直到道光九年(1829)三十八岁第六次会试,才勉强中了第九十五名,殿试对策,列三甲第十九名,赐同进士出身。由于他放言高论,词锋凌厉,抨击时弊,力主革新,故张维屏称:"定公得志,恐为荆公。"他受到朝廷内外腐败官僚们的敌视和打击,始终未如王荆公那样一展抱负。十年后,四十八岁的定庵先生,不得不辞官南归。词写来正有此身何寄的感叹。故接以"鲸鱼逝矣"、"万牛难起",暗伤自己的"一卧东南",不能报效国家。"鲸鱼",撞钟之杵,因刻作鲸鱼形,故名。《后汉书》卷四十下《班彪传》附班固《两都赋》:"于是发鲸鱼,铿华钟。"李贤注:"鲸鱼谓刻杵作鲸鱼形也。铿谓击之也。……"薛综注《西京赋》云:"海中有大鱼名鲸,又有兽名蒲牢。蒲牢素畏鲸鱼,鲸鱼击蒲牢,蒲牢辄大鸣呼。凡钟欲令其声大者,故作蒲牢于其上,撞钟者名为鲸鱼。钟有篆刻之文,故曰华。""万牛难起",指卧钟重万钧,连万牛也拉不起来。杜甫《古柏行》:"万牛回首丘山重。"最后虽云"笑煞铜仙",但笑中含泪,更见其心中的无比沉痛。李贺《金铜仙人辞汉歌》有"空将汉月出宫门,忆君清泪如铅水"句,诗写魏明帝西取汉武帝时所铸仙人承露盘,仙人临载,乃潸然泪下,因留于灞水边。后用以表达亡国之痛的典故。

本词借"其重万钧"的庞然大物秣陵钟以寄慨,境界开阔,正气凛然,横放杰出。沈曾植《书龚定庵文集后》称:"定庵之才,数百年所仅有也。""其声非寻常之声也,其色非寻常之色也,其回薄激宕,江海不足以为深,山岳不足以为高。"又云:"而其幽灵殊异之心,疏通知远、体物无遗之智,如电入物,如水注地,积微造微,泯然藏密,不可思议。"此词足以当之。谭献称其"填词家长爪梵志"。"长爪"指人称"鬼才"的李贺。"梵志"即婆罗门。佛教谓为"从大海外"来的外道。萧统《僧正》诗:"能令梵志遣,亦使群魔惊。"在崇尚"折中柔厚之旨"纯从儒家诗乐论说词体的谭献，视不以词名家的定庵词，似有点旁门邪道。其实仅从上述二词中，亦不难看出那在当时人眼中"不可思议"的富有创造性和生命力的美学趣味。

项鸿祚

（1798—1835），字莲生，又改名廷纪，浙江钱塘（今杭州）人。道光十二年（1832）举人。两应进士试不第。英年早逝。著有《忆云词》甲乙丙丁稿。其自序云："生幼有愁癖，故其情艳而苦，其感于物也郁而深；连峰巉巉，中夜猿啸，复如清湘戛瑟，鱼沈雁起，孤月微明，其盲复幽凄，则山鬼晨吟，琼妃暮泣，风鬟雨鬓，相对支离；不无累德之言，抑亦伤心之极致矣！"（《甲稿序》）又云："不为无益之事，何以遣有涯之生？时异境迁，积习不改，《霜花腴》之剩稿，《念奴娇》之过腔，茫茫谁复知者？"（《丙稿序》）又云："当沈郁无悰之极，仅托之绮罗芗泽以泄其思，盖辞婉而情伤矣！"（《丁稿序》）于此略见作者之情趣。

水龙吟·秋声

项鸿祚

西风已是难听，如何又著芭蕉雨？泠泠暗起，澌澌渐紧，萧萧忽住。候馆疏砧，高城断鼓，和成凄楚。想亭皋木落，洞庭波远，浑不见、愁来处。　　此际频惊倦旅，夜初长、归程梦阻。砌蛩自叹，边鸿自唳，剪灯谁语？莫更伤心，可怜秋到，无声更苦。满寒江剩有，黄芦万顷，卷离魂去。

谭献云：莲生，古之伤心人也！荡气回肠，一波三折，有白石之幽涩而去其俗，有玉田之秀折而无其率，有梦窗之深细而化其滞，殆欲前无古人。……以成容若之贵，项莲生之富，而填词皆幽艳哀断，异曲同工，所谓别有怀抱者也。(《箧中词》四)

黄燮清云：《忆云词》古艳哀怨，如不胜情。猿啼断肠，鹃泪成血，不知其所以然也。怀才抑郁，以一第终，悲哉惜哉！(《国朝词综续编》)

起二句"总冒"。西风已令人难耐，何况又雨打芭蕉！芭蕉叶不展，古人视为含愁。张说《戏草树》云："戏问芭蕉叶，何愁心不开。"李煜云："秋风多，雨相和，帘外芭蕉三两窠。"(《长相思》)张先云："芭蕉寒，雨声碎。"(《碧牡丹》)陆游妾云："窗外有芭蕉，阵阵黄昏雨"(《卜算子》)等，皆同一意境。"泠泠"，形容声音清越。陆机《招隐士》诗："山溜何泠泠，飞泉漱鸣玉。"罗含《湘中记》："衡山有悬泉，滴沥岩间，声泠泠如弦音。"此(第三句)承首句，指风声。"渐渐"，象声词。王建《宫词》："月冷江清近腊时，玉阶金瓦雪渐渐。"李商隐《肠》诗："隔树渐渐雨，通池点点荷。"此(第四句)承第二句指雨声。"萧萧"，象声词，风声。"风萧萧兮易水寒，壮士一去兮不复还。"(《史记》卷八十六《荆轲列传》)又，草木摇落声。杜甫《登高》："无边落木萧萧下。""暗起"、"渐紧"，起而西风，继而落雨；雨大，风声又渐小了。风、雨、雨打芭蕉，种种声音，纷至沓来，而又偏于此刻"候馆疏砧，高城断鼓"，又是一派凄凉景象！"候馆"，接待宾客的馆舍。《周礼·地官·遗人》："五十里有市，市有候馆。"欧阳修《踏莎行》："候馆梅残，溪桥柳细。"从上"难听"、"又著"，虽人的主观情思已见，但"候馆"二句更展现出此中人的形象，而且暗示正在客中，且砧声已疏，鼓声已断(停)，夜已深沉了。"和成凄楚"，这样又怎不伤情！由上述种种可闻可见的实转而入虚:"想亭皋木落,洞庭波远","想"者,想象也。"亭皋",水边平地。《史记》卷一百一十七《司马相如列传·上林赋》:"亭皋千里,靡不破竹。"词上句化用柳恽《捣衣》诗:"亭皋木叶下,陇首秋云飞。"下句化用《楚辞·九歌·湘夫人》:"袅袅兮秋风,洞庭波兮木叶下。"这正是:"寂然凝虑,思接千载;悄焉动容,视通万里。"(《文心雕龙·神思》)"浑不见,愁来处",如果不是故作旷达,便是正话反说,愈见其愁而已。

下阕径述个人情怀。旅而"倦",言久客在外;惊而"频",知秋声撼人之深。"独在异乡为异客",如此长夜,偏又是"归程梦阻",即欲寻归梦而不可得。其意近范仲淹"黯乡魂,追旅思,夜夜除非,好梦留人睡"。(《苏幕遮》)亦与聂胜琼"寻好梦,梦难成。有谁知我此时情"(《鹧鸪天》)境界近似,而意蕴深厚。梦既不成,秋声又至,何况还有地下蛩(蟋蟀)吟,边雁哀鸣。虽云:"自叹","自唉",但对于"归程梦阻"的作者正感同身受。主客观融合了无痕迹,可谓善于言情者也。从"夜初长",到灯花一次一次剪掉而无人共语,暗示在孤寂中时间悄悄地过去了,而人始终未能入梦。秋声频频,震颤心灵,那么这愁情该有多么深啊!但是,不!"莫更伤心,可怜秋到,无声更苦。"有声苦,无声更苦,既解脱不了,伤心又有何用?这便又深一层表现出愁苦之深。歇拍展示一片苍茫雄浑的天地:江天辽阔,万顷黄芦,随风翻卷,离魂似也随之而去了。境界别开,忧伤却也随之更广袤,使人不禁有"猿啼断肠"之感。"离魂",魂不守舍的迷离状态。韩偓《玉山樵人集曲江夜思》:"大抵世间幽独景,最关诗思与离魂。"

词赋"秋声",却旧题新唱,构思虽受欧阳修《秋声赋》影响,但行文时见波澜,如自然界的风声、雨声,人世间的砧声、鼓声,转而"想"千百年的草木摇落湘水幽怀。本是愁来有处,却偏说"浑不见";而下阕又境界别开,洞天自见。结尾处荡魂夺魄,一片迷茫。从全词都跌宕多姿看,非只是泛言"秋声"也。

湘 月

项鸿祚

绳河一雁,带微云淡月,吹堕秋影。风约疏钟,似唤我、同醉寺桥烟景。黄叶声多,红尘梦断,中有檀栾径。空明积水,诗愁浩荡千顷。　　乘兴欲叩禅关,残萤几点,飐寒星不定。清夜湖山,肯付与、词客闲来消领?跨鹤天高,盟鸥缘浅,心事塘蒲冷。朔风狂啸,满林宿鸟都醒。

词小序云:"壬午九月,避喧于南山之甘露院,就泉分茗,移枕看山,相羊(徜徉)浃旬,尘念都净。出院不百步,越小岭,即虎跑也。尝月夜独游,清寒特甚,赋《念奴娇》鬲指声一阕记之。""壬午",道光二年(1822)。甘露院为杭州南山幽谧的僧寺。"浃旬",十天,一旬。汉《卫尉衡方碑》:"受任浃旬,庵离寝疾。""虎跑",泉名,在浙江杭州市虎跑山大慈定慧禅院(今名虎跑寺)。相传唐高僧寰中居此,苦于无水,一日,二虎跑地作穴,泉涌水出,甘冽胜常,始得名。"鬲指",亦称过腔。姜夔于

《湘月》小序云:"予度此曲,即《念奴娇》之鬲指声也,于双调中吹之。鬲指亦谓之过腔,见晁无咎集,凡能吹竹者,便能过腔也。"词人于秋月下独游南山,但见一片清幽境界。雁飞时常排成"一"字形,有如绳悬天际。朱彝尊《长亭怨慢·雁》:"一绳云杪。"词首句云:天河似雁列成一字形横于夜空。"绳河",即银河,又名天河。古纬书言王者德至云汉,则天河直如绳,江淹《建平王庆安城王拜封表》:"丽采绳河,映萼璠圃。"澹云微月,秋风凄冷,故下云"吹堕秋影"。此"影"盖因月光下照草木,影伏地下。作者用字新巧,于此等处,尤见功力。"风约疏钟",显示出人闻钟声断续而来的快意,故觉得"似唤我、同醉寺桥烟景"。"烟景",云烟缭绕的景色。崔涂《春夕旅游》:"自是不归归便得,五湖烟景有谁争。"《宋史》卷三百零一《李宥传》:"酒酣落笔,烟景万状。"此言甘露院外,景色甚美,令人陶醉。"黄叶声多,红尘梦断",前句仍是景,可见秋风劲峭,应上"吹堕""风约";后句寓有人生感慨。佛道家称人世为红尘。陆游《鹧鸪天》之五:"插脚红尘已是颠,更求平地上青天。"而月光下照,竹林径幽,却只令人诗愁浩荡无边。一结仍掩不住词人的寂寞愁怀。"檀栾",秀美貌,多形容竹。枚乘《梁王菟园赋》:"修竹檀栾,夹池水,旋菟园,并驰道。"后多用作竹的代称。白居易《题卢秘书夏日新栽竹二十韵》:"几声清淅沥,一簇绿檀栾。""空明",此指月光映照下的水,以其明澈如空,故称。韩愈《祭郴州李使君文》:"航北湖之空明,觑鳞介之惊透。"

接仍承前,"乘兴欲叩禅关","禅关",寺门,又称禅扉。厉鹗《忆旧游》"正浦溆茫茫,闲随野色,行到禅扉"。但景色却是无限凄冷:残萤只有数点,风吹"寒星不定","飑",风吹物使颤动。柳宗元《登柳州城楼寄漳汀封连四州》:"惊风乱飑芙蓉水,密雨斜侵薛荔墙。"姜白石《除夜自石湖归苕溪》:"分明旧泊江南岸,舟尾春风贴客灯。""清夜湖山"虽美,却又是不肯(怎肯)付与词人"消领"(消磨领受),仍是一片空虚。接仍沿此意:"跨鹤天高,盟鸥缘浅。""跨鹤",谓飞升成仙。《云笈七签》七十四《太上肘后玉经方》:"昔巢居子奉事东海青童君……无懈无怠;仅二十年,乃口授玄法,手录圣方曰:'若求跨鹤升九霄,未易致也。'"旧时讳人死为仙去,故云跨鹤西归。又,指人飞黄腾达,官职升迁得快,富贵荣华,如云"腰缠十万贯,跨鹤上扬州"。"盟鸥",《列子·黄帝篇》载:"海上之人有好鸥鸟者,每旦至海上,从鸥鸟游,鸥鸟之至者百住而不止。其父曰:'吾闻鸥鸟皆从汝游,汝取来,吾玩之。'明日之海上,鸥鸟舞而不下也。"旧谓人无机心,则异类与之相亲,陆游《乌夜啼》之四:"镜湖西畔秋千顷,鸥鹭共忘机。"与鸥结盟,古人视为乐事。辛弃疾《水调歌头·壬子三山被召》:"富贵非吾事,归与白鸥盟。"朱熹《过盖竹》之二:"浩荡鸥盟久未寒,征骖聊此驻江干。"这里一曰"天高",一曰"缘浅",谓万事不如人意。那么最后便是:心事像池塘蒲苇一样寒冷。结以一片凄冷苦寒景象:"朔风狂啸,满林宿鸟都醒。"

上引谭献《箧中词》四推许虽过分,但项词却有其愁云惨雾之一面,"盖辞婉而情伤矣"。项鸿祚生为浙人,本词上阕似浙派中期的厉鹗,生香异色,如入空山,无半点烟火气,一派幽隽清绮。下阕则充分表现出"伤心人别有怀抱"的心情。但通篇清空自然,言情幽闲绵远,物我融谐,构成一种无限迷茫的意境。

玉漏迟·冬夜闻南邻笙歌达曙

项鸿祚

病多欢意浅,空篝素被,伴人凄惋。巷曲谁家?彻夜锦堂高宴。一片氍毹月冷,料灯影、衣香烘软。嫌漏短,漏长却在,者边庭院。　　沈郎瘦已经年,更懒拂冰丝,赋情难遣。总是无眠,听到笛慵箫倦。咫尺银屏笑语,早檐角、惊鸟啼乱。残梦远,声声晓钟敲断。

"笙",簧管乐器。《诗·小雅·鹿鸣》:"鼓瑟吹笙。""笙歌",吹笙伴奏,泛指歌乐演奏。江淹《丽色赋》:"笙歌畹右,琴舞池东。"白居易《宴散》:"笙歌归院落,灯火下楼台。"欧阳修《采桑子》:"笙歌散尽游人去,始觉春空。"词首述自己冬夜状况。"病多欢意浅"是全词的总冒,下作具体叙述。"篝",竹笼。古人在笼内焚香,用以熏衣物或取暖,故又称熏笼。厉鹗《悼亡姬》:"消渴频烦供茗碗,怕寒重与理熏篝。""空篝",既示独卧无人照看,也含有境遇的困窘。"素被",见被之朴素。《老子》第十九章:"见素抱朴,少私寡欲。"项鸿祚家本富有,中年以后屡遭变故,生活困顿,而这里用"素"字又与周遭环境相衬。王沂孙《天香·龙涎香》:"谩惜余熏,空篝素被。"周邦彦《花犯》:"更可惜、雪中高士,香篝熏素被。"虽有它们相伴,词人仍感到凄凉怅恨。这三句写冬夜独处的寂寞伤感情怀。接写另一处,应题"南邻":"巷曲谁家?彻夜锦堂高宴。""巷曲"二字为合韵倒装,即曲巷,犹小巷,或偏僻的狭巷。古乐府《相逢狭路间》:"京华有曲巷,巷曲不通舆。"后也指妓院。《聊斋志异·柳氏》:"曲巷之游,从此绝迹。""曲巷谁家?"并非不知,用探问口气,以示惊讶:因为"彻夜"犹在"锦堂高宴"!这种一派豪华欢乐的喧闹声,在落魄人是难以取得心态平衡的。接紧承上句,但却是词人的想象:"一片氍毹月冷,料灯影、衣香烘软。""氍毹",这里指毛织的地毯。《玉台新咏》卷一《古乐府诗·陇西行》:"好妇出迎客,颜色正敷愉。伸腰再拜跪,问客平安不。请客北堂上,坐客毡氍毹。"吴兆宜注引《风俗通》:"织毛褥谓之氍毹。"月冷夜深,锦堂铺着毛织地毯(或释为锦堂上铺着毛褥)。在那迷离闪烁的灯光影里,香烟缭绕,把衣服都烘得软暖了。这里极写笙歌宴乐,沉酣迷醉,仿佛晏几道《鹧鸪天》里的境界:"舞低杨柳楼心月,歌尽桃花扇底风。"本词从一个"料"字点出彼处(南邻)境况非词人目睹,而是孤身独卧时的想象。"嫌漏短,漏长却在、者(这)边庭院。"前句言曲巷锦堂人家,后二句言自家。而这三句正如俗语常说的:"欢娱嫌夜短,愁苦怨更长。"("更",旧时夜间记时单位)这三句对比强烈,不明写欢乐哀戚,仍使人鲜明地感觉到彼此心境反差之大,从而反映出词人内心是何等的悲伤!

换头用沈约典应首句"病多"。《南史》卷五十七《沈约传》:"(约)与徐勉素善,遂以书陈情于勉,言己老病,'百日数旬,革带常应移孔;以手握臂,率计月小半分。'欲谢事,求归老之秩。"词说自己生病消瘦并已逾年,因此"懒拂冰丝,赋情难遣"。"冰丝",指琴弦。《杨太真外传》:"开元中,中官白秀贞自蜀回,得琵琶以献,弦乃拘弥国所贡,绿冰蚕丝也。"古今乐家常通过演奏歌唱来寄托情思,诗词中亦多见。有的明言,如杨师道云:"丝传园客意,曲奏楚妃情。"(《侍宴赋得起坐弹鸣琴》)韦应物云:"迢迢万里隔,托此传幽音。"(《拟古诗二首》)有的表现在演奏中,如"弹到昭君怨处,翠蛾愁,不抬头";(牛峤《西溪子》)"弹到断肠时,春山眉黛低。"(晏几道《菩萨蛮》)正是因此,词人说他既"懒拂冰丝",也就难以通过填词、或对词的演唱来抒发自己的感情。词人曾云:"不为无益之事,何以遣有涯之生。"故矢志于词,"当沈郁无憀之极,仅托之绮罗香泽以泄其思,盖辞婉而情伤矣!"如今竟"赋情难遣",疏于填词,则词人的苦闷可以想见。"总是无眠",紧承上意。"听到笛慵箫倦",是说"南邻"曲巷人家笙歌早该结束。这里将"慵"、"倦"拟人化,谓连笛箫都精疲力竭,似乎不愿再继续下去。"听到"二字极其凄苦。本来"病多",又"幼有愁癖",精神负担重,偏碰上这样一家南邻,近在咫尺,连身在银屏内外人的欢声笑语,也清楚可闻。时间在痛苦煎熬中前进。这时已经到了"早檐角,惊鸟啼乱"。曹操有"月明星稀,乌鹊南飞"(《短歌行》)句;周邦彦有"月皎惊乌栖不定"(《蝶恋花》)句;乌惊,都是由于月明。这里鸟惊而乱啼,怕是由于东方已现红光,"处处闻啼鸟"了!词人于天快亮时,才矇眬睡了一下,而不久就敲起声声晓钟以至于"断"(停止),暗示天大亮了。最后应题"南邻笙歌达曙"。

词写作者由夜至曙辗转难眠的痛苦情状。全篇采用对比手法。这边是空簟素被无限凄凉,那边却是锦堂高宴,衣香鬓影;这边是怨更长,那边是嫌漏短。在如此截然不同的反衬下,人的凄苦情怀达于极致。苏轼《蝶恋花》:"墙里秋千墙外道,墙外行人,墙里佳人笑。笑渐不闻声渐悄,多情却被无情恼。"抛开词可能有的寓意,我觉得项词更富有情趣,且含意深厚,艺术高超,而调侃味道,倒在其次了。"古之伤心人也"的项莲生,确是词中圣手。其《减字木兰花·春夜闻隔墙歌吹声》与此首有调异而工同之妙,录之以供参读。

减字木兰花

项鸿祚

阑珊心绪,醉倚绿琴相伴住。一枕新愁,残夜花香月满楼。　　繁笙脆管,吹得镜(一作锦)屏春梦远。只有垂杨,不放秋千影过墙。

蒋敦复

(1808—1867),字剑人,始名金和,字纯甫,又易名尔谔,字子文。江苏宝山(今属上海市)人。屡应乡试不第,出游大江南北。性倨傲,好臧否人事。道光二十二年(1842)初为僧,号铁岸,又名妙尘,别号"铁脊生"。后反俗,应试补诸生。复为僧,法名昙隐大师,筑庵沪上。有《芬陀利室词》、《芬陀利室词话》二卷。

百字令·经阮嗣宗墓下作

蒋敦复

一堆黄土,劝卿休白眼,我来浇酒。痛哭平生才子泪,此泪除卿安有?我亦当年,最伤心者,肯落千秋后?风流尽矣,青山今日回首。　　多少典午衣冠,禅文九锡,人世何鸡狗。党籍遗风高士传,玉骨棱棱不朽。龙性难驯,鸿飞已冥,以酒全其寿。茫茫万古,醉魂知尚醒否?

阮籍,字嗣宗,生于汉献帝建安十五年(210),卒于魏元帝景元四年(263)。魏明帝曹叡于景初三年(239)病死,养子齐王曹芳年仅八岁,继位为帝。国家权力不久就落到太尉司马懿(史称晋高祖宣帝)手里。处于魏晋易代之际的政治旋涡中,司马氏集团与曹氏集团的斗争很激烈,许多名士都被司马氏杀害(如以"非汤武而薄周孔"被杀的嵇康)。阮籍对曹魏末年骄奢淫逸,大兴宫室,深为不满,但他又不愿与暴戾恣睢的司马氏集团同流合污,甘为虎伥,因而采取一些"虚与委蛇"的态度。他纵酒伴狂,寄情老、庄,以求自全。蒋敦复这首经阮籍墓有感而作的词,揭示出阮籍在现实生活中的苦苦挣扎和诗人不流于世俗的品质,也流露出自己难以尽言的思想意识,染上了淡淡的政治色彩。

词首句即点题中"墓"字。通常说"一抔土"。抔(póu),用手捧。《礼记·礼运》:"汙(污)尊而抔饮。"郑玄注:"汙尊,凿地为尊也;抔饮,手掬之也。"《史记》卷一百零二《张释之冯唐列传》:"假令愚民取长陵一抔土,陛下何以加其法乎?"长陵,汉高祖陵墓;一抔,一捧,后人因称坟墓为"一抔土"。次句用《晋书》卷四十九《阮籍传》:"籍又能为青白眼,见礼俗之士,以白眼对之。及嵇喜来弔(吊),籍作白眼,喜不怿而退。喜弟康闻之,乃赍酒挟琴造焉,籍大悦,乃见青眼。"青眼,眼睛正视,眼珠在中间,表示对人尊重或喜爱。杜甫《短歌行》:"仲宣楼头春色深,青眼高歌望吾子。"白眼,眼睛向上或向旁边看,现出眼白,表示轻视或憎恶。王维《过崔处士兴宗林亭》诗:"科头箕踞长松下,白眼看他世上人。"词用"劝卿"更表现出阮籍典型的爱憎性格。"浇酒",表示祭奠。李贺《浩歌》:"买丝绣作平原君,有酒惟浇赵州土。"词的前三句高度概括了阮籍其人和自己的敬意。接"痛哭"二句亦用《传》:"(籍)时率意独驾,不由径路,车迹所穷,辄恸哭而反(返)。"这里一称阮籍为"才子泪",二称"除卿安有"?正表现出阮籍借醉伴痴以"全生保真"而韬光养晦的苦衷。联系下二句"我亦当年,最伤心者,肯落千秋后?"似更有一番深意。蒋敦复生当清王朝经历巨变的鸦片战争前后,虽幼负才名，却屡试不第，浪迹南北，傲慢狂怪，两度为僧，又欲入太平天国军而未果。他和当时社会亦是扞格不入的。蒋称不肯落阮籍之后，正透视出他对清王朝的不满，用笔迂回曲折。最后以流风余韵已经水逝云飞，空对青山，不堪回首的感叹收束上阕。

下阕前三句揭示司马氏集团的阴险诡诈。"典午"，见《三国志》卷四十二《蜀书·谯周传》："周语次，因书版示(文)立曰：'典午忽兮，月酉没兮。'典午者谓司马也。月酉者谓八月也，至八月而文王(司马昭)果崩。"按典、司，都有掌管之义；午，生肖为马，"典午"隐指"司马"，即晋朝的代称。庾信《哀江南赋》："居笠毂而掌兵，出兰池而典午。""衣冠"，原指缙绅之家。《礼记·儒行》："儒有衣冠中，动作慎。"此指出入司马氏集团的士大夫、官绅。"九锡"，古代帝王赐给有大功或有权势的诸侯大臣的九种物品。《公羊传·庄公元年》："加我服也。"何休注："礼有九锡：一曰车马，二曰衣服，三曰乐则，四曰朱户，五曰纳陛，六曰虎贲，七曰弓矢，八曰铁钺，九曰秬鬯。"此处具体指魏明帝曹叡景初三年(239)"五月，天子以并州之太原上党西河乐平新兴雁门、司州之河东平阳八郡，地方七百里，封帝(指史称的晋太祖文帝司马昭)为晋公，加九锡，进位相国，晋国置官司焉。"(《晋书》卷二《文帝纪》)《阮籍传》称："会帝让九锡，公卿将劝进，使籍为其辞。籍沈醉忘作，临诣府，使取之，见籍方据案醉眠。使者以告，籍便书案，使写之，无所改窜，辞甚清壮，为时所重。"对于晋文帝司马昭假意让九锡，士大夫、官绅等谄媚之徒的劝进，词曰："人世何鸡狗"，嗤之以鼻。相对这些人世间的"鸡狗"来说，词人盛赞阮籍是《高士传》中的人物，"玉骨棱棱"威严方正，高洁隽爽，永世不朽。"玉

① 《高士传》，晋皇甫谧撰。三卷。记录上古至魏晋隐逸之士九十六人。据南宋李石《续博物志》，原书记述高士七十二人，今本系后人杂抄《太平御览》所引嵇康《高士传》、《后汉书》等，附益而成。

骨",以玉为骨,言其隽爽高洁。杜甫《徐卿二子歌》:"大儿九龄色清澈,秋水为神玉为骨。""棱棱",本作稜稜。威严方正貌。《世说新语·容止》:"孙兴公(绰)见林公'棱棱露其爽'。"这里将阮籍与司马氏集团作对比写法,悬殊何啻霄壤!再以古代传说中善变化,能兴云雨利万物的龙为喻,谓其难俯仰于人;又如善避祸害的飞鸿,高蹈远去。"鸿飞已冥",即"鸿飞冥冥"。扬雄《法言·问明》:"治则见,乱则隐。鸿飞冥冥,弋人何篡焉?"注:"君子潜神重玄之域,世网不能制御之。"鸿飞入于远空,距远形微,矰缴不及,因以喻脱羁远害。阮籍所以如此,全在"以酒全其寿"。《传》载:"文帝初欲为武帝(司马炎)求婚于籍,籍醉六十日,不得言而止。钟会数以时事问之,欲因其可否而致之罪,皆以酣醉获免。"最后呼应开头,说万古茫茫,已成过去,"我来浇酒",你这"醉鬼"还知道醒来吗?思接千载,情通古人,时间的界限泯灭了!词人的深悲沉痛,正与怀才不遇,愤世嫉俗,对传统礼教采取不合作态度的阮籍,成为异代知己。

蒋春霖

(1818—1868),字鹿潭,江苏江阴人。幼随父荆门州任所,尝登黄鹤楼赋诗,一时有"乳虎"之目。父殁,家道中落,奉母命游京师。连不得志于闱试,乃弃举子业。就两淮盐官。咸丰二年(1852),权东台富安场大使。咸丰七年,以母逝去官,挈家居东台县。同治七年(1868)冬访友途中,自沉于吴江垂虹桥。鹿潭一生落拓,工诗,中年后专致力于词,抒身世之感,每多凄厉之音。风格近南宋姜白石与张炎。有《水云楼词》二卷,《补遗》一卷。

琵琶仙

五湖之志久矣,羁累江北,苦不得去。岁乙丑,偕婉君泛舟黄桥,望见烟水,益念乡土。谱白石自度曲一章,以箜篌按之,婉君曾经丧乱,歌声甚哀。

蒋春霖

天际归舟,悔轻与、故国梅花为约。归雁啼入箜篌,沙洲共飘泊。寒未减、东风又急,问谁管、沈腰愁削?一舸青琴,乘涛载雪,聊共斟酌。　　更休怨、伤别伤春,怕垂老心期渐非昨。弹指十年幽恨,损萧娘眉萼。今夜冷、蓬窗倦倚,为月明、强起梳掠。怎奈银甲秋声,暗回清角!

李肇增云:君为诗恢雄肮脏。若《东淘杂诗》二十首,不减少陵秦州之作。乃易其工力为长短句,镂情刿恨,转豪于铢黍之间,直而致,沈而姚,曼而不靡,呜呼!君之词亦工矣。君尝谓:"词祖乐府,与诗同源。偎薄破碎,失风雅之旨。情至韵会,溯与风流,极温柔怨慕之意,亦未知其同与异否也。"故以此悉力于词,登山临川,伤离悼乱,每有感慨,于是乎寄。(《水云楼词·序》)

陈廷焯云:蒋鹿潭《水云楼词》二卷,深得南宋之妙。于诸家中,尤近乐笑翁。竹垞自谓学玉田,恐去鹿潭尚隔一层也。……鹿潭稍逊皋文、庄(棫)、谭(献)之古厚,而才气甚雄,亦铁中铮铮者。(《白雨斋词话》卷五)

谭献云:阅蒋鹿潭《水云楼词》,婉约深至,时造虚浑,要为第一流矣。(《复堂词话》)又云:文字无大小,必有正变,必有家数。《水云楼词》,固清商变徵之声,而流别甚正,家数颇大,与成容若、项莲生,二百年中,分鼎三足,咸丰兵事,天挺此才,为倚声家杜老,而晚唐两宋一唱三叹之意则已微矣!或曰:"何以与成、项并论?"应之曰:阮亭、葆馚(钱芳标)一流为才人之词,宛邻(张琦)、止庵一派为学人之词,惟三家是词人之词,与朱、厉同工异曲,其他则旁流羽翼而已。(《箧中词》五)

吴梅云:嘉庆以前,词家大抵为其年、竹垞所牢笼,皋文、保绪,标寄托为帜,不仅仅摹南宋之至,隐隐与樊榭相敌,此清朝词派之大概也。至鹿潭而尽扫葛藤,不傍门户,独以风雅为宗,盖托体更较皋文、保绪高雅矣。词中有鹿潭,可谓止境。……词有律有文,律不细非词,文不工亦非词。有律有文矣,而不从沈郁顿挫上着力,或以一二聪明语见长,如《忆云词》类,尤非绝尘之技也。鹿潭律度之细,既无与伦;文笔之佳,更为出类;而又雍容大雅,无搔头弄笔之态,有清一代,以《水云》为冠,亦无愧色焉。(《词学通论》第九章)

冒广生评本词云:鹿翁尝有所昵曰黄婉君者,聚散离合,恩极生怨,鹿翁卒为婉君而死,婉君亦以死殉鹿翁。濒死,向陈百生再拜,乞佳传,从容就绝。论者谓此足可慰鹿翁矣。鹿翁尝偕婉君泛舟黄桥,望见烟水,念五湖之志,苦不得遂,谱《琵琶仙》词,使婉君歌之,其声甚哀。(《小三吾亭词话》卷一)

谭献云:屈曲洞达,齐梁书体。(《箧中词》五)

吴世昌云:鹿潭《琵琶仙》小序起句曰:"五湖之志久矣",不甚通。

序中言及与婉君同舟,按《水云楼词续》序,谓词中所谓黄婉君者,聚散乖合,恩极怨生,鹿潭卒为婉君而死,婉君亦以死殉鹿潭。濒死向陈百生再拜,乞佳传,从容就绝云。(《词林新话》)

同治四年(1865),时词人挈家居江北之东台县。某日,偕姬人黄氏婉君泛舟江北泰兴县黄桥镇,益增归乡之情。姜白石有恋人善琵琶,曾赋《琵琶仙》云:"双桨来时,有人似、旧曲桃根桃叶。"谢朓《之宣城郡出新林浦向板桥》云:"天际识归舟,云中辨江树。"词首句化诗为词,正有此意。"故国",故乡。杜甫《上白帝城二首》其一:"取醉他乡客,相逢故国人。"这里用一"悔"字,更见"约"而未归的遗憾。接应小序,"以筌篌按之。""筌篌",似瑟而小,七弦,用拨弹之,如琵琶。琴曲有《平沙落雁》,一名《雁落平沙》,描写沙滩上群雁起落的情景。上句曰"啼",下句曰"共",可见伤"飘泊"之重。藉物(乐音)兴感,愁情满怀。再以天时的春寒料峭,东风多厉,急景流年,叹自己如沈约般消瘦憔悴。《晋书》卷五十七《沈约传》:"百日数旬,革带常应移孔;以手握臂,率计月小半分。"后因以"沈腰"为腰围减损的代称。李煜《破阵子》:"一旦归为臣虏,沈腰潘鬓消磨。""青琴",典出《汉书》卷五十七上《司马相如列传·上林赋》:"若夫青琴宓妃之徒,绝殊离俗。"颜师古注引伏俨曰:"青琴,古神女。"这里指婉君。应题"偕婉君泛舟黄桥"。"乘涛载雪",舟中共饮,景情交织,仍是一片寒意。"斟酌",酌酒以共饮。陶潜《移居》:"过门更相呼,有酒斟酌之。"

过片对婉君发出深情的慰勉。李商隐《杜司勋》:"刻意伤春复伤别,人间惟有杜司勋。""伤别伤春",这里泛指夫妻间一些不惬意的感情波澜。"心期",心意,心愿。陆淞《瑞鹤仙》:"待归来先指花梢教看,却把心期细问。"又,有"两相期许"意。纳兰性德《金缕曲·赠梁汾》："一日心期千劫在,后生缘,恐结他生里。"两相期许的深情,到如今"垂老"之年(实际词人这年只四十八岁),怕已非像青年时那样。"更休怨",用笔直,但接以怜惜眷怀之语,具见情深,披肝沥胆。唐宋人以"萧娘"为女子的泛称。杨巨源《崔娘诗》:"风流才子多春思,肠断萧娘一纸书。"周邦彦《夜游宫》:"有谁知,为萧娘,书一纸。"此以萧娘指婉君。"眉萼",即"眉花",意同"眉花眼笑",也作"眉开眼笑",均表示十分高兴。匆匆间十多年过去,难免有些"幽恨";而且"伤别伤春",也可能使你的容颜不悦。下面更情深万种,无限旖旎。"今夜冷,篷窗倦倚。"这是眼前的现实。"篷窗",即船窗。汪元量《湖洲歌》之十:"靠着篷窗垂两目,船头船尾烂弓刀。""为月明、强起梳掠。"此正是以健笔写柔情,绝无纤毫的柔媚,意味却仍和婉。吴梅村《圆圆曲》写陈圆圆随吴三桂征行陇陕道上有"斜(yé)谷云深起画楼,散关月落开妆镜"句,亦是奇思妙想。词用"强起"二字,见对方亦是多情。结应"婉君曾经丧乱,歌声甚哀"。"银甲",银质的假指甲,套于指上,用以弹筝、琵琶等弦乐,亦称"拨"。杜甫《陪郑广文游何将军山林》之五:"银甲弹筝用,金鱼换酒来。"银甲发出的是"秋声",如凄清的号角声。姜白石《扬州慢》:"渐黄昏、清角吹寒,都在空城。"

词写来动荡开阖,情深意挚,虽涉闺闱之事,但"凌云健笔",意气纵横,正所谓"雍容大雅,无搔头弄笔之态"者也。

周星誉

（1826—1884），字叔昀，一字叔云，号鸥公，又号芝芗。河南祥符（今开封）人。寓居浙江绍兴。道光三十年（1850）进士。后累官至两广盐运使，兼署广东按察使。词承浙派余绪。谭仪序其《东鸥草堂词》（二卷）谓"赋物缘情，风人遗则"。

永遇乐·登丹凤楼怀陈忠愍公

周星誉

放眼东南，苍茫万感，奔赴栏底。斗大孤城，当年曾此、笳鼓屯千骑。劫灰飞尽，怒潮如雪，犹卷三军痛泪。满江头，阵云团黑，蛟龙敢啮残垒。　　登临狂客，高歌散髮，唤得英雄都起。天意倘教、欲平此虏，肯令将军死？只今回首，笙歌依旧，一片残山剩水。伤心处，青天无语，夕阳千里。

丹凤楼，自注："楼在沪城（上海县县城）东北女墙上，宋淳熙间立。"陈忠愍公，陈化成（1776—1842）字莲峰，福建同安人。历任总兵、提督。道光二十年（1840），在福建提督任内，击退犯境的英国侵略军。后任江南提督，守江苏吴淞口。道光二十二年五月（1842年六月）英军进犯吴淞口时，坚决反对两江总督牛鉴向英军求和。十六日拂晓英舰来攻，督部猛烈发炮，击伤英舰多艘。牛鉴从宝山溃逃，英军登陆，从后路抄袭西炮台。他孤军奋战，与所属官兵英勇战死。谥忠愍。这里用词的形式写吴淞口之战和词人的感受。

起写登楼望黄浦江放眼东南大地，江潮奔赴栏底，不由得感慨万千。"苍茫"，旷远迷茫貌。潘岳《哀永逝文》："望山兮寥廓，临水兮浩汗，视天日兮苍茫，面邑里兮萧散。"李白《关山月》："明月出天山，苍茫云海间。"词言"苍茫万感"，寓有往事迷茫，无限慨叹意。接述当年战事。"斗大孤城"，喻指吴淞炮台的战场并不大，而牛鉴遁逃，无援兵接济，故称"孤城"。就是在这样一个"斗大"的地方，却演出了一场"金戈铁马，气吞万里如虎"（辛弃疾）的英勇战斗。"笳鼓"，古代乐器，常用于军中。"笳"，始流行于塞北和西域一带。相传汉李陵《答苏武书》云："侧耳远听，胡笳互动，牧马悲鸣，吟啸成群，边声四起。"蔡琰《悲愤诗》："胡笳动兮边马鸣，孤雁归分声嘤嘤。""鼓"，战鼓。古代行军，击鼓则进。杜甫《阁夜》："五更鼓角声悲壮。"又，贺铸《六洲歌头》："笳鼓动，渔阳弄。""笳鼓千骑"，喻军队。"劫灰"，劫后余灰。（见梁·慧敏《高僧传·竺法兰》）"劫灰飞尽"，用李贺《秦王饮酒》"劫灰飞尽古今平"。词指战争结束。临战虽英勇，终于失败，故云"怒潮如雪，犹卷三军痛泪"。前四字写吴淞口外的水势，犹如说"卷起千堆雪"（苏轼），"怒涛卷霜雪"（柳永）等。"三军"，军队的统称。荀子《赋》："城郭以固，三军以强。"《孙子·军争》："故三军可夺气，将军可夺心。"陈化成负伤七处，与守台官兵八十余人壮烈战死，以"怒潮如雪"衬之，更见悲愤。上阕以词人的感叹结：当时战地烟云如团团阴霾，布满江头,战垒虽残,英雄仍敢于战斗到底!"阵云",战地烟云。高适《塞下曲》:"青海阵云匝,黑山兵气冲。""蛟龙",即蛟。以其形容传说中的龙,故称蛟龙。《庄子·秋水》:"夫水行不避蛟龙者,渔父之勇也。"这里以蛟龙喻指陈化成所部。与周星誉同时年龄稍长的黄仁,写有"吊陈莲峰提督化成阵殁吴淞口"的《水龙吟》,起云:"海天独障狂澜。鸢飞欲堕愁无际。鼍梁乍驾,鹤轩何处?沙虫争避。"以"狂澜"喻英军压境,并写两江总督牛鉴溃逃,陈化成临阵督战,震慑敌军。凛然正气,可与本词比并,张维屏的《三将军歌》诗则依据实事以作敷陈,用的是赋法。咏陈化成云:"英夷犯上海,公守西炮台,以炮击夷兵,夷兵多伤摧。公方血战至日旰,东炮台兵忽奔散,公势既孤贼愈悍,公口喷血身殉难。"

下阕全抒词人登丹凤楼的感愤:说自己如一名狂放不羁的人,高歌散髪,呼唤卫国的英雄都能奋起。"狂客",狂放不羁的人。《新唐书》卷一百九十六《贺知章传》:"知章晚节尤诞放,遨嬉里巷,自号'四明狂客'。"杜甫《寄李十二白二十韵》:"昔年有狂客,号尔谪仙人。笔落惊风雨,诗成泣鬼神。"接指斥那些误国的统治者,说倘若他们真有敢与敌抗衡的决心,怎肯令陈将军去死呢?杜甫《暮春江陵送马大卿公恩命追赴阙下》:"天意高难问,人情老易悲。"张元干《贺新郎》并将语气加重:"天意从来高难问,况人情老易悲难诉。"俱以"天意"指最高统治者。清廷的腐败颟顸,顽固保守,是鸦片战争失败的一个重要原因。词人义愤填膺,一声"肯令将军死"道出统治者的无能和广大人民的愤怒心声!而令人更伤心的是:"只今回首,笙歌依旧,一片残山剩水。"统治者不管山河残破,依旧歌舞升平,追欢逐乐。"笙歌",泛指歌舞欢乐。(详前项鸿祚《玉漏迟》)"残山剩水",旧有多义,此指国土被侵,山河不全。明人王璲《题赵仲穆画》:"南朝无限伤心事,都在残山剩水中。"最后,以景结情:"青山无语,夕阳千里",愈见词人沉痛的伤情。

众多的英雄人物被保卫国家抵御外侮的反侵略战争,推上历史的大舞台,他们的业绩彪炳史册,光照千秋,谱下一曲曲感天动地的伟大乐章。但是在诗中反映多,见之于词的形式较少。故本词为反映鸦片战争中不可多得的一首。而且,它既未空发议论,也未据实叙事;却又境与事谐,景与情和;激情满怀,爱憎分明,虽悲感伤怀,仍是一阕激励人心的赞歌,爱国的乐章。

张景祁

(1827—?),原名左钺,字蘩甫,一字蕴梅,号韵梅,又号新蘅主人,浙江钱塘(今杭州)人。同治十三年(1874)进士。曾官福建等地的知县。晚岁宦游台湾淡水、基隆等地。早年词负盛名,宗姜夔、张炎。精研声律。谭献等人奉为宗师。词集名《新蘅集》,并著《研雅堂诗文集》传世。

秋霁·基隆秋感

张景祁

盘岛浮螺,痛万里胡尘,海上吹落。锁甲烟销,大旗云掩,燕巢自惊危幕。乍闻唳鹤,健儿罢唱《从军乐》。念卫霍,谁是汉家图画壮麟阁? 遥望故垒,毳帐凌霜,月华当天,空想横槊。卷西风、寒鸦阵黑,青林凋尽怎栖托?归计未成情味恶。最断魂处,惟见莽莽神州,暮山衔照,数声哀角。

叶衍兰云:新蘅词选调必精,摛辞必炼,有石帚之清峭而不偏于劲,有梅溪之幽隽而不失之疏,有梦窗之绵丽而不病其秾,有玉田之婉约而不流于滑,寻声于清浊高下之别,审音于舌腭唇齿之分。剖析微茫,力追正始。(《新蘅词·序》)

谭献评本词云：笳吹频惊，苍凉词史，穷髮一隅，增成故实。（《箧中词续》二）

光绪十年（1884）八月，法国军舰进犯基隆，福建巡抚刘铭传率军抗击后失守。时作者任淡水知县。此前于《望海潮》小序云："基隆为全台锁钥。春初，海警猝至，上游拨重兵堵守，突有法兰兵轮一艘，入口游弋，传是越南奔北之师，意存窥伺。越三日始扬帆去，我军亦不之诘也。""基隆"，旧名鸡笼。在台湾省本岛北岸，光绪元年（1875）置鸡笼厅，九年改基隆厅。词首云台湾岛如回旋形的海螺浮出水面。接即进入主题写所感：不幸为远来的法国海军侵占。"胡尘"，泛指侵略者。陆游《秋夜将晓出篱门迎凉有感》："遗民泪尽胡尘里，南望王师又一年。"词人之"痛"，一在如螺形之宝岛陷于敌手；一在"锁甲烟销，大旗云掩，燕巢自惊危幕"。"锁甲"，又称锁子甲，古代武士的一种铠甲。周必大《二老堂诗话》称："至今谓甲之精细者为锁子甲，言其相衔之密也。"《正字通·金部》："锁子甲五环相互，一环受镞，诸环拱护，故箭不能入。"马戴《赠淮南将》诗："塞色侵旗动，寒光锁甲明。""燕巢自惊"，谓岌岌可危。《左传·襄公二十九年》吴季札曰："夫子之在此也，犹燕之巢于幕上。"丘迟《与陈伯之书》："鱼游于沸鼎之中，燕巢于危幕之上。"这三句说战士的铠甲在战火中销毁，战旗为浓重的战云所掩而黯淡无光，形势如燕子筑巢于帷幕上而处于险境。再述其原因："乍闻唳鹤，健儿罢唱《从军乐》。""鹤唳"，鹤鸣。王充《论衡·变动》："夜及半而鹤唳，晨将旦而鸡鸣。"此处指"风声鹤唳"。东晋时，秦主苻坚于肥水阵前大败谢玄军，"坚众奔溃，自相蹈藉投水死者不可胜计，肥水为之不流。余众弃甲宵遁，闻风声鹤唳，皆以为王师已至。"（《晋书》卷七十九《谢安传》附《谢玄传》）后用来形容惊慌失措或自相惊扰。刘铭传于光绪十一年六月奏疏中称："台湾军务弛废已久，湘淮各军皆强弩之末……兵丁多半烟病，将贪兵猾，宽则怠玩不振，积弊难除；严则纷纷告假，去而之他。"这大概是台湾清军闻警惊心，"罢唱《从军乐》"的原因。于慨叹将帅无能后，词人谓不知何日能有强将重振汉家威风。"念卫霍，谁是汉家图画壮麟阁？""麟阁"，麒麟阁。《汉书》卷五十四《苏建传》附《苏武传》："甘露三年，单于始入朝。上(宣帝)思股肱之美，乃图画其人于麒麟阁，法其形貌，署其官爵姓名。惟霍光不名……凡十一人，皆有传。"颜师古注："《汉宫阁疏名》云萧何造。"又引张晏曰："武帝获麒麟时作此阁，图画其像于阁，遂以为名。"实际卫青、霍光、霍去病皆未图画于麟阁。

过片抒怀。"故垒"，营垒的遗迹。刘禹锡《西塞山怀古》："故垒萧萧芦荻秋。"此指基隆炮台。作者时在淡水。"毳帐"，氈帐。《新唐书》卷二百一十六上《吐蕃传》："有城郭庐舍不肯处，联毳帐以居，号大拂庐，容数百人。"这里藉指军帐。在如此严霜、冷月、故垒、毳帐无限荒寒的情景下，词人不由浮想联翩：苏轼当年曾经思怀曹操："方其破荆州、下江陵，顺流而东也，舳舻千里，旌旗蔽空，酾酒临江，横槊赋诗，固一世之雄也。"(《前赤壁赋》)但于"横槊"前用"空想"，正见如此豪情胜概能文能武的人物，已不可多得了。而眼前又是西风飒飒，寒鸦成阵，万木凋零的深秋，何处可以"栖托"？"栖托"，寄托，安身。罗隐《秋寄张坤》："未知栖托处，空羡圣明朝。"看似问鸦，实是自问。作者离乡背井，寄身台岛，欲归无计，"海天愁思正茫茫"，故曰"情味恶"，最后仍承前：莽莽神州，路遥千里，暮山衔照(落日)，画角呜咽，是最令人断魂了。"莽莽"，无涯际貌。杜甫《秦州杂诗》："莽莽万重山，孤城山谷间。"

词上阕写法军侵占基隆,形势危急,将士无所用命,希冀能有如卫、霍之英雄为国家建功立业,过片抒怀:严霜、冷月、西风、寒鸦、枯林、暮山、残照、哀角,景色凄清,正衬托出作者此刻怀思念远的情状。"摛辞必炼",于此亦可见。"月华"、"暮山衔照"同时出现,似有"月迷津渡"、"杜鹃声里斜阳暮"(秦观)之病,其实这许多有声有色的意象选取,不过为映衬其"秋感"的无限悲凉也。

曲江秋·马江秋感

张景祁

寒潮怒激,看战垒萧萧,都成沙碛。挥扇渡江,围棋赌墅,诧纶巾标格。烽火照水驿。问谁洗、鲸波赤。指点鏖兵处,墟烟暗生,更无渔笛。　　嗟惜,平台献策。顿销尽、楼船画鹢。凄然猿鹤怨,旌旗何在?血泪沾筹笔。回望一角天河,星辉高拥乘槎客。算只有鸥边,疏莚断蓼,向人红泣。

马江,即马尾,又作马头江,位于福州濒海。《民国福建通志》称:"光绪十年,法提督孤拔率兵船来福州马尾,有占据地方为质索赔兵费之说。七月初三日,马江舰队大败于法,兵轮燔焉。"又,郭则沄《十朝诗乘》载:"张篑垒在朝敢言,负时望。政局既变,乃命以卿衔会办闽防。固辞不得。及莅闽,敌已迫。闽督何小宋(何璟)本书生,又与篑垒不相谋,临敌几于束手。然我师奋战,犹两坏法舰。卒之策援无方,纵敌深入,遂致丧师。"词似作于一年后即光绪十一年(1885)的秋天。开篇三句寄慨。寒潮汹涌澎湃,惊涛怒卷,拍击着战时的营垒,但如今都成沙碛了。"萧萧",本形容风声或草木摇落声。杜甫"无边落木萧萧下"(《登高》)。这里有衰败、颓圮意。如刘禹锡《西塞山怀古》:"故垒萧萧芦荻秋。"一个"看"字引出一片荒凉景象,使人有江山易色之感,亦可见不久前那场战事的激烈。"挥扇渡江,围棋赌墅。"前句用晋·顾荣事:"属广陵相陈敏反,南渡江,……明年,周玘与荣及甘卓、纪瞻潜谋起兵攻敏。荣废桥敛舟于南岸,敏率万余人出,不获济,荣麾以羽扇,其众溃散。"(《晋书》卷六十八《顾荣传》)后句用晋·谢安事:"(苻)坚后率众,号百万,次于淮肥,京师震恐。加(谢)安征讨大都督。……安遂命驾出山墅,亲朋毕集,方与(谢)玄围棋赌别墅。……玄等既破坚,有驿书至,安方对客围棋,看书既竟,便摄放床上,了无喜色,棋如故。客问之,徐答云:'小儿辈遂已破贼。'"(《晋书》卷七十九《谢安传》)所引两典均为令人景仰的英雄业绩,属于古代儒将风范,但一个"诧"字巧妙地讽刺了马江战事指挥者的书生谈兵误国。"纶巾",古代用丝带做的头巾。苏轼《念奴娇·赤壁怀古》:"羽扇纶巾,谈笑间,强虏灰飞烟灭。"又名诸葛巾。《三才图会》称:"诸葛武侯(亮)尝服纶巾,执羽扇,指挥军事。""标格",犹风范,风度。杨敬之《赠项斯》:"处处见诗总说好,及观标格过于诗。"接写战事着重指斥败绩:"烽火照水驿。问谁洗、鲸波赤?""烽火",此处指战争,杜甫《春望》:"烽火连三月,家书抵万金。""鲸波",鲸鱼兴起的海中大浪。杜甫《舟中出江陵南浦奉寄郑少尹审》:"溟涨鲸波动,衡阳雁影徂。"战争激烈,鲜血染红海浪,谁能洗雪这丧师辱国之恨呢?接以前时的激战之地只剩一片荒凉破败,人烟寥落,收束上阕。"鏖兵",激烈的或大规模的战斗。《汉书》卷五十五《霍去病传》:"合短兵,鏖皋兰下。"颜师古注:"鏖谓苦击而多杀也。""墟烟",即墟里烟,墟里,村落。陶渊明《归园田居》:"暧暧远人村,依依墟里烟。"王维《辋中闲居赠裴秀才迪》:"墟里上孤烟。"

下阕围绕马江之战前后因果立论。前因是张佩纶"平台献策"。"平台",在紫禁城内,明代为皇帝召见群臣之所。《清史稿·张佩纶传》:"琉球已亡,法图越南亟。佩纶曰:'亡琉球则朝鲜可危,弃越南则缅甸必失。'因请建置南北海防,设水师四大镇……法越构衅,佩纶章十数上。"后奉命会办闽防,"策援无方,纵敌深入,遂致丧师。"词则云:"顿销尽、楼船画鹢。""楼船",有叠层的大船。多作为战船。《史记》卷三十《平准书》:"是时越与汉用船战逐,乃大修昆明池,列观环之。治楼船,高十余丈,旗帜加其上,甚壮。"刘禹锡《西塞山怀古》:"西晋楼船下益州,金陵王气黯然收。""画鹢",古代在船头画鹢鸟像,因作为船的代称。《淮南子·本经训》:"龙舟鹢首。"高诱注:"鹢,大鸟也。画其像著船头,故曰鹢首。"皮日休《初入太湖》:"悠悠啸傲去,天上摇画鹢。"这里是说福建水师的战船都毁销尽了。接仍继前意,说这是一场残酷的战争,死伤惨重,张佩纶的"旌旗"何处去了。"猿鹤",即"猿鹤虫沙",亦作"虫沙猿鹤"。《太平御览》卷九百一十六引《抱朴子》:"周穆王南征,一军尽化,君子为猿为鹤,小人为虫为沙。"今本《抱朴子·内篇·释滞》作:"山徙社移,三军之众,一朝尽化,君子为鹤,小人成沙。"后借指战死的战士或因战乱而死的人民。庾信《哀江南赋》:"小人则将及水火,君子则方成猿鹤。"韩愈《送区弘南归》:"穆昔南征军不归,虫沙猿鹤伏以飞。"当时福建水师被击沉军舰十一艘,商船十九艘,官兵伤亡七百余人。故词于上述揭露意犹未足,再补上一笔曰:"血泪沾筹笔。""筹笔",筹笔驿,在绵州绵谷县(今四川广元)北九十里朝天峡上,故又名朝天驿。相传三国时诸葛亮出师攻魏,曾驻兵于此。诸葛亮"出师未捷身先死"(杜甫),"筹笔无功事可哀"(郝俣),那么败将张佩纶更应该血泪洒马江了。接"回望"二句用典。晋·张华《博物志》卷三云:"天河与海通,近世有人居海渚者,年年八月,有浮槎来去不失期。人有奇志,立飞阁于槎上,多赍粮,乘槎而去。"李商隐《海客》:"海客乘槎上紫氛,星娥罢织一相闻。"此似借指何如璋。《清史稿·何如璋传》:"以侍读出使日本,归,授少詹事,出督船政。承(李)鸿章旨,狃和议,敌至犹严谕各舰勿妄动。及败,藉口狎妓出奔。……士论谓闽事之坏,佩纶为罪魁,如璋次之。"以何曾出使日本,故称"乘槎客"。张、何以失败而告终。最后以景结情,说生长在海边的水草茝"疏"蓼"断",似向人流泪,倍增哀戚之感。

　　张景祁两首"秋感"词,以其身历其境,身经其事,有其真实的感受,故写来沉痛深哀发自肺腑,真切感人。两词数用史实,或正用,或一字点破(如本词的"诧"字),均加深了词意的发挥。且用笔隐曲,婉而多讽,声情并茂。词尽意未了,犹觉余音袅袅,不绝如缕。

庄棫

(1830—1878),一名忠棫,字希祖,号中白,又号蒿庵,江苏丹徒人。先世业盐,后家道衰落,客游京师,不遇。曾国藩延至淮南书局勘定群籍。有《蒿庵词》四卷,一名《白中词》。其自序云:"向从北宋溯五代十国,今复下求南宋得失离合之故。"(《中白词·自序》二)

凤凰台上忆吹箫

庄棫

瓜渚烟消,芜城月冷,何年重与清游。对妆台明镜,欲说还羞。多少东风过了,云缥缈、何处勾留。都非旧,君还记否?吹梦西洲。　　悠悠,芳辰转眼,谁料到而今,尽日楼头。念渡江人远,侬更添忧。天际音书久断,还望断、天际归舟。春回也,怎能教人,忘了闲愁。

吴梅云:中白与谭复堂并称。其词穷极高妙,为道、咸间一作手。又云:其词深得比兴之致……先生之词,确自皋文、保绪中出,而更发挥光大之也。(《词学通论》第九章)

陈廷焯评本词云:纯是变化《风》、《骚》,温、韦几非所屑就,尚何有于姜、史。(《白雨斋词话》卷五)。

陈廷焯又云:幽绝,深绝!(《词则·大雅集》卷六)

谭献云：清空如话，不致轻儇，消息甚微。（《箧中词》五）

词似写别后相思。起以景衬情。"瓜渚"，在江苏六合县东南，当大运河入长江处。相传吴人卖瓜于此，因以为名。"芜城"，即广陵城，故址在今江苏江都县境。南朝·宋竟陵王刘诞据广陵反，兵败死，城邑荒芜，鲍照作《芜城赋》讽之，因名芜城，此二地，南北隔江相望。"烟消"，"月冷"，景色凄清。从第三句看，知于此处曾经有过令人难忘的"清游"。不径言相思，而相思自在其中。用笔之精练含蓄，更于下二句见出："对妆台明镜，欲说还羞。"李清照同调词云："起来慵自梳头，任宝奁尘满，日上帘钩。生怕离怀别苦，多少事欲说还休。"此词则只用一"羞"字，转觉无限蕴藉，言当"对妆台明镜"之时，更加"欲说、还羞"。岂非有张敞画眉之事乎？绮言妙思，令人意远。接笔锋一转，念及对方：时间如逝水东风，一年一年吹过去了，你如天际缥缈的白云，又在何处勾留？"缥缈"，高远隐约貌。李白《天门山》："参差远天际，缥缈晴霞外。""勾留"（"勾"本作"句"），稽留，耽搁。白居易《春题湖上》："未能抛得杭州去，一半勾留是此湖。""都非旧"，语极沉痛，而只问"君还记否？吹梦西洲"。虽一语，但韵味无穷。"西洲"，在台城（南京）西，故名。晋宋时为扬州刺史治所。此"吹梦西洲"之"吹"字，为"歌吹"意。"歌吹"，歌声和乐声，形容繁华热闹。鲍照《芜城赋》："廛闬扑地，歌吹沸天。"杜牧《题扬州禅智寺》亦云："谁知竹西路，歌吹是扬州。"此云当年在西洲的歌酒醉舞那份缠绵情意，"君还记否？"情意沉挚，表现出"欲说还羞"之人的旧情难忘。"清空如话，不致轻儇，消息甚微"，虽"甚微"，应该说还是可见的。

过片意脉不断。以"悠悠"示离别后空间时间之遥远。《诗·王风·黍离》："悠悠苍天。"毛传："悠悠，远意。"马瑞辰通释：

"悠悠即遥遥之假借,古悠、遥同音通用。"崔颢《黄鹤楼》:"黄鹤一去不复返,白云千载空悠悠。"惜良辰美景转眼逝去,而今只有尽日楼头望远。"谁料到",即未料到也。如此自然备觉感伤。"念渡江人远",至此始明言伊人已经远去。以下如水之流,径写"忧心":相思无已时,而又音信久断;不见天际归舟。原来此刻她独倚江楼,"过尽千帆皆不是",而况"春回也",春归人未归,冷月孤城,"怎能教人,忘了闲愁"啊!

这首词抒情婉约细腻,上阕如"昵呢儿女语,恩怨相尔汝"(韩愈)。"小弦切切",细诉衷怀,无怨无恨,而一缕深情,流注其间。下阕重笔写念远,思怀自然流漾,至结尾仍是潺潺湲湲,而深情若许,动人肺腑。从儒家"温柔敦厚"的观点看,就可理解陈廷焯缘何赞其"纯是变化《风》、《骚》"了。

谭　献

（1832—1901），初名廷献，号涤生，更名仲修，号复堂、浙江仁和（今杭州）人。同治六年（1867）举人。历署歙县、全椒、合肥知县。晚年告归。湖广总督张之洞，延主湖北经心书院。工骈体文，于词致力尤深。有《复堂词》三卷，《复堂词话》一卷，又选清人词为《箧中词》六卷，续四卷，《词录》十卷。

蝶恋花（六首其五）

谭　献

庭院深深人悄悄。埋怨鹦哥，错报韦郎到。压鬓钗梁金凤小，低头只是闲烦恼。　　花发江南年正少，红烛高楼，争抵还乡好？遮断行人西去道，轻躯恩化车前草。

陈廷焯曰：品骨甚高，源委悉达。窥其胸中眼中，下笔时匪独不屑为陈、朱，尽有不甘为梦窗、玉田处。所传虽不多，自是高境。（《白雨斋词话》卷五）

陈廷焯评本词云：仲修《蝶恋花》六章，美人香草，寓意甚远。……其第五章上阕传神绝妙，下阕沈痛已极，真所谓情到海枯石烂时也。（《白雨斋词话》卷五）

吴梅云：《蝶恋花》六章，美人香草，寓意甚远。……此等词直是温、韦，绝非专学南宋者可拟。而又非迦陵、西堂辈轻率伎俩也。（《词学通论》第九章）

思妇怀人在词中是一个永恒的主题,尤以唐五代北宋词为最。此词较正中(冯延巳)、六一(欧阳修)风格既异,手法亦有所不同。首句欧阳修作"庭院深深深几许",而此词则庭院与人并写:"庭院深深人悄悄。"人语无闻,一片阒寂。如云"悄悄复悄悄,城隅隐林杪。"(白居易《西楼夜》)"悄悄"二字,亦可解作忧愁貌。《诗·邶风·柏舟》:"忧心悄悄,愠于群小。"次则直抒人的忧怀:"埋怨鹦哥,错报韦郎到。""韦郎"典见范摅《云溪友议》卷中:西川节度使韦皋,少游江夏,止于姜使君之馆,有小青衣曰玉箫,常令承侍,因而有情。后皋归觐,遂与玉箫言约,少则五载,多则七年来取。因留玉指环,并诗遗之。至八年春不至,玉箫叹曰:"韦家郎君一别七年,是不来耳。"遂绝食而殒。姜夔《长亭怨慢》:"韦郎去也,怎忘得玉环分付。"史达祖《寿楼春》:"算玉箫、犹逢韦郎。"本词意云:鹦哥巧舌能言,错报情人回来,怎能不埋怨(报怨、责备)!但她与敦煌曲子词《鹊踏枝》中那位闻灵鹊错报喜的妇女曰:"几度飞来活捉取,锁上金笼休共语"的激愤语,迥然不同。而一结更见此人的性格:"压鬓钗梁金凤小,低头只是闲烦恼。"上句写头上金钗梁上的凤形饰物,小巧玲珑。下句写人闻错报喜后的动态。一则暗示这是富贵之家;一则写来楚楚动人:她心有所思,初误闻鹦语,喜形于色;知其错报,原来一切成空。"低头",是怕贻笑于人?此二字颇耐寻味。"闲"者,空也。即烦恼也无用。而更云"只是",意为再无其他的烦恼,只集中于此事。结句虽只七个字,却意蕴丰富,生动地写出人片刻间的形态和内心情愫。且用笔自然,活泼洒脱,无矫揉雕饰。

下阕是女子设想对方的情景。江南风光优美,气候温和。"花发江南",令人想起"日出江花红胜火,春来江水绿如蓝"

(白居易);"杂花生树,群莺乱飞"(丘迟);一片姹紫嫣红的景色。她以此妍美绮景,比喻对方青春年少。"红烛高楼",为对方所在之地。蒋捷《虞美人·听雨》云:"少年听雨歌楼上,红烛昏罗帐。"韦庄《菩萨蛮》云:"骑马倚斜桥,满楼红袖招。翠屏金屈曲,醉入花丛宿。"而这句联系下句正含蓄地表明:远离之人你在外虽会有欢乐情事,可是怎么能有家乡好呢?这样想,使她充满自信,幻化出一幕真情感人的情景:"遮断行人西去道,轻躯愿化车前草。"这样便使他再也不能往前走了!"车前草",古名芣苢。陆玑《毛诗草木鸟兽虫鱼疏》上《采采芣苢》:"芣苢一名马舄,一名车前,一名当道。喜在牛迹中生,故曰车前、当道也。今药中车前子是也。"这里只是取其表面字义。其用心之良苦,正是痴情的表现,而形象婉媚动人。柳永《锦堂春》写一位歌伎久盼"过了旧约"的情人,她悬想一旦得见,"香阁深关。待伊要、尤云殢雨,缠绣衾不与同欢。尽更深,款款问伊,今后更敢无端。"两人处境、人品不同,故情趣迥异,而"情痴"则一也。

　　这首词虽为短章,但曲折尽致,时有跌宕。表现离情,没有用"销魂"、"断肠"、"泪眼"等五代北宋词人旧套,却又哀而不伤,怨而不怒,然刻骨相思又淋漓见之。歇拍尤为警绝,含敛浑厚,令人寻绎不止。

诸可宝

（1845—1903），字迟鞠，号璞斋。浙江钱塘（今杭州）人。同治六年举人。官江苏昆山知县。工诗词，精算学。著有《续畴人传》、《捶琴词》。

莺啼序

丁卯舟次纪感，时官军初下金陵

诸可宝

西风远吹病燕，过秦淮古渡。只如此苍莽江山，战尘多少鼙鼓。对荒岸、平芜十里。斜阳尽送繁华去。好相参得失前朝，阵云飞聚。　　太息雄城，郁郁王气，枉龙蟠虎踞。十年里残劫红羊，旧时豪杰何处。早枯桑埋沙万骨，更颒血萦刀千缕。付今宵，刁斗楼兰，健儿酸语。

桃花画扇，《燕子》《春灯》，有几多错铸。刚看到、大旗红日，万骑千乘，缓带将军，列侯开府。铙歌鼓吹，旌幢牙纛，山河重揽东南胜，怕回头、细读兰成赋。新愁旧感休题,铁马金戈,孝陵黯澹烟雾。 天涯倦客,少小曾游,认昔年故步。奈两度刘郎来到,望眼凄清,巷陌堆蓬,板桥髡树。疮痍满地,乾坤无恙,伤心私顾憔悴影,念家山偷弄琵琶柱。听它终古啼鸦,也说兴亡,不堪激楚。

张鹿仙云:《捶琴词》作穿云裂石之声。小令又极柳䄠莺娇之致。其得于天者独优。(徐珂《清代词学概论》)

郭则沄评本词云:钱塘诸璞斋可宝,丁卯舟次纪感《莺啼序》,为金陵兵事而言。……若别有谷陵之感者,璞斋署所作为《捶琴词》,其抑郁可想,固有激而云。(《清词玉屑》)

夏敬观云:诸璞斋《捶琴词》有《莺啼序》长阕,关于太平天国人物之兴亡,深致惋惜。其德配邓瑜慧亦工词,丁卯秋日游西湖《金缕曲》(词从略)二词感慨兴亡,语兼史笔,在当时所不能言者,而能大声言之。其胸怀磊落,亦非常人所及。(《忍古楼词话》)(按:此据张伯驹、黄坦《清词选》。唐圭璋《词话丛编·忍古楼词话》无此条)

《莺啼序》为词调中之最长者,二百四十字。作者于同治六年(1867)乘船经金陵(南京)有感于太平天国事而赋此词。词分四段。第一段首云这年春天船经金陵,又到了秦淮河。"病燕",自喻。周邦彦《满庭芳》:"年年如社燕,飘流瀚海。"三句抒怀。面对"以其地有王气,埋金以镇之"的古城苍茫的江山,却刚刚经过了多少残酷的战争啊。"鼙鼓",军中所用乐器。蔡琰《胡笳十八拍》其三:"鼙鼓喧兮。从夜达明。"白居易《长恨歌》:"渔阳鼙鼓动地来。"常用为战争的象征。接写南京郊原一片平旷。"平芜",平旷的原野。欧阳修《踏莎行》:"平芜尽处是春山,行人更在春山外。"但在战事平定的三年后，这里的繁荣如随斜阳远去。那么在这天空云层叠起如兵阵的时候，正可对照考察不久前那事情的功过得失。晋·罗含《湘中记》："遥远衡山如阵云，沿湘千里，九向九背，乃不复见。"又，"阵云"指战地烟云。高适《塞下曲》："青海阵云匝，黑山兵气冲。"这一段"引子"，写甫临金陵由"苍茫江山"，繁华逝去，遂引起下文情事。

第二段，以"太息"开头，知词人为某事而感慨。《离骚》："长太息以掩涕兮，哀生民之多艰。"这深深的叹息，表示触动心绪之深。《太平御览》卷一百五十六引晋·张勃《吴录》："刘备曾使诸葛亮至京，因睹秣陵山阜，叹曰：'钟山龙盘（蟠），石头虎踞，此帝王之宅。'"一个"枉"字，可见"雄城"已非昔日风貌。"枉"者，徒然也。李白《清平调词三首》其二："一枝红艳露凝香，云雨巫山枉断肠。"为什么会这样呢？"十年里残劫红羊，旧时豪杰何处。"太平天国从咸丰三年（1853）三月建都南京，改称天京，至同治三年（1864）七月亡，历时十一年余，此举其成数。"劫红羊"，即"红羊劫岁"。古以干支纪年。宋理宗时，柴望作《丙丁龟鉴》十卷，从秦昭王五十二年丙午（公元前255）到五代后汉天福十二年丁未（947）的一千二百零二年间，统计出二十一年为丙午、丁未，均属国难之年。因丙丁属火，色赤，未为羊，后人遂称劫难之年为红羊劫岁。殷尧藩《李节度平虏诗》："太平从此销兵甲，记取红羊换劫年。"袁枚《张虚靖圜庵匾曰归鹤次韵》："红羊赤马悲沧海，白虎苍龙俨大庭。"太平天国亡后三年，作者慨叹当年的"豪杰"惨死清军刀下，万骨埋沙，不知身葬何处！接云"付今宵，刁斗楼兰，健儿酸语。""刁斗"，古代军中用具。杜甫《夏夜叹》："竟夕击刁斗，喧声连万方。""楼兰"，汉西域城郭。在今新疆若羌罗布泊西北，地处西域通道上。岑参《胡笳歌送颜真卿使赴河陇》："吹之一曲犹未了,愁杀楼兰征戍儿。"词以此指鸦片战争后不断接踵而来的外国侵略者。这里说:在今天晚上,在这外患不绝的时刻,当年残存的太平天国"健儿"向我谈起了这些酸楚的话。

第三段写南明旧事。"桃花",《桃花扇》,孔尚任所作传奇。以南明南都为背景,抒写明亡之痛。剧中秦淮名妓李香君坚拒田仰夺婚,倒地撞头,血溅扇面,杨文聪就血点染成桃花一枝。剧本真实地反映了以阮大铖为首的阉党余孽的种种卑劣行径和南明的派系斗争。阮大铖另有《燕子笺》、《春灯谜》等九种传奇。"错铸",即铸错,用典。孙光宪《北梦琐言》十四:唐魏博节度使罗绍威以本府牙军骄横不可制,因引入朱全忠兵尽杀牙军,然自是魏博衰弱不振。绍威悔之,谓亲信曰:"聚六州四十三县铁,打一个错,不能成也。"《资治通鉴·唐哀帝天佑三年》作"绍威悔之,谓人曰:'合六州四十三县铁,不能为此错也。'"后因称失误为铸错。阮大铖以所著《春灯谜》、《燕子笺》进呈宫中,君淫臣昏。接再详述朱由崧于南京建立的南明政府。"大旗红日,万骑千乘",何等威武气派!"缓带将军,列侯开府",聚集了文臣武将。《晋书》卷二十四《羊祜传》:"(祜)在军常轻裘缓带,身不披甲。""列侯",秦制爵分二十级,彻侯最高。后改称通侯,亦称列侯。"开府",原指成立府署,自选僚属。汉代仅三公、大将军、将军可以开府。这里泛指高级官吏。"铙歌鼓吹,旌幢牙纛",更是一片热闹景象!"铙歌",军乐,又谓之骑吹。行军时,马上奏之,通谓之鼓吹。"旌幢牙纛",皆旗帜名。"旌",缀旄牛尾于竿头,下有五彩析羽的一种旗。"幢",旧时作为仪仗用的一种旗帜。"牙纛",用象牙装饰竿子的大旗。查慎行《洪武铜炮歌》:"何来寇贼忽披猖,将士仓皇弃牙纛。"如此众多的文臣武将,如此一派热闹景象,故曰"山河重揽东南胜",南明福王似可"中兴"了!但这时,朝政把持在马士英、阮大铖等阉党余孽手中,他们排斥异己,卖官鬻爵,进行着激烈的党争和内战,成立不到一年的南明便土崩瓦解了。故又云:"怕回头,细读兰成赋。"庾信字兰成,"虽位望通显,常作乡关之思,乃作《哀江南赋》以致其意。"(《北史》卷八十三《庾信传》)宋玉《招魂》曰:"目极千里兮伤春心,魂兮归来哀江南。"词人说"怕回头",正见其触绪伤情,复明已不可能。收尾三句亦正是此意。"新愁",指太平天国终于覆亡;"旧感",指南明事;战争之后,南京紫金山西南坡独龙阜的明太祖墓,又笼罩在"黯澹烟雾"中了。这里将南明王朝与太平天国相联系,或有两者都是汉政权意,故同声一慨。

最后一段,作者以"天涯倦客"自命,说"少小曾游"南京,如今重又来到,所见一片凄清,"巷陌堆蓬,板桥髡树"(秃树);而"疮痍满地,乾坤无恙"。这两句实亦是杜甫《北征》"乾坤含疮痍,忧虞何时毕"意。于是思念家乡,弹弄琵琶,以寒鸦哀啼,似说兴亡,而自己则伤心顾影以十分悲楚的情怀作结。

这首词如夏敬观所云:它表现出"关于太平天国人物之兴亡,深致惋惜",这对始成举人的作者来说,确是"在当时所不能言者,而能大声言之"的"胸怀磊落"之作。不过最近一位学者的话,不妨引来作为参考。她说:"撇开传统的定论,从思想史的角度,以是否给一个国家或地区的思想发展提供新的内容为尺度评论洪秀全与曾国藩的思想和言行,就很难得出曾国藩反动,洪秀全进步的结论。洪氏所设计的和部分实施的'天国'蓝图在政治上是中央集权而等级森严的专制王朝,在经济上是小农经济和企图消灭私产的空想平均主义,高度集中,一切官办,适足以限制生产力发展,却不足以限制特权的膨胀。他以基督教为旗帜,吸收的并非它的现代精神而是中世纪的神权统治,实质上也就是篝火狐鸣的翻版。按照洪秀全的

理想如果成功地取代了清王朝,不可能推动社会进步。"(资中筠《爱国的坐标》。《读书》杂志 1996 年 6 月号)

樊增祥

(1846—1931),字嘉父,号云门,又号樊山,湖北恩施人。光绪三年进士。改庶吉士。官至江宁布政使。有《东溪草堂乐府》二卷、《五十麝斋词赓》三卷。以所作长诗《彩云曲》著称。

满庭芳

樊增祥

万里桥边,枇杷花底,闭门销尽炉香。孤鸾一世,无福学鸳鸯。十一西川节度,谁能舍、女校书郎。门前井,碧桐一树,七十五年霜。　　琳琅诗卷,元明枣本,佳话如簧。自微之吟玩付春阳。恨不红笺小字,桃花色自写斜行。碑铭事,昌黎不用,还用段文昌。

本词题曰《明刊〈薛涛集〉为乙庵题》。乙庵为清诗人沈曾植字。薛涛字洪度,生于中唐大历五年(770)。近人彭云荪《薛涛小传考释》以为生于贞元元年或二年(785或786),今从张蓬舟《薛涛传》说。她原籍长安,幼年随父郧宦游蜀中,聪慧工诗。十六岁时,韦皋充剑南西川节度使,召令侍酒赋诗,遂入乐籍。词起三句,言其住处和幽寂的生活。"万里桥",在成都市南门外,居浣花溪上游之百花潭。被罚赴边回,退隐浣花溪,时年二十岁。晚岁始迁居城内碧鸡坊。王建《寄蜀中薛涛校书》:"万里桥边女校书,枇杷花里闭门居。""孤鸾一世,无福学鸳鸯。"鸳鸯,雌雄偶居不离,古称"匹鸟",后因以比喻夫妇。《诗·小雅·鸳鸯》:"鸳鸯于飞,毕之罗之。"汉乐府《相逢行》:"鸳鸯七十二,罗列自成行。"此处径用孙光宪《谒金门》:"却羡彩鸳三十六,孤鸾还一只。"贞元五年(789)罚赴松州(今四川省松潘县),当时是抵御吐蕃的边防重镇。"黠虏犹违命,烽烟直北愁。""闻道边城苦,而今到始知。"(《罚赴边有怀上韦相公》)宦门娇女,以乐伎远适异域,自有无限凄凉。这从借物陈情、忏悔往事的《十离诗》中,都可看出。而终生未嫁,寂寞一世,故引起词人的同情。接叙述其身世。旧称薛涛自韦皋至李德裕历事十一节度使,但现止存与韦皋、高崇文、武元衡、王播、段文昌、李德裕六镇唱和诗。"节度",三国吴主孙权初置节度官,使典掌军粮。至唐景云二年(711),以贺拔延嗣为凉州都督,充河西节度使。自后节度遂为领兵之官,节制一方,迄五代宋不改。"校书",古代掌管校(jiào)理书籍的官员。三国魏始置秘书省校书郎,隋唐及宋代均置此官。晁公武《郡斋读书志》:"薛涛《锦江集》著录:'武元衡奏校书郎。'"时涛三十九岁。但未实授。(或云,呼涛为校书自韦皋始)"谁能舍",谓因其才而受到各镇节度使的重视。再以"门前井"三句收束前阕。此井即通称的"薛涛井"。康熙二十五年佟世雍修《成都府志》云:"薛涛井旧名玉女津,在锦江南岸,水极清,石栏周环。"南宋章渊《槁简赘笔》载:"涛八九岁知声律。其父一日坐庭中,指井梧而示之曰:'庭除一古桐,耸干入云中。'令涛续之,应声曰:'枝迎南北鸟,叶送往来风。'父愀然久之。"涛之卒年,"七十五年"为一说。张蓬舟《传》称"享年六十三岁"。

过片赞薛涛的诗。《槁简赘笔》谓涛诗有五百首,今所存不足百首。但其诗涵盖面广,有唱酬赠答;有抒情、咏物、写景;尤为难得的是也有关怀国事之作。《四库全书总目提要》谓其《筹边楼》诗"托意深远,有'鲁嫠不恤纬,漆室女坐啸'之思,非寻常裙屐所及,宜其名重一时。"在中国女诗人中,薛涛名列前茅,殆无疑义。这里以"琳琅"喻之,说《明刊〈薛涛集〉》,如笙鼓簧,佳句甚多,并非过誉。"琳琅",本指精美的玉石,比喻珍异的文章。《文心雕龙·时序》:"建安之末,区宇方辑……陈思(曹植)以公子之豪,下笔琳琅。"柳宗元《答贡士沈起书》:"览所著文,宏博中正,富我以琳琅珪璧之宝,甚厚。""枣本",以枣木刻版印刷的书本。刘克庄《答杨双》诗:"枣本流传容有伪,笺家穿凿苦求奇。"接述与元稹(微之)的一段交往。何宇度《益都谈资》谓"一时名士,如韦皋、李德裕、元稹、白居易、裴度、杜牧、刘禹锡、张祜咸与之唱和。"(杨慎《全蜀艺文志》称有二十一人)而关系最深的是元微之,时在元和四年三月,元为东川监察御史,与涛聚于梓州(今四川三台县),涛走笔作《四友赞》,使元惊服。后,元稹有《寄赠薛涛》诗:"锦江滑腻峨眉秀,幻出文君与薛涛。言语巧偷鹦鹉舌,文章分得凤凰毛。纷纷词客多停笔,个个公卿欲梦刀。别后相思隔烟水,菖蒲花发五云高。"薛涛亦有《寄旧诗与元微之》:"诗篇调态人皆有,细腻风光我独知。月下咏花怜暗澹,雨朝题柳敌欹垂。长教碧玉藏深处,总向红笺写自随。老大不能收拾得,与君开似好男儿。""月下咏花","雨朝题柳",或系忆往;碧玉深藏,红笺自写,或系述怀;诗虽含敛,但仍未太上之忘情。这里"春阳"原意春日的和煦阳光。焦延寿《易林》四《井》:"春阳生草,夏长条枝,万物蕃滋,充实益有。"荀悦《申鉴·杂言》上:"喜如春阳,怒如秋霜,威如雷霆之震,惠若雨露之降。"又,春天晴和之气。《诗·豳风·七月》:"春日载阳。"郑玄笺:"阳,温也。"欧阳修《伐树记》:"春阳既浮,萌者将动。"这里以"春阳"寓元诗的融融春意。接自云:"恨不红笺小字,桃花色自写斜行。"元末蜀人费著《笺纸谱》云:"涛侨止百花潭,躬撰深红小彩笺。裁书供吟,献酬贤杰,时谓之薛涛笺。"词言彩笺赋诗,更是一往情深的。最后,以碑铭事结束全词。《笺纸谱》又谓:"后段文昌再镇成都……涛卒……文昌为撰墓志。"唐宪宗元和十二年(817),平定淮西吴元济叛乱,韩愈作《平淮西碑》,后有人认为碑文不实,改由翰林学士段文昌重撰文勒石。这里即借用此故事。

　　本词的特点是用短小的词体形式,抒写了薛涛的一生。对于这位有着独特身世、曾经使多少达官文士倾倒而于"万里桥头独越吟,知凭文字写愁心"的绝代才女,词人表现出深切的同情,在为数不多的咏薛词作中,是较忠实于历史事实的一篇,重印明刻本《薛涛诗》将其作为扉页题辞或即由于此。题词时为1914年。书藏北京图书馆善本室。

王鹏运

(1849—1904),字佑遐、幼遐。号半塘、鹜翁,广西临桂（今桂林）人。同治九年（1870）举人。历官内阁侍读,监察御史,礼部给事中。直谏敢言,屡触权贵。词承常州词派而有所发展。作品多涉清末时事,对当时词坛颇有影响。自刻所作词为《袖墨》、《虫秋》、《味梨》、《蜩知》等集,晚年删定为《半塘定稿》。并汇刻《花间集》以迄宋元诸家词为《四印斋所刻词》,以校勘精核著称。被称为"清季四大词人"之首。

念奴娇·登旸台山绝顶望明陵

王鹏运

登临纵目,对川原绣错,如接襟袖。指点十三陵树影,天寿低迷如阜。一霎沧桑,四山风雨,王气消沉久。涛生金粟,老松疑作龙吼。　　惟有沙草微茫,白狼终古,滚滚边墙走。野老也知人世换,尚说山灵呵守。平楚苍凉,乱云合沓,欲酹无多酒。出山回望,夕阳犹恋高岫。

朱祖谋云:半塘词于回肠荡气中,仍不掩其独往独来之慨。又云:半塘词导源碧山,复历稼轩、梦窗,以还清真之浑化,与周止庵氏说,契若针芥。(《半塘定稿·序》)又《望江南》云:"香一瓣,长为半塘翁。得象每兼《花外》永,起屑差较茗柯雄。岭表此宗风。"(《杂题我朝诸名家

词集后》）

叶恭绰云：幼遐先生于词学独探本原，兼穷蕴奥，转移风会，领袖时流，吾常戏称为桂派先河，非过论也。疆村（朱祖谋）翁学词，实受先生引导。文道希（廷式）丈之词，受先生攻错处，亦正不少。清季能为东坡、片玉（周邦彦）、碧山之词者，吾于先生无间焉。（《广箧中词》）

谭献云：《袖墨词》，千辟万灌，几无炉锤之迹。一时无两。（《箧中词》续四）

旸台山，在今北京市西北郊，山麓有大觉寺，为游览胜地。明陵，明代十三个皇帝的陵墓，位于北京昌平县天寿山下。王安石《桂枝香·金陵怀古》开篇云："登临送目，正故国晚秋，天气初肃。"本词云："登临纵目"亦含藉古慨今抒怀感事之意。此刻所见为：山川原野五彩交错，似一片锦绣纵横，展现眼前，宛若在自己的襟袖间。接二句应题"登绝顶望明陵"，但见明诸陵掩映在群树中，天寿山也因云笼雾罩而似一个土山堆。"阜"，丘陵。《诗·小雅·天保》："如山如阜，如冈如陵。"天寿山距昌平县城四十余公里。明十三陵即建于天寿山下方圆四十平方公里的盆地上。词大笔濡染，雄浑浩茫，景色如画，气势非凡。接"一霎沧桑，四山风雨，王气消沉久"三句总写明朝之亡。沧海桑田，风雨相侵，朝代陵替，不觉二百多年了。"王气"，指王朝的气运。庾信《哀江南赋序》："头会箕敛者，合从缔交；锄耰棘矜者，因利乘便。将非江表王气，终于三百年乎？"前结仍以纵目所见收束：满山松涛起伏，犹似龙吼。"金粟"，山名，在陕西蒲城县东北，以山有碎石如金粟得名。唐玄宗泰陵在此。此借指明陵。

过片仍写景。"沙草微茫"，是实，因远，故景象模糊，隐约可辨。"白狼河"，又名大凌河，在今辽宁县东，与十三陵相去甚远，非纵目所可见。白狼河在长城以外，故云"滚滚边墙走"，也是想象之辞。"野老"以下五句,抒苍凉之思。"野老",田野老人。丘迟《旦发渔浦潭》:"村童忽相聚,野老时一望。""山灵",山神。班固《东都赋》:"山灵护野,属御方神。""平楚",犹平林。谢朓《宣城郡内登望》:"寒城一以眺,平楚正苍然。"杨慎《升庵诗话》卷二:"楚,丛木也;登高望远,见木杪如平地,故云平楚,犹《诗》所谓平林也。""合沓",重重**叠叠**,聚集在一起。谢朓《登庐山绝顶望诸峤》:"峦陇有合沓,往往无踪辙。"这数句或叙人事("野老"二句),或写大地("平楚"句),或摹苍穹("乱云"句),苍凉满纸,一片辛酸。"欲酹无多酒",欲以酒浇地而祭奠却酒已无多,似只有悲声呜咽了!最后以景结情:登临者归矣,但仍恋恋,故"回望"。"夕阳犹恋高岫(峰)",景情融合,写景即抒情也。

词境苍凉旷远,格调沉郁悲凉。"登临纵目"之后,时而写景,时而抒情,更多是景情交织。此时清王朝已"万方多难","山雨欲来",内忧外患,层出迭现。吊十三陵而心情郁结,万感交集,凄楚苍凉,词人的隐忧已绝不是多余的了。

满江红

朱仙镇谒岳鄂王祠,敬赋

王鹏运

风帽尘衫,重拜倒、朱仙祠下。尚仿佛、英灵接处,神游如乍。往事低徊风雨疾,新愁黯淡江河下。更何堪、雪涕读题诗,残碑打。　　黄龙指,金牌亚。旌旆影,沧桑话。对苍烟落日,似闻悲咤。气誓蛟鼍澜欲挽,悲生笳鼓民犹社。抚长松、郁律认南枝,寒涛泻。

　　长期以来,汉民族地区视岳飞为抗金名将、民族英雄,受到广大人民的崇拜。历代讴歌岳飞的诗词取材角度不同,命意有异,给人的感受亦不尽同。生当清季国事蜩螗时代的王鹏运,对挽救南宋王朝屈辱命运的岳飞,充满崇敬之情,代表着当时人们的共同心声。朱仙镇,在河南开封西南。相传为战国魏人朱亥故里。南宋绍兴十年(1140)岳飞大败金兵于郾城,乘胜进军至此。岳飞于绍兴十一年十二月被杀害,年三十九。孝宗时谥武穆,宁宗时追封为鄂王。本词有一段自注云:"道光季年,河决,开封举镇唯岳祠无恙。壬午秋扶护南归,曾梦游祠下。"由此知光绪八年壬午(1882)南归途中,曾"梦游"朱仙镇祠,这次为重游,所以说风尘仆仆"重拜倒、朱仙祠下"。而这次来的第一个感觉是:"尚仿佛、英灵接处,神游如乍。""英灵",英魂,对死者的美称。《后汉书》卷十二《王昌刘永传论》:"观其智略,固无足以惮汉祖,发其英灵者也。"杜甫《陪诸公上白帝城头宴越公堂之作》:"英灵若过隙,宴衎原投胶。""神游",精神或梦魂往游。《列子·周穆王》:"化人曰:吾与王神游也,形奚动哉。"苏轼《念奴娇》:"故国神游。"这里是说:这次来瞻拜,好像见到了上次"梦游"中初见之英魂。"乍",刚、初。于谦《偶题》:"山雨乍晴时。"柳永《满朝欢》:"巷陌乍晴,香尘染惹,垂杨芳草。"换言之,如云:英雄虽死,而自己仿佛犹能亲炙,身受无限的教益。这正应题目的"敬赋"字样。接二句是词人面对祠堂岳飞塑像的倾诉:"往事低徊风雨疾,新愁黯淡江河下。"往事如烟,回旋起伏("低徊",如杜甫"拂水低徊舞袖翻","低徊风雨枝"),它如急风骤雨,很快就过去了;而黯淡的新愁,又如江河日下,越来越不可收拾了。这里以"风雨疾"、"江河下"喻国事艰危,日甚一日,对当年岳飞所处的南宋王朝说是如此,对今天王鹏运所处的清王朝说,又何尝不是如此!感昔叹今,心有灵犀,人神的界限泯灭了。而这,也正表现出词人深沉的悲痛。故接下曰:"更何堪、雪涕读题诗,残碑打。""雪涕",拭泪。《列子·力命》:"晏子独笑于旁,公雪涕而顾晏子。"又,《晋书》卷六十九《刘隗传》:"及敦克石头,隗攻之不拔,入宫告辞,帝雪涕与之别。"王鹏运另有一首《满江红》(见《春蛰吟》集)题"敬书岳忠武王《赠吴将军宝刀行》墨迹后"有"瞻拜处,凛然如见,剑光盈袖"句;一结云:"问谁欤、雪涕和哀歌,燕台筑。"此"题诗"可能即指岳飞墨迹《赠吴将军宝刀行》。"残碑打",即打残碑,指这首题诗是从残碑上拓下来的。古称打碑为拓碑,宋人张耒《读中兴碑颂》诗云:"君不见荒凉沼水弃不收,时有游人打碑卖"可证。词谓虽拭泪而读拓碑岳诗,而仍珠泪进落,并以"更何堪"冠句前,其痛断肝肠的情状,历历可见。王鹏运自同治十三年踏上仕途,历经中法战争,中日甲午战争,戊戌变法,八国联军进占北京,"莽莽烽烟惊远目,倚长风,几番歌哭。狂来向燕市,觅荆高残筑"(《十二时》);"断魂无着不须招。老向空中和泪,读《离骚》"(《南歌子》),幽愤情怀,于兹可睹。

下阕换头述往:"黄龙指,金牌亚。""黄龙",府名。契丹天显元年(926)置。治所在今吉林农安县。金天眷三年(1140)改为济州。岳飞曾对部下说:"直抵黄龙府,与诸君痛饮尔"(《宋史》卷三百六十五《岳飞传》)指此。但一说岳飞误以当时的燕京城为黄龙城,所谓"直抵黄龙府",实指燕京而言。按,金主完颜亮于1153年三月改燕京为中都,宣布正式迁都。据《岳飞传》:"(秦桧)而后言飞孤军不可久留,乞令班师。一日奉十二金字牌,飞愤惋泣下,东向再拜曰:十年之力,废于一旦。""亚",次于,引申为连续。正因此,当时南宋抗敌形势急转直下。"旌",古代旗的一种,缀牦牛尾于竿头,下有五彩析羽。《周礼·春官·司常》:"金羽为旞,析羽为旌。"郑玄注:"金羽、析羽皆五采,系之于旞旌之上。"又,古代旗的通称。《仪礼·乡射礼》:"旌,各以其物。"郑玄注:"旌,总名也。""旆",古时旗末状如燕尾的垂旄。《诗·小雅·六月》:"白(帛)旆央央。"或泛指旌旗。《左传·僖公二十八年》:"狐毛设二旆而退之。"杜预注:"旆,大旗也。"这里以"旌旆影"三字概括当日两军阵前,岳家军旌旗招展,奋勇杀敌,胜利在望的雄姿神威。它使人"思接千载","视通万里",引起无穷的想象。但后三字一出,如高山坠石,境况陡变:"沧桑话"——未想事与愿违,不久即发生了那么大的变化,如岳飞云:"十年之力,废于一旦",而且次年岁末岳飞和岳家军的重要将领张宪、丘云便齐被杀害了。"沧桑",沧海桑田的略语。晋·葛洪《神仙传》:"麻姑自说云:'接待以来,已见东海三为桑田。'"储光羲《献八舅东归》:"独往不可群,沧海成桑田。"比喻世事变化很大。接二句由谒祠时的眼前现实,意想神驰:当此苍烟落日之时,仿佛听到岳家军那愤怒的大声疾呼。叱咤,怒斥,呼喝。《史记》卷九十二《淮阴侯列传》:"项王喑噁(恶)叱咤,千人皆废。"这种声震山河的气势,奔涌而下:"气吞蛟鼍澜欲挽,悲生笳鼓民犹社。""蛟",传说中龙一类动物。《楚辞·九歌·湘夫人》:"麋何食兮亭中,蛟何为兮水裔。""鼍",即扬子鳄,一名鼍龙,力猛能坏堤岸。词以此指历史上的金人,亦指当前入侵的帝国主义。说他们貌似强大,惯于兴风作浪,但在决心挽狂澜于既倒的中华民族面前,终会被慑服的。"澜欲挽",即欲挽狂澜,挽回颓势。韩愈《进学解》云:"障百川而东之,回狂澜于既倒。"另方面,从广大的民众说,在外敌入侵国家多难之秋,他们心怀悲愤,自愿吹笳鸣鼓,来祭祀岳鄂王。"社",即"祀以为社",此指立祠祭祀。词人心绪如潮,奔腾澎湃,如水之流,最后仍一泻千里:"抚长松,郁律认南枝,寒涛泻。""郁律",高貌,何逊《七召》:"百丈杳冥以飞跨,九层郁律以阶梯。"又,烟气生涌貌。郭璞《江赋》:"察之无象,寻之无边,气潝渤以雾杳,时郁律其如烟。""南枝",向南的树枝,多用作思念家乡的代词。《古诗十九首》其一:"胡马倚北风,越鸟朝南枝。"何逊《送韦司马别》诗:"予起南枝怨,子结北风愁。"这是说岳鄂王祠外的长松树干高大,气势如烟,枝繁叶茂,向南而生,如同寒涛怒泻,似也是思念遥远的故乡吧。作者岭南临桂人,久客京华,不免有"南枝"之思。此词收入作者《南潜集》,旧本在"寒涛泻"后引述"自注"(已见前),以为指开封河决之事,显系误解,不取。

对清王朝来说,王鹏运是一位直言敢谏的爱国者。龙榆生称他:"一时权要,自亲王以逮翁同龢、孙家鼐之属,弹劾殆遍。时西后及德宗常驻颐和园,鹏运争之尤力,以此几罹不测之祸。"(《清季四大词人》)本词借谒岳鄂王祠,表示出对国势陵夷,万方多难的痛切关注。写来情怀似火,沉郁苍凉,振聋发聩,非只是为颂岳而颂岳也。

沁园春

王鹏运

词汝来前！酹汝一杯，汝敬听之。念百年歌哭，谁知我者？千秋沉滏，若有人兮。芒角撑肠，清寒入骨，底事穷人独坐诗？空中语，问绮情忏否？几度然疑。

玉梅冷缀莓枝，似笑我吟魂荡不支。叹春江花月，竟传宫体；楚山云雨，枉托微词。画虎文章，屠龙事业，凄绝商歌入破时。长安陌，听喧阗箫鼓，良夜何其？

叶恭绰云：奇情壮采。（《广箧中词》）

《沁园春》二首，构思奇特新颖。这首以作者为主体，以被赋予生命的词为客体，通过主对客的一番谈话，来表达出自己对词和填词的见解和感受。是一首用词的语言写的评论。第二首《沁园春·代词答》，本书从略。

这首词调下小序云："岛佛祭诗，艳传千古。八百年来，未有为词修祀事者。今年辛峰来京度岁，倡酬之乐，雅擅一时。因于除夕，陈词以祭，谱此迎神，而以送神之曲属吾弟焉。"辛文房《唐才子传》（卷九）载：李洞"酷慕贾长江（岛），遂铜写岛像，戴之巾中。常持数珠念贾岛佛，一日千遍"。相传贾岛常以岁除取一年所得诗,祭以酒脯曰:"劳吾精神,以是补之。"(见唐人冯贽《云仙杂记》四引《金门岁节》)戴复古《壬寅除夜》诗:"杜陵分岁了,贾岛祭诗忙。"适作者弟王辛峰来京度岁,因效贾岛,而有此作。词首句用辛弃疾《沁园春·将止酒,戒酒杯使勿近》,但所咏内容完全不同。本词并无颐指气使,对词特别客气,一曰"酹汝一杯",再曰"汝敬听之"。《后汉书》卷六十五《张焕传》有"以酒酹地"句,李贤注曰:"以酒沃地为之酹。"苏轼《念奴娇·赤壁怀古》:"一樽还酹江月。"本词"酹"有"请饮"意,并请词"敬听",真是礼遇有加。接便像面对知心朋友一般谈起心来。首云岁月如流,百年易逝,我这一生有时欢乐,有时哀愁,可是又有谁是我的知音呢?正是"百年歌自苦,未见有知音"。(杜甫)"若有人兮",此"人"指词。句法源《楚辞·九歌·山鬼》:"若有人兮山之阿。"连上句意为如果说还有和我气味相投的朋友,那恐怕只有你(词)了。"千秋",谓时代久远。曹丕《于玄武陂作》:"忘忧共容与,畅此千秋情。""沆瀣",露气。《楚辞·远游》:"餐六气而饮沆瀣兮,漱正阳而含朝霞。"注引陵阳子:"冬饮沆瀣者,北方夜半气也。"又,钱易《南部新书·戊集》:"又乾符二年,崔沆放崔瀣,谭者称座主门生,沆瀣一气。"后用"沆瀣一气"喻情味相投。这样推心置腹地开白后,接以抒怀:"芒角撑肠,清寒入骨,底事穷人独坐诗?""芒角",指植物初生时的尖叶。《风俗通·声音》引刘歆《钟律书》:"角者,触也,物触地而出,戴芒角也。"词以"芒角撑肠"喻牢骚不平,愤郁难抑。苏轼《郭祥正家,醉画竹石壁上,郭作诗为谢,且遗二古铜剑》:"枯肠得酒芒角出,肝肺槎牙生竹石。""清寒入骨",指创作时情动于衷的刻肌刻骨的感受。作者《一丛花·序》云:"长夜薄病,短梦频回,窗月邻鸡,清寒入骨。"填词既是由于内心积郁,不得不发,那么又为何把造成人穷困的罪责归之于诗(词)呢?

而周必大《平园续稿》云："昔人谓诗能穷人,或谓非止穷人,有时而杀人。""坐",有"因"、"由于"的意思。乐府《陌上桑》："来归相怨怒,但坐观罗敷。"杜牧《山行》："停车坐爱枫林晚,霜叶红于二月花。"总之,这三句谓词之作是由于"芒角撑肠,清寒入骨",不得不发,发之而后快,人们没有任何理由责备你(词)。作者继而对词说:或谓词为"空中语",对于你所抒发的妙思,你忏悔否?或许你将信将疑吧。惠洪《冷斋夜话》："法云师尝谓鲁直(黄庭坚)曰:'诗多作无害,艳歌小词可罢之。'鲁直曰:'空中语耳,非杀非偷,终不坐此堕恶道。'""绮情",美妙的思想感情。沈约《绣像题赞》："绚发绮情,幽摘宝术。""然疑",见《楚辞·九歌·山鬼》："君思我兮然疑作。"洪兴祖补注:"然,不疑也;疑,未然也。"意即将信将疑,表示不置可否。这里虽说得委宛曲折,但作者对词这一曾被视为"小道"、"小技"的特定文学样式,既给予充分肯定,对它又是情有所钟的。

在诉说自己抑郁悲愤寄之于词而不得志后,转入对词的发展略作回顾。"玉梅冷缀苺枝"的"苺",即苔。姜夔《疏影》："苔枝缀玉。"范成大《梅谱》载:绍兴、吴兴一带的古梅"苔须垂于枝间,或长数寸,风至,绿丝飘飘可玩"。词说这白玉般的梅花点缀在苔枝上,是为引起下句:"似笑我吟魂荡不支。""吟魂",指诗兴。《水浒》中的宋江在浔阳楼上欲题诗时,施耐庵写道:"消磨醉眼,倚青天万迭云山;句惹吟魂,翻瑞雪一江烟水。"(第三十九回)说它们似笑我每到填词时便神摇魂荡,情绪激动,好像都不能支持了。"叹"字领以下四句。"春江花月",指南朝陈后主(叔宝)作《春江花月夜》。后主常与宫中女学士及朝臣相和为诗,太常令何胥采其艳丽制成此曲。"宫体",《大唐新语》称:"梁简文帝为太子,好作艳诗,境内化之,浸以成俗,谓之宫体。"闻一多《宫体诗的自赎》："宫体诗就是宫廷诗,或以宫廷为中心的艳体诗,它是个有历史性的名词,所以严格地讲,宫体诗又当指以梁简文帝为太子时的东宫及陈后主、隋炀帝、唐太宗等几个宫廷为中心的艳情诗。"这类写宫廷生活及男女私情的诗,形式上追求辞藻靡丽,华而不实。此二句是"叹"词坛从花间词派开始到南唐,竟以艳情入词,亦多绮靡之作。接"楚山云雨"用宋玉《高唐赋》:"昔者先王(楚怀王)尝游高唐。怠而昼寝,梦一妇人曰:'妾巫山之女也,为高唐之客。闻君游高唐,愿荐枕席。'王因幸之。去而辞曰:'妾在巫山之阳,高丘之阻。且为朝云,暮为行雨,朝朝暮暮,阳台之下。'旦朝视之,如言。故为立庙,号曰朝云。""微词",委婉含蓄的话。《公羊传·定公元年》:"定、哀多微辞。"(此指隐晦的批评)宋玉《登徒子好色赋》:"盖徒以微辞相感动,精神相依凭。"(此指委婉之辞)这里词是说:词的内容多艳情,如楚怀王会巫山神女;或含蓄委婉,比兴寄托。并对某些词明确作出评论:"画虎文章,屠龙事业,凄绝商歌入破时。"这里用故实。"画虎"见《后汉书》卷二十四《马援列传》:"效(杜)季良不得,陷为天下轻薄子,所谓画虎不成反类狗者也。"比喻好高骛远,一事无成。"屠龙"见《庄子·列御寇》:"朱泙漫学屠龙于支离益,单千金之家,三年技成而无所用其巧。"比喻虽有高超技能,却不切合实用。这三句是说:有些词好高骛远,虽技术高超,却不能得其巧,不切实用,以致幽苦凄戾,穷愁怨绝,如同合奏之歌,却缺乏自己的真实感情。"商歌",五音(宫、商、角、徵、羽)中的商,为四时中的秋天,商声肃杀凄怆。阮籍《咏怀诗》之十:"素质游商声,凄怆伤我心。""入破",唐宋大曲的专用语。大曲每套都有十余遍,分别归入散序、中序、破三大段。入破即为破这一段的第一遍。宋人李上交《近事会元》四:"其曲之遍击节声处,名人破。"又,《新唐书》卷二十五《五行志》二:"天宝后,诗人多为忧苦流寓之思,及寄兴于江湖僧寺。而乐曲亦多以边地为名,有《伊州》、《甘州》、《凉州》等,至其曲遍繁声,皆为之'入破'。"白居易《卧听法曲霓裳》诗:"朦胧闲梦初成后,宛转柔声入破时。"最后,结以写词时的现实情景,以长安代指京都,说北京城的街道上,除夕之夜,箫鼓合奏,很是热闹;写词,也应该像这样一任真情流露啊!"喧阗",声大而杂乱。苏轼《谢赐宴并御书进诗》:"归来车马已喧阗,争看银钩墨色鲜。""其",语助词。《诗·小雅·庭燎》:"夜如何其,夜未央。"

这实际是一首词评。上阕论述了自己写作的甘苦,写作感受和对这一特殊文学形式的认识。下阕作者并非反对《花间》词、爱情词或委婉隐约的词,从"竞传"、"枉托"等字样可以看出。只是对于视词为"小道",并对花前月下,歌舞筵席,聊佐清欢的作品,略施针砭。况周颐《王鹏运传》称其"接物和易,能为晋人清谈,间涉东方滑稽,往往一言隽永,令人三思不能置。"从本词可略见端倪;而叶恭绰论本词"奇情壮采",却是一言中的。

文廷式

(1856—1904)，字道希，号芸阁，一作芸阁，晚号纯常子。江西萍乡人。光绪十六年（1890）中恩科进士，名列一甲第二，授职翰林院编修。光绪二十年，擢侍读学士，兼日讲起居注官。以赞助德宗亲政，支持康有为发起强学会被慈禧太后革职，曾一度东游日本。中日甲午之战爆发，他支持光绪帝主战，上疏参奏李鸿章"畏葸，挟夷自重"。次年战争失败，他反对投降，痛谓"辱国病民，莫此为甚，何以见列祖列宗于地下"。罢官后，更加潦倒。终年四十九岁。著述甚丰，于词有《云起轩词钞》一卷、《文道希先生遗诗》等。今人辑有《文芸阁先生全集》。

贺新郎

文廷式

别拟西洲曲，有佳人、高楼窈窕，靓妆幽独。楼上春云千万叠，楼底春波如縠。梳洗罢、卷帘游目。采采芙蓉愁日暮，又天涯芳草江南绿。看对对、文鸳浴。

侍儿料理裙腰幅，道带围、近日宽尽，眉峰长蹙。欲解明珰聊寄远，将解又还重束。须不羡、陈娇金屋。一霎长门辞翠辇，怨君王已失苕华玉。为此意，更踯躅。

夏敬观云:近人惟文道希学士,差能学苏。(手批《东坡词》)

胡先骕云:《云起轩词》,意气飙发,笔力横恣,诚可上拟苏、辛,俯视龙洲。其令词秾丽婉约,则又直入《花间》之室。盖其风骨遒上,并世罕睹,故不从时贤之后,局促于南宋诸家范围之内,诚如所谓美矣善矣。(《学衡杂志》第二十七期《评云起轩词钞》)

叶恭绰评本词云:何减东坡"乳燕飞华屋"。(《广箧中词》一)

此词以香草美人寄寓时事感慨。《西洲曲》是一首情歌,《乐府诗集》列"杂曲歌辞"中,写一位居住在西洲附近的女子思念情人的缠绵故事。词破题直言"别拟",意即别有寄托,非咏男女情爱也。这位佳人她身在高楼,体态美好,幽静娴雅,服饰华丽,块然独处。"窈窕",美好貌。《诗·周南·关雎》:"窈窕淑女,君子好逑。""靓妆"同"靓庄",美丽的服饰。《史记》卷一百一十七《司马相如列传·上林赋》:"靓庄刻饬,便嬛绰约。"集解:"靓庄,粉白黛也。"贾至《长门怨》:"繁花对靓妆,深情托琴瑟。"接写景:此刻但见天空春云舒卷,重叠万态;楼底春波荡漾,波纹如縠(轻纱)。芙蓉繁茂,时当日暮,令人生愁。而这一切皆是"梳洗罢、卷帘游目"之楼上人所见。"游目",目光转动,随意瞻望。《离骚》:"忽反顾以游目兮,将往观乎四荒。"这时远在天涯的江南,又是芳草绿遍的时候了。而俯视楼下,但见对对文鸳(鸳鸯)沐浴在绿波中。古称羽毛有文彩的鸟曰"文禽"。如孔雀、山雉、鸳鸯等。应璩《与满公琰书》:"高树翳朝云,文禽蔽绿水。"这里从"愁"、"又"微微透出人的感情,但却仍是幽情渺渺,一片阒寂。"天涯"句兼用《楚辞·招隐士》:"王孙游兮不归,春草生兮萋萋。"王维《山中送别》:"春草年年绿,王孙归不归。"词似非怀念远人,而有作者以及"佳人"怀思故乡意。

下阕写"佳人"幽居独处的伤感情怀。侍儿为照顾安排

("料理")她罗裙的宽度,说她的腰带渐宽,人瘦了。此用柳永《蝶恋花》"衣带渐宽终不悔,为伊消得人憔悴"意。后来《西厢记·长亭送别》云:"听得一声'去也',松了玉钏;遥望见十里长亭,减了玉肌。"都表示人的极度伤感。词又进一步云:"眉峰长蹙。"从侍儿和自己双方写出人的郁郁情怀。接二句云欲解明珰赠送,结果是"解"而又"束",未能寄成。正有"玉珰缄札何由达"(李商隐《春雨》)意。"明珰",用珠玉串成的耳饰。王逸《荔枝赋》:"皮似丹巊,肌若明珰。"曹植《洛神赋》:"无微情以效爱兮,献江南之明珰。""陈娇金屋",用班固《汉武故事》:"胶东王(汉武帝刘彻)数岁,长公主抱置膝上,问曰:儿欲得妇不?胶东王曰:欲得妇。长公主指左右长御百余人,皆云不用。末指其女问曰:阿娇好不?于是乃笑对曰:好!若得阿娇作妇,当作金屋贮之也。"词上云欲寄远而事未成,下云不应当羡陈阿娇式的结合。虽具体所云难明,但中含怨情。接"一霎"二句,上句仍叙陈阿娇故事,见司马相如《长门赋·序》:"孝武皇帝陈皇后,时得幸,颇妒。别在长门宫,愁闷悲思。"辛弃疾《贺新郎·别茂嘉十二弟》:"更长门、翠辇辞金阙。"下句见《竹书纪年》:"桀命扁伐山民,山民女于桀二人,曰琬、曰琰。后爱二人,女无子焉。斫其名于苕华之玉。苕是琬,华是琰。"此指光绪帝瑾、珍二妃姊妹。郭则沄《十朝诗乘》:"京师陷,两宫将出走。慈圣召珍妃至,谓国难至此,势无苟全,迫令投井。妃曰:婢子从太后耳。牵后衣跽泣。慈圣怒,命内竖推之入井。上饮泣,不能顾也。"瑾妃仍留宫中,未随帝,后西行。词借此揭示慈禧太后暴行。最后点明"更踯躅"的原因是"为此意"(珍妃事)。嗟叹欷歔之音,隐隐可闻。

  文廷式的父亲文星瑞,曾官广东高廉兵备道,他随父客居广州。光绪三年(1877),并以世交寓广东长善将军志锐幕府。

志锐是后来成为光绪帝瑾、珍二妃的胞兄,与其兄妹交往颇密。光绪二十年,帝主持翰林院大考,亲定他一等第一,擢升翰林院侍读学士,兼日讲起居注官,据传二妃曾为出力。本词寄托遥深,言近旨远,通过珍妃事,流漾出对国事的关注,却也有政治上失意不得见用于世的幽愤。

蝶恋花

文廷式

九十韶光如梦里,寸寸关河,寸寸销魂地。落日野田黄蝶起,古槐丛荻摇深翠。　　惆怅玉箫催别意,蕙些兰骚,未是伤心事。重叠泪痕缄锦字,人生只有情难死。

叶恭绰云:沈痛。(《广箧中词》一)

据文廷式《南旋日记》此词作于光绪十二年(1886)四月二十八日作者离京南行时。上阕为其告别都门后之所见所感。"九十韶光",指整个春天,凡九十日。"韶光",美好的时光,常指春光。温庭筠《春洲曲》:"韶光染色如娥翠,绿湿红鲜水容媚。"唐太宗《春日玄武门宴群臣》:"韶光开令节,淑气动芳年。"本来,春光明媚,春景宜人,但词人却感觉恍如梦寐。这仿佛《牡丹亭》里的杜丽娘,身处"姹紫嫣红"的大好春天,反而生

"良辰美景奈何天,赏心乐事谁家院"之感。作者走出城来,目睹郊野风光,因物生感,触绪牵情,国家个人一切不如意的事涌上心头。而韶光美景,人世间似乎久不得见了。首句七个字,前四字乐(景)后三字哀,如王夫之说的"以乐景写哀"而"一倍增其哀"。(《姜斋诗话》)接二句径直抒怀,也说明"如梦里"的原因。"寸寸",极言其小。"关河",见《史记》卷六十九《苏秦列传》:"秦四塞之国,被山带渭,东有关河,西有汉中。"张守节正义:"东有黄河,有函谷、蒲津、龙门、合河等关。"后泛指一般关河。陶潜《赠羊长史》:"岂忘游心目?关河不可逾。"词联系下句,表现出词人强烈的爱国忠君意识:即使一寸土地,也令人为之"销魂"。江淹《别赋》:"黯然销魂者,惟别而已矣。"注:"夫魂以守形,魂散则形毙,今别而散,明恨深也。"自然,"销魂"有时亦形容极度欢乐。这两句词的意思是:对国家的每一寸山河土地,都怀有无限的眷恋,无限的深情。《金史·左企弓传》:"太祖既定燕,企弓献诗,略曰:'君王莫听捐燕议,一寸河山一寸金。'"词亦正有此意。接云:"落日野田黄蝶起,古槐丛荻摇深翠。"从日记知道,作者四月二十八日这天拜访亲友做了很多事情,出都门后,已是日落时分,但见黄蝶飞舞田间,路旁古槐临风摇曳,水边芦荻一片深翠。田同之云:"词中情景不可太分,深于言情者,正在善于写景。"(《西圃词说》)试看"落日"、"黄蝶"、"古槐"和本是鸟语花香草木峥嵘万物生机勃发的暮春初夏,并不谐调。有论者曰:词"显示了春的生机",人的"欣慰",实在看不出来。作者的"善于写景"蕴于文字层面以下,他的内心深处(情)仍是悲痛的。冒广生谓"浑脱浏漓,有出尘之致",当是指此等处。

写过出都,继言别后。词借香草美人以寄托对国事的关怀,故换头用"玉箫"典。据范摅《云溪友议》:"韦皋少游江夏,止于姜使君之馆,有小青衣曰玉箫,常令承侍,因而有情。后皋归省,遂与玉箫言约,少则五年,多则七年来取。因留玉指环,并诗遗之。至八年春不至,玉箫叹曰:韦家郎君一别七年,是不来矣。"又,姜夔《长亭怨慢》:"韦郎去也,怎忘得玉环分付。""蕙些兰骚",见《楚辞·招魂》:"光风转蕙,泛崇兰些。"又,《离骚》:"余既滋兰之九畹兮,又树蕙之百亩。""兰芷变而不芳兮,荃蕙化而为茅。"蕙、兰多喻香草,但古人说也有的会失掉香味,或变成茅蒡。"些(suò)",楚辞中常用的语助词。洪兴祖补注曰:"乃楚人旧俗。"说"未是伤心事",是因为蕙兰虽有时会变质,但仍能给人以启示、以告诫,"吃一堑长一智"。自第二次鸦片战争以后,英法等强敌仍虎视眈眈,就在他写这首词的上一年即光绪十一年(1885)六月九日,清廷与法国驻华公使在天津正式签订了《中法新约》,使历时一年多的中法战争得到"法国不胜而胜","中国不败而败"的结果,进一步暴露了清政府的昏庸怯懦。国家内忧外患,险象环生,这对于慷慨有大志"而立"之年尚未进入仕途的文廷式,"惆怅"之情就无可避免了。最后说别后的书信会"重叠泪痕",因为"人生只有情难死"——情之所钟是可以超越生死的。"锦字"见《晋书》卷九十六《窦滔妻苏氏》:"窦滔妻苏氏,始平人也,名蕙,字若兰。善属文。滔,苻坚时为秦州刺史,被徙流沙,苏氏思之,织锦为回文旋图诗以赠滔。宛转循环以读之,词甚凄惋,凡八百四十字。"旧用以指妻寄夫的书信。李白《久别离》:"别来几春未还家,玉窗五见樱桃花。况有锦字书,开缄使人嗟。"柳永《两同心》:"鸳会阻,夕雨凄飞,锦书断,暮云凝碧。"这里用法与上阕"玉箫"一样,以男女之情,喻君臣之义,家国之思。

《云起轩词》集中并列《蝶恋花》三首,此为第三首。于第一首有云:"若使他生真个有,拚却今生,情与秋俱瘦。"于第二首有云:"几日浮生偏聚散,只有情深,不似天河浅。"与本首的"情难死"是声息相通的。"沉痛"之情,感人肺腑。

郑文焯

(1856—1918),字俊臣,一字叔问,号小坡,晚号大鹤山人,别称冷红词客。奉天铁岭(今辽宁铁岭县)人。隶汉军正黄旗,还籍后诡托山东高密郑玄之后裔。光绪元年(1875)举人,官内阁中书。戊戌(1898)后旅食苏州,为江苏巡抚幕客。精通音律,雅慕姜夔之为人。清亡后,哀吟低唱,多遗民之思。著有《冷红词》四卷、《比竹余音》四卷、《苕雅余集》一卷、《瘦碧词》二卷,晚年删定为《樵风乐府》十卷。

月下笛

戊戌八月十三日宿王御史宅,夜雨,闻邻笛感音而作,和石帚

郑文焯

月满层城,秋声变了,乱山飞雨。哀鸿怨语,自书空、背人去。危阑不为伤高倚,但肠断、衰杨几缕。怪玉梯雾冷,瑶台霜悄,错认仙路。　　延伫。销魂处,早漏泄幽盟,隔帘鹦鹉。残花过影,镜中情事如许!西风一夜惊庭绿,问天上、人间见否?漏谯断,又梦闻孤管,暗向谁度。

戊戌(光绪二十四年)八月十三日(1898年9月28日),

谭嗣同、林旭、刘光第、杨锐、杨深秀、康广仁等"戊戌六君子"遇难之日,作于王鹏运在北京的住宅。"石帚",这里指姜夔。近人夏承焘有《石帚非白石辨》。先是,九月十八日(新历,下同)谭嗣同夜访袁世凯,论说保皇帝、行变法的大义,劝他杀荣禄围颐和园,拯救国家。但袁次日即密告荣禄,荣禄又密告西太后。九月二十一日凌晨,西太后由颐和园赶回紫禁城,发动政变,幽囚光绪于中南海的瀛台,又一次"临朝听政"。二十四日黎明逮捕谭嗣同等人,九月二十八日于北京菜市口遇害。词开篇以"月满层城,秋声变了,乱山飞雨"暗寓六君子被难后的时局凄风苦雨,天气陡然变了。这震惊中外的悲剧发生在月光照下的北京。"层城",古代神话谓昆仑山有层城九重,分三级,上层叫层城,一名天庭,为太帝所居,上有不死之树。(见《淮南子·地形训》)张衡《思玄赋》:"登阆风之层城兮,构不死而为床。"后用以比喻高大的城阙。陆机《赠尚书顾彦先》诗之二:"朝游游层城,夕息旋直庐。"此指京师。接云平民百姓心怀怨恨,认为是"咄咄怪事"。"哀鸿",《诗·小雅·鸿雁》:"鸿雁于飞,哀鸣嗷嗷。"后用"哀鸿"比喻流离失所的灾民。龚自珍《己亥杂诗》:"三更忽轸哀鸿思,九月无襦淮水湄。""书空",用手指在空中虚画字形。《世说新语·黜免》:"殷中军(浩)被废,在信安,终日恒书空作字……窃视,唯作'咄咄怪事'四字而已。"后以此四字形容使人惊讶的怪事,或悲愤至极,无以言语。再转入抒怀。登高唯见"衰杨几缕",益增伤情而肠断。再参以变法事收束上阕。"玉梯"二句,指光绪被幽囚。"瑶台",美玉砌成之台,极言其华丽。屈原《离骚》:"望瑶台之偃蹇兮,见有娀之佚女。"或云神仙住处。李白《清平调词》:"若非群玉山头见,会向瑶台月下逢。""雾冷"、"霜悄",以天时暗示戊戌变法失败,而这是因为误信袁世凯而酿成的,故云:"错认仙路。"

下阕转凝思结想。"延伫",久立。引颈而望。《离骚》:"悔相道之不察兮,延伫乎吾将反。""销魂处",言令人极度悲苦。那是由于"早漏泄幽盟,隔帘鹦鹉"。一八九八年六月十一日,光绪帝接受康有为等的主张,颁布"明定国是"诏书,宣布变法。新政从这一天开始至九月二十一日西太后发动政变,共一百零三天,史称"百日维新"。其间发布诏书、谕令一百一十多起。但"文人论政",苦无兵力支持。唐人朱庆余有《宫中词》云:"含情欲说宫中事,鹦鹉前头不敢言。"郑处晦《明皇杂录》:"天宝中,岭南献白鹦鹉,养之宫中,岁久颇聪慧,洞晓言词。……然亦不离屏帏间。"此二句借言谭袁密约为袁出卖,荣禄上报西太后事。于是变法之事如"残花过影,镜中情事"般成为幻影了。"西风一夜","庭绿"尽销,形势骤变,一个"惊"字写尽诧异不解的心态。"天上人间见否",喻六君子被害。白居易《长恨歌》:"天上人间会相见。"最后,"漏谯断"应题夜宿,以"梦闻孤管"应"闻邻笛",从而表现出作者的深沉悲悼。"漏谯",城楼报时声。漏,古代滴水计时的器具。谯楼,古代建筑在城门上用以瞭望的楼。陈孚《彰德道中》诗:"偶逐征鸿过邺城,谯楼鼓角晚连营。"

维新变法,在当时历史条件下是有进步意义的,是一次振聋发聩的爱国行动。词人通过记述时事,表达了对维新变法的同情,对六君子的悲悼,对出卖维新党人的痛恨。事、情、理,夹叙其间,浑化无迹,层层转进,沉痛深哀,回环通首,有尽而不尽之妙,是一首难得的史诗。

鹧鸪天

郑文焯

谏草焚余老更狂,西台痛哭恨茫茫。秋江波冷容鸥迹,故国天空到雁行。
诗梦短,酒悲长。青山白髪又殊乡。江南自古伤心地,未信多才累庾郎。

词调下小序云:"余与半塘老人有西崦卜邻之约。人事好乖,高言在昔,欸然良对,感述前游,时复凄绝。"半塘老人,即名词家王鹏运。光绪二十八年(1902)南归后寓居扬州,主持仪童学堂。三十年甲辰夏,应两江总督端方之约,会于吴门。旋卒于此。"西崦",在吴县光福,又称下崦。《吴县志》载:光福四面皆山,中有巨浸曰光福崦。虎山桥跨崦上,西称下崦,可通太湖,东称上崦,下连光福塘。"卜邻",择邻。《左传·昭公三年》:"且谚曰:'非宅是卜,惟邻是卜',二三子先卜邻矣。"杜预集解:"卜良邻。"杜甫《寄赞上人》:"一昨陪锡杖,卜邻南山幽。"忆西崦卜邻之约未践,遽成永诀,感而成篇,赋《鹧鸪天》三阕,此其中之一。

词起就人论事。"谏草",谏书的草稿。《三国志》卷十五《魏书·贾逵传》注引《魏略》曰:"逵受教,谓其同寮三主簿曰:'今实不可出,而教如此,不可不谏也。'乃建谏草以示三人。"杜甫《晚出左掖》:"避人焚谏草,骑马欲鸡栖。"光绪十九年癸巳(1893)七月,半塘授江西道监察御史,后升礼科给事中,"直谏垣十年,疏数十上,大都关系政要。"(况周颐《半塘老人传》)龙榆生云:"鹏运在谏垣,以直声震天下。"王鹏运亦曾自云:"老人(自指)之为言官也,尝妄有所论列,其事为人所不易言。老人之友,有为老人危者,上疏之前夕,为老人占之,得'刻鹄类鹜'之繇,疏上,几得奇祸。"(《半塘僧鹜自序》)词谓其罢御史官,谏书已焚,然"老更狂",愤世嫉邪之情,老而弥坚。次句悼逝。"西台痛哭",化用谢翱《登西台恸哭记》于浙江铜庐县西台(即严子陵钓台)设奠祭文天祥事。但词云"西台"乃指御史台。按汉御史所居官署为御史府,东汉以来改称御史台。明洪武十五年改都察院,清因之,御史台之名遂废。词仍沿旧称。半塘历尽艰辛,几遭不测,而未挽清廷之腐败,含恨以终。"痛哭恨茫茫",既是悼故友赍志以殁,也含有自己的无限哀思。接述对故人的怀念。"秋江",指苏州地区。"鸥迹",鸥,水鸟。随潮而翔,迎浪蔽日。与鸥结盟,陶然忘机。后以指隐居自乐,不以世事为怀的人,此指王鹏运。半塘逝后,寄榇沧浪亭侧结草庵中。故有此"秋江波冷容鸥迹"句。"雁行",原出《礼记·王制》:"父之齿,随行;兄之齿,雁行。"或相随而稍后,或并行而稍后如雁之飞行。这里如丘迟《与陈伯之书》"今功臣名将,雁行有序",指官员的行列。戊戌(1898)以前,郑文焯亦在北京官内阁中书,与王鹏运为同朝官,而以"故国天空"喻指朝廷,故有此尾句。忆旧感今,幽明永隔,景中寓情,痕迹全消,此真善言情者也。"秋江"二句仿杜甫《秋兴八首》其四:"鱼龙寂寞秋江冷,故国平居有所思",然寓意是不同的。

下阕仍从半塘着笔。仕宦之余,一生寄情诗酒。词为"清季四家"之一,载誉南北。但他"身是谏官,手请谏纸"(白居易),虽"江山花草生诗梦"(戴复古),然因官事缠身,并未尽展诗(词)才。诗与酒从来是一对孪生儿。"李白一斗诗百篇"(杜甫),但李白夫子自道是:"举杯消愁愁更愁。"换头两个三字短句道尽友人"诗酒风流"却含无限隐痛。生当清末世的诗人们,处身外则强敌入侵,神州震荡;内则险象环生,回天乏力;隶汉军正黄旗人的郑文焯,伤半塘,又何尝不也悲自己呢!所以词人的凄怨既关人关己也关乎时势政治。"青山白髪又殊乡"虽源于明人李攀龙《初春元美席上赠谢茂榛得关字》:"客久高吟生白髪,春来旧梦满青山",但更为精练。"青山""白髪"色彩清鲜,俱见高洁。不同的是:青山巍峨,白髪纤微;青山千古永在,白髪去日无多。从对比中本来已使人"冷冷清清,凄凄惨惨戚戚"了,再加以"又殊乡",情味便又进一层,"殊乡",具体说指苏州,但实际故乡以外皆是殊乡。这对身为岭南人的王鹏运,身为东北人的郑文焯,皆是"人在异乡为异客"。(王维)这一句七个字,层次叠连。从这方面说,不在被誉为"十四字之间含八层意"(罗大经语)的杜甫"万里悲秋常作客,百年多病独登台"之下。结紧承"殊乡"。庾信初仕南朝梁,聘于西魏,出使长安,被留滞。西魏亡,仕北周,居高位。然"乡国之思"难解,遂作《哀江南赋》。"下亭漂泊,高桥羁旅",或写老年思归情切,或写不幸身世之感。庾信是由南仕北,半塘是落职南还。这里活用庾信典,意在抒发"殊乡"的悲慨。东汉末王粲依附刘表,登当阳北门楼,虽所见"华实蔽野,黍稷盈畴",却不能不有"虽信美而非吾土兮"之叹。唐末的韦庄也为不能回归故乡而有"游人只合江南老"的悲吟。这里词云:"江南自古伤心地",也是从这方面立言的。庾信无论在西魏、北周,都未受"多才"的连累,倒是由于"多才",魏陷江陵,献俘长安,他的妻子、儿女、老母都得到优容款待,并一家团聚。北周代魏之后,他官至骠骑大将军开府、洛州刺史等,位极通显。词末句亦是据"史"而言。

这是一首伤逝词,衷情满纸,凄楚悱恻,表现出词人之间的真挚友谊。但总因"志"相同才"道"相合。面对清室的濒于危境,词人的"时复凄绝",既是对逝者,也是对奄奄一息的"故国","寒蝉凄切"之音,回环通首,调子无疑是消沉的。

朱孝臧

(1857—1931),清末民国间词人。曾改名祖谋,字古微,号沤尹,又号疆村。浙江归安(今湖州)人。光绪九年(1883)进士,选庶吉士,授翰林院编修,累官至侍讲学士、礼部侍郎。光绪三十年(1904)于广东学政任上,与总督龃龉,引疾去。辛亥革命后,以遗老寓居上海,精研词学。校刻唐、宋、金、元人词百六十余家为《疆村丛书》,有《疆村语业》二卷,他人补刻一卷,入《疆村遗书》中。中恭绰称其"集清季词学之大成"。

洞仙歌·丁未九日

朱孝臧

无名秋病,已三年止酒,但买萸囊作重九。亦知非吾土,强约登楼,闲坐到、淡淡斜阳时候。　　浮云千万态,回指长安,却是江湖钓竿手。哀鬓侧西风,故国霜多,怕明日、黄花开瘦。问畅好秋光落谁家?有独客徘徊,凭高双袖。

丁未,光绪三十三年(1907)。作者自光绪壬寅(二十八年)出为广东学政,与总督岑春煊龃龉,越二岁,托病辞职,归寓苏州。当时词人郑文焯、陈锐、张尔田诸家,都侨寓吴门,词家唱酬,成为清末词坛中心。

开篇即云因"秋病"而"止酒"且"已三年"。从时间说,从北归至丁未,时为三年。"秋病"而"无名",主要非因仕途坎坷,心情郁闷;而是心萦时事,不便明言。孙中山领导的同盟会已于两年前(1905)八月二十日在东京成立,孙中山提出的"驱除鞑虏,恢复中华,创立合众政府"的政纲,在国内外成为响亮的号召。此时的清王朝已处于四面楚歌风雨飘摇中。辛亥革命后,以清遗老终的作者的此时心情,不难概见。辛弃疾为"将止酒"写过一首《沁园春》,他说是为了自我保养,不再纵酒伤身。其实都与各人心怀时事有关。词云虽止酒已经三年,但这天重阳节仍要"买茱萸囊"以度佳节。"萸囊",即盛茱萸(其味香烈)的佩囊。梁·吴均《续齐谐记·九日登高》云:"汝南桓景随费长房游学累年。长房谓之曰:'九月九日汝家当有灾,宜急去,令家人各作绛囊,盛茱萸以系臂,登高饮菊花酒,此祸可除。'景如言,举家登山,夕还,见鸡犬牛羊一时暴死,长房闻之曰:'此可代也。'"郭震《秋歌》称:"辟恶茱萸囊,延年菊花酒。"词接即云:"亦知非吾土,强约登楼。"登楼非自愿,而是被友人"强约",前句似用王粲《登楼赋》:"虽信美而非吾土。"作者是浙江湖州人,苏州不是家乡,故有此言。但苏、湖距离匪遥,风土人情亦近,为何如此强调"非吾土"?或云作者时在英人占领的香港,似可言之成理,但作者此时是否在香港,仍待考。而这次登楼明言应约而出于被迫(从"强"字看出),这又可看做是"非吾土"的原因。前结云:"闲坐到、淡淡斜阳时候。"这个"闲"有空虚意。如刘克庄《水调歌头·和西外判宗湖楼韵之三》:"向来幻景安在,回首总成闲。"这种空虚无聊,一直到天晚。联系当时的政治形势,光绪帝将逝,距离清王朝亡灭也只有四年,对效忠清室的作者来说,"亦知非吾土",似有预感"山河易色"的内涵,那么后面的强登楼,空虚无聊的真正原因,或许都由此而生吧。

　　转入下阕词意逐渐明显。换头二句化用李白《登金陵凤凰台》"总为浮云能蔽日,长安不见使人愁";辛弃疾《菩萨蛮·书江西造口壁》"西北望长安,可怜无数山"。李诗辛词都有爱国忠君的强烈意识,只是李诗的"长安"指唐京城长安;辛词的"长安"是借指北宋古都汴京(今河南开封);本词的"长安"是借指清都北京。这里作者把"浮云千万态",比作保守势力猖獗,光绪皇帝改革变法的新政不能推行,到后来连自己的行动自由也失去了。作者虽已离开仕途,但仍自承是"江湖钓竿手"!实际这句正是"身在江海之上,心居乎魏阙之下"(《庄子·让王》)的同义语。换言之如陆游言:"位卑未敢忘忧国"(《病起书怀》),恰是词人此时的心境。"衰鬓"句用晋代孟嘉重阳登高风吹落帽故事:"(嘉)后为征西桓温参军,温甚重之。九月九日,温燕(宴)龙山,僚佐毕集。时佐吏并著戎服。有风至,吹嘉帽堕落,嘉不之觉。温使左右勿言,欲观其举止。嘉良久如厕,温令取还之,命孙盛作文嘲嘉,著嘉坐处。嘉还见,即答之,其文甚美,四坐嗟叹。"(见《晋书》卷九十八《桓温传》)后因成重九登高的典故。所谓"授衣之月,落帽之辰"。(韩鄂《岁华纪丽》)词并活用杜甫《九日蓝田崔氏庄》:"羞将短发还吹帽,笑指旁人为正冠。"这里以"衰鬓"(老人的短发)代指帽;"侧",偏,向一边侧斜,盖因风吹故也。用典洒脱,不见痕迹,正应题目的"九日"。此时词人想到的是:"故国霜多,怕明日、黄花开瘦。"苏轼《九日次韵王巩》"明日黄花蝶也愁"。李清照《醉花阴》"莫道不消魂,帘卷西风,人比黄花瘦"。两典兼用,但由原来的指时令、个人哀愁而移为"故国",明指清王朝。"霜多",喻国势严重,如寒凝大地,已到国将不国的时候了。接仍紧承前意:"问畅好秋光落谁家?有独客徘徊,凭高双袖。""秋光落谁家",实是对外敌入侵还有清室已陷入革命党人"四面楚歌"声中的担心。"畅好",真好,正好。董解元《四厢记》卷三:"畅好台孩(抬颏),举止没俗态。"结以对"强约"登楼的友人的自语:"有独客徘徊,凭高双袖。"从"徘徊"亦可见"独客"的心事重重。陶潜《饮酒》:"徘徊无定止,夜夜声转悲。"

朱祖谋词,宗法吴文英,崇尚密丽,即所谓"幽忧怨悱,沈抑绵邈,莫可端倪(陈三立语)。故王鹏运说他得梦窗"真髓"。但此词清颖疏宕,一反梦窗之重滞晦涩,诚如王国维所指"有临川(王安石)、庐陵(欧阳修)之高华,而济以白石之疏越者"。大抵朱氏"晚年颇法于苏"(张尔田)、"晚亦颇取东坡以疏其气"(夏敬观)。读本词可窥其晚年风格之一斑。

鹧鸪天·庚子岁除

朱孝臧

似水清尊照鬓华,尊前人易老天涯。酒肠芒角森如戟,吟笔冰霜惨不花。
抛枕坐,卷书嗟,莫嫌啼煞后栖鸦。烛花红换人间世,山色青回梦里家。

"庚子",光绪二十六年(1900)。这是在中国历史上布满刀光血影的一年。八月十四日,英、美、德、法等八国联军侵入北京,慈禧太后挟光绪帝仓皇出逃。联军占领北京后,特许士兵公开抢劫三天。实际上,直到侵略军撤退之日,抢劫从来没有停止过。"岁除",古代于腊岁前一日击鼓驱疫,谓之逐傩(nuó)、逐除。故后以年终之日为岁除,通称除夕。孟浩然《岁暮归南山》:"白发催年老,青阳逼岁除。"当时作者困居围城中。此阕《鹧鸪天》为是年除夕在宣武门外较场头条王鹏运寓所"四印斋"所作。

词以感慨开篇。"尊",酒樽。陆游《杂感》:"一尊易致葡萄酒,万里难逢鹳鹊楼。""似水清尊",言酒潆清洁白如水。这样说,是为了映衬"鬓华",两鬓花白。高适《重阳》:"节物惊心两鬓华,东篱空绕未开花。"中间用一"照"字,知是岁除饮酒华发映照杯中,酒白发亦白,叙事中含抒情。次句径直抒怀。"尊前人",时年方四十三岁的作者自称。苏东坡云"多情应笑我、早生华发"。词人亦有"易老"之感。"天涯",天的边际,指极远的地方。江淹《古离别》:"君行在天涯,妾身长别离。"其与"天涯海角"同义。宋人赵鼎逢战乱南渡,远离原北宋京城汴京,赋《鹧鸪天》有云:"天涯海角悲凉地,记得当年全盛时。"此刻,帝后出逃,国已不国,遍地腥云,满街狼犬,故有此京都恍如远在天涯的悲愤语。这是处于围城特殊环境中的一种特殊感受。接二句,悲愤愈甚,抒情也愈明显。"芒角",棱角,指人的锋芒、气概。李觏《与章秘校书》:"他日足下顾吾于邸舍,气和而言正,其辨说骎骎到义理,愤世嫉恶,有大夫之芒角。"苏轼《郭祥正家,醉画竹石壁上,郭作诗为谢,且遗二古铜剑》:"枯肠得酒芒角出,肝肺槎牙生竹石。""森如戟",像戟一样森严。杜甫《李潮八分小篆歌》:"况潮小篆逼秦相,快剑长戟森相向。"王鹏运在《沁园春》中亦有:"芒角撑肠"句,略同于此七字句。正因为胸中之气森如画戟愤懑难平,故接曰:"吟笔冰霜惨不花。"五代王仁裕《开元天宝遗事》卷下:"李太白少时,梦所用之笔头上生花,后天才赡逸,名闻天下。"这里反用李白故事,说自己的笔凝结如冰霜,再也写不出诗(词)来了。大有愤而搁笔之意。

换头突然出现两个非常急骤的动作:"抛枕坐,卷书嗟。"看来是先卧而后坐,即词人酒后成寐,一觉醒来,梦中之事令人激动,故起而"抛枕"。待感情稍稍平静下来,刚想拿起书来读,忽又"卷书嗟"。这个"卷"字如汉人郑玄注《仪礼·公食大夫礼》中的一句所云:"卷,犹收也。"收起后而嗟叹,无疑是兴起"百无一用是书生"之类的慨叹。"抛"、"卷"、"嗟"三个动词表现词人的感情起而伏,终于恢复到饮酒入睡前的情况,使词人的形象栩栩活现,从而真实地映现出人物的心声。此时天色已晚,迟归的鸟儿回巢了,虽啼声不绝,词人不仅不厌恶,反说"莫嫌"。这是因为经过静思默想之后,理智已据主导地位:愤又何用?嗟又何益?还是勘破红尘,一切都随缘自适吧。杜甫《遣怀》诗云:"夜来归鸟尽,啼杀(煞)后栖鸦。"仇兆鳌《杜诗详注》引顾注谓这两句:"即'上林无限树,不借一枝栖'之意,盖叹卜居无地也。"但词有没有隐含对围城中的古都的忧怀(他卜居此地已十七年),应说并不能完全排除。"诗无达诂",不妨备此一说。结用对句,一破词调《鹧鸪天》的成规。"烛花",烛焰。也作烛华。南朝梁元帝《对烛赋》:"烛烬落,烛华明。"杜甫《官亭夕坐戏简颜十少府》:"不返青丝鞚,虚烧夜烛花。""烛花红换",是"庚子岁除"夜之所见,时间较短;而"人间世"则是永恒的。且《人间世》为《庄子》中的名篇。主旨在描述人际关系的纷争纠结,以及处人与自然之道。王先谦称:"无争其名,而晦其德,此善全之道。"(《庄子集解》)联结下句意谓:岁除之后,人间世仍是纷争纠结而多变的,但梦回故乡,江南山色常青,又是多么令人惬意啊! 词以宽慰之语作结,表现词人虽处逆境,仍不忘用世的精神,对故国旧家是一往情深的。

况周颐

(1859—1926),原名周仪,字夔笙,号蕙风,广西临桂(今桂林)人。光绪五年(1879)举人,官内阁中书。辛亥革命后,居上海,所为词对清室多寓怀恋,以遗老终。有词九种,合刊《第一生修梅花馆词》,后又删定为《蕙风词》一卷。其所著《蕙风词话》,为时所重,影响深远。

苏武慢·寒夜闻角

况周颐

愁入云遥,寒禁霜重,红烛泪深人倦。情高转抑,思往难回,凄咽不成清变。风际断时,迢递天涯,但闻更点。枉教人回首,少年丝竹,玉容歌管。 凭作出、百绪凄凉,凄凉惟有,花冷月闲庭院。珠帘绣幕,可有人听?听也可曾肠断?除却塞鸿,遮莫城乌,替人惊惯。料南枝明日,应减红香一半。

叶恭绰云:夔笙先生与幼遐翁崛起天南,各树旗鼓。半塘气势宏阔,笼罩一切,蔚为词宗;蕙风则寄兴渊微,沈思独往,足称巨匠;各有真价,固无庸为之轩轾也。(《广箧中词》二)

王国维评本词云:境似清真,集中他作,不能过之。(《人间词话》

附录)

况周颐云:余少作《苏武慢·寒夜闻角》云:"凭作出、百绪凄凉,凄凉唯有,花冷月闲庭院。珠帘绣幕,可有人听?听也可曾肠断?"半塘翁最为击节。比阅方壶词《点绛唇》云:"晓角霜天,画帘却是春天气。"意与余词略同,余词特婉至耳。(《蕙风词话》卷二)

词写寒夜闻角声怀思远人。一起两句意有四层。愁绪入云,已见愁重;偏又遥遥飘荡,尤见愁之深。"遥",《楚辞·大招》:"魂魄归来,无远遥只。"王逸注:"遥,犹漂遥,放流貌也。"寒已不堪承受,何况"霜重"!接由外而内,隐隐逗出人之情状。杜牧《赠别》:"蜡烛有心还惜别,替人垂泪到天明。"人虽倦,却是久久不得入睡。"寒夜闻角",其声由高转低(抑),人的情思因念往而难回(回归,平静),"凄咽不成清变"。"变",变声,指七音(又称七声)中的变宫、变徵。其音一较宫稍高,一较徵稍下。夏侯湛《夜听笳赋》:"放《鹍鸡》之弄音,散《白雪》之清变。"此反用赋意,谓角声凄抑梗塞,吹奏不出像笳声的清变之音。而寒风劲吹,后来连角声也中断了。在那遥远的天边,只听到孤独单调的更点声。于是想起少年时那弦、管乐齐奏,美人即清歌一曲,吹箫弄笛的美妙时光。这种"少年听雨歌楼上,红烛昏罗帐"(蒋捷《虞美人》),以至"翠屏金屈曲,醉入花丛宿"(韦庄《菩萨蛮》)等类往事,对如今倦卧的人来说,虽无限旖旎,却不堪回首了。"枉教人回首",枉者,徒然也。李白《清平调词三首》其二:"一枝红艳露凝香,云雨巫山枉断肠。"那么又何怪此中人的"愁"如此之"遥","寒"如此之"重",又如此之"思往难回"呢?上阕,情为主,景是客;更以"少年丝竹"映衬今时"寒夜闻角",其愁苦情怀真如"忧端齐终南,澒洞不可掇"(杜甫)了。

云遥、霜重、角声、风声、更点声以及少年情事,结撰、编织成"百绪凄凉",可是这"凄凉惟有……"巧妙的顶真格引出一片崭新的华美境界,在那花冷月明庭院闲静的地方,在那"珠帘绣幕"绮丽幽雅的住所中,有位绰约的佳人。当此时刻,她是否也会听到这种种声响?听到后是否也会断肠?故作问句,含意更觉深刻。这跨越时空的奇思异想,正因有"少年丝竹,玉容歌管"的前尘旧梦,虽说"枉教人回首",但当此夜寒霜重触目凄凉之时,又怎会不由此念彼,思绪回潮?贺铸《青玉案》云:"月桥花院,琐窗朱户,只有春知处"与此差近之。本词立意新奇,含蕴幽微,虽浓情似火,却清逸疏澹,不尚黏滞,无怪"半塘翁最为击节"了。接云:塞鸿、城乌常伴人不寐,它们似应听惯了寒夜的角声吧。"遮莫",尽管,任凭;与"除却"意相仿佛。杜甫《书堂饮既夜复邀李尚书下马月下赋绝句》:"久拚野鹤如霜鬓,遮莫邻鸡下五更。"最后,暗应"寒夜":"料南枝明日,应减红香一半。"意近"夜来风雨声,花落知多少"(孟浩然);"知否?知否?应是绿肥红瘦"(李清照),而含蕴凝练。

词由寒夜闻角而生出对远人往事的怀思,妙在情深一往,却又意趣清远;高屋建瓴,而无黏滞之病,在唐五代以迄两宋及清词的怀人念远之作中,堪称翘楚。

水龙吟

况周颐

声声只在街南,夜深不管人憔悴。凄凉和并,更长漏短,彀人无寐。灯灺花残,香消篆冷,悄然惊起。出帘栊试望,半珪残月,更堪在、烟林外。　　愁入阵云天末,费商音、无端凄戾。鬓丝搔短,壮怀空付,龙沙万里。莫谩伤心,家山更在杜鹃声里。有啼鸟见我,空阶独立,下青衫泪。

此词调下小序云:"己丑秋夜,赋角声《苏武慢》一阕,为半塘所击赏。乙未四月,移寓校场五条胡同,地偏,宵警呜呜达曙,凄彻心脾。漫拈此解,颇不逮前作,而词愈悲,亦天时人事为之也。"因此可把二词作为姐妹篇来读。本词作于光绪二十一年(1895)。在前后相距六年的时间里,清政府江河日下,国土沦失。继丧权辱国的《中法新约》之后,一八九四年八月一日,中日甲午之战正式爆发,经平壤以至辽河平原七大战役,以彻底失败而于次年(即1895年)的四月十七日,签订了割让台湾、澎湖列岛和辽东半岛等地的《中日马关条约》,并同时引来俄德法三国的染指东北。词作于条约签订,台湾人民浴血抗日之时。小序中"漫拈此解"句即指写成了本词。"解",乐曲的章节。《乐府诗集·相和歌辞解题》引《古今乐录》:"伧歌以一句为一解,中国以一章为一解。"词从深宵闻警写起。此"警"指战时的警报之类措施。条约签订前,李鸿章曾驰报北京,谓若和议不成,北京势将难保。所以此时的京城仍是风声鹤唳,草木皆兵。词首句连用"声声",接以"只在",音调促迫,有山雨已来之势。而这样的"声声"早已非一日,而是"夜夜"如此,"不管人憔悴",愤怒之情立见。这里"憔悴",指被折磨得困苦难堪。《国语·吴语》:"使吾甲兵钝弊,民人离落,而日以憔悴。"而"只"、

"不管"等字都染上了强烈厌恶的感情色彩。但岂止"宵警"烦人,而且还有"更长漏短"——"更",古夜间计时单位。一更约两小时,一夜分五更。"漏",古代滴水计时的器具。这里说更漏将尽,而"彀人无寐"。用一"彀"(通够)字,表示完全不能入睡。"彀",聚,多。左思《魏都赋》:"若此之属,繁富夥够,非可单究。"这时唯见蜡烛消残(灺),弯曲如篆书的香烟已冷。接云"悄然惊起"。这一"惊"字令人触目。缘何而惊?是宵警更急?是突闻巨响?或是心有所思,顿生震悸?颇耐寻味。"悄然"二字,一如白居易《长恨歌》"夕殿萤飞思悄然,孤灯挑尽未成眠"句中的"悄然",或《诗·陈风·月出》"劳心悄兮"的"悄"字义,都表示忧愁。总之人忧伤已极,难再忍受下去,才霍然而起,希望有所解脱。但透过"帘栊"望出去,唯见:"半珪残月,更堪在、烟林外。""帘栊",挂着竹帘子的格子窗。李煜《捣练子令》:"无奈夜长人不寐,数声和月到帘栊。""珪"通圭。圭月,谓月形如圭璧。古代帝王诸侯朝聘或祭祀时所执的玉器(见《周礼·春官·瑞典》)。《岁华纪丽》:"圭月初生。"月亮已残,烟霭朦胧,又在树林之外的远处。"更堪"者,不堪也,怎堪也。情寓景中,这烟林外的半圭残月,只有更使人"凄彻心脾"了!写情至此,蔑以加矣。

换头抒情,径直言愁。"阵云",见《汉书》卷二十六《天文志》:"陈(阵)云如立垣。"晋人罗含《湘中记》:"遥望衡山如阵云。"谓云叠起如兵阵如城垣或如衡山之高大。"天末",天边,指极远的地方。张衡《东京赋》:"眇天末以远期,规万事而大摹。"杜甫《天末怀李白》:"凉风起天末,君子意如何?"词换头这句,实如杜甫"忧端齐终南,颒洞不可掇"(《自京赴奉先县咏怀五百字》);亦如贺方回"试问闲愁都几许?一川烟草,满城风絮,梅子黄时雨"(《青玉案》);而词只用六个字。古人以音乐的五音官、商、角、徵、羽分配到五行中去，商属金，属西方，属秋季。故欧阳修《秋声赋》云："夫秋……又兵象也，于行为金。……故其在乐也，商声主西方之音。""商音"，指秋日寒风肃杀凄厉之声。"凄戾"，亦作凄唳、凄泪。语出《汉书》卷九十七上《孝武李夫人传》武帝赋曰："秋气憯以凄泪兮，桂枝落而销亡。"颜师古注："凄泪，寒凉之意也。""无端"，无因也。宋玉《九辩》："蹇充倔而无端兮，泊莽莽而无垠。"注："媒理断绝，无因缘也。"引申为无缘无故。词人虽云"无端"，其实正是"有端"，由此可见词人此刻犹如处于秋声中的凄凉寒苦。接仍抒衷怀："鬓丝搔短，壮怀空付，龙沙万里。"前句用杜甫《春望》："白头搔更短，浑欲不胜簪。"这年况周颐只三十七岁，有如此落漠情绪，于接二句述明原因。"龙沙"，地区名。古时指我国西部、西北部边远山地和沙漠地区。《后汉书》卷四十七《班超传赞》："定远慷慨，专功西遐。坦步葱、雪，咫尺龙沙。"李贤注："葱岭、雪山、白龙堆沙漠也。"庾信《对烛赋》："龙沙雁塞甲应寒，天山月没客衣单。"后因以泛称边塞地区。李白《塞下曲》其五："将军分虎节，战士卧龙沙。"张元干《石州慢·己酉秋吴兴舟中作》："万里想龙沙，泣孤臣吴越。"此处"龙沙"指台湾。词言"空付"，盖因"壮怀"不能实现也。此如陆游"报国欲死无战场"的慨叹，只是时代、处境、内涵不同而已。接再转以自慰。杜鹃，又名子规。旧称杜鹃啼血，所谓"碧出苌弘之血，鸟生杜宇之魄"（左思《蜀都赋》）。那声声"不如归去"的哀音，怎不令人思念家乡？词人虽说"莫谩伤心"（谩，助辞），只是词人"空阶独立"，不由得却泪湿青衫了！"青衫"，即青袍。唐制"八品、九品服以青"（见《旧唐书》卷四十五《舆服志》）。杜甫《徒步归行》："青袍朝士最困者，白头拾遗徒步归。"白居易《琵琶行》："座中泣下谁最多？江州司马青衫湿。"杜、白均在官场，一叹"出无车"，一因

"左迁九江郡"。况周颐因对国事的关切,以《马关条约》初订,"盖未能忘情于败绩者也。"(赵尊岳《蕙风词史》)

况周颐既以"清季四词人"之一名词坛,更以其所著《蕙风词话》影响深远,论"作词有三要:重、拙、大"。指出表达思想感情须沉着、凝重;表现手法则要自然、朴实;且要含义深远而有寄托。此词闻宵警而惊,触物生悲,刻画入微,意愈深,语益朴,词人之理论实践,于此词亦可约略见之。

秋 瑾

（1875—1907）中国民主革命烈士。字璇卿，号竞雄，别署鉴湖女侠，浙江山阴（今绍兴市）人。1896年（清光绪二十二年）奉父母命嫁湘潭富绅家。1904年，赴日本留学，积极参加留日学生的革命活动，次年先后加入光复会和同盟会。1906年为反对日本政府颁布《清国留学生取缔规划》回国。次年1月在上海发刊《中国女报》，提倡女权，宣传革命。不久回绍兴组织光复会，与徐锡麟准备在浙江、安徽两省同时起义。后被捕不屈。7月15日晨四时就义于绍兴古轩亭口，实现了自己的生前誓言："且光复之事，不可一日缓，而男子之死于光复者，则自唐才子以后，若沈荩、史坚如、吴越诸君子不乏其人，而女子则无闻焉，亦吾女界之羞也。"工诗词，作品宣传民主革命、妇女解放，笔调雄健，感情奔放。今有《秋瑾集》。

齐天乐·雪

秋 瑾

朔风萧瑟侵帘户，谁唤玉龙起舞？万里云凝，千山雾合，做就一天愁绪。谢家娇女，正笑倚栏干，欲拈丽句，访戴舟回，襟怀多半为伊阻。　　应被风姨相妒，任飘零梨花，摧残柳絮。玉宇琼楼，珠窗银瓦，疑在广寒仙府。清香暗度，知庭角梅开，寻时怕误，暖阁围炉，刚好持樽俎。

鉴湖女侠、中国近代杰出的女革命家秋瑾自幼聪慧,十一岁即习为诗,清丽矫健,时人有"女才子之目"(陶玉东《秋瑾遗闻》)。她那些抨击封建社会黑暗、歌赞民族浩然正气的革命诗篇,自是吐气如虹,挥洒豪纵,声遏行云风格雄丽的战斗诗篇,就是她那些写景状物歌吟风云草术的作品,也多借物喻人、托物言志,表现出健美清新的格调和纯洁高尚的情怀,从上引咏雪词中亦可见。

词起句虽说朔风侵帘入户,但接云它犹如"玉龙起舞"的豪纵奔放形象,振起全篇,这在咏雪诗篇中是不多见的。"朔风",北风,寒风。曹植《朔方》诗:"仰彼朔风,用怀魏都。""萧瑟",形容树木为风吹拂之声。宋玉《九辨》:"萧瑟兮草木摇落而变衰。"后用以形容寂寞凄凉。杜甫《咏物古迹五首》其一:"庾信生平最萧瑟,暮年诗赋动江关。""玉龙",原指神龙。刘克庄《清平乐》词:"醉跨玉龙游八极,历历天青海碧。"但亦用以喻雪。吕岩《剑画此诗于襄阳雪中》:"岘山一夜玉龙寒。"或形容下雪。胡仔《苕溪渔隐丛话》前集卷五十四引《西清诗话》,谓宋天圣间华州张元有《雪》诗:"战退玉龙三百万,败鳞残甲满空飞。"宋人俞文豹《清夜录》亦载此诗,作"战罢玉龙三百万,败鳞残甲天空飞。"亦借喻雪山。毛泽东《念奴娇·昆仑》词:"飞起玉龙三百万,搅得周天寒彻。"这里"玉龙"前用"谁唤"二字,后以"起舞"二字形成问话的口气,备觉形象鲜明、生动,仿佛真的"玉龙"在跃跃飞舞。接云万里之遥,千山之高,都阴云密布,雾气茫茫。这样使得人添了一些愁闷。"做就",造成。接"谢家娇女"三句用东晋谢安侄女谢道韫事。在一次大雪纷飞时,叔父谢安问她:"用什么比拟雪花飘落好呢?"他的侄儿说:"撒盐空中差可拟。"道韫说:"未若柳絮因风起。"安大悦。(见《晋书·王凝之妻谢氏传》)谢家娇女,指谢道韫。丽句,指"未若柳絮因风起"句。接再用名士王子猷访问好友戴安道的典故,事见《世说新语·任诞篇》:"王子猷居山阴,夜大雪,眠觉,开室命酌酒,四望皎然。因起彷徨,咏左思《招隐诗》忽忆戴安道。时戴在剡,即便夜乘小船就之。经宿方至,造门不前而返。人问其故,王曰:'吾本乘兴而行,兴而返见戴!'"前阕结曰:"襟怀多半为伊阻。"说我欲访友人的兴致多半因这纷纷扬扬的大雪所阻遏了!应前言之"愁结"。"襟怀",犹言胸怀。杜牧《题池州弄水亭》诗:"光洁疑可揽,欲以襟怀贮。"词前半写景,景中含情;用典恰切适当,俱表现出词人的志趣雅意,胸襟怀抱。

过片,前三句写因雪引起的恋念心思。洁白纯素如梨花如柳絮的飞雪,是因引起风神的相妒而受到摧残,因而四处飘落吧。词人的仁爱之心,隐然如见。梨花、柳絮皆指雪。岑参《白雪歌送武判官归京》诗:"忽然一夜春风来,千树万树梨花开。"齐己《杨花》诗:"乍如飞雪远,未似落花休。""风姨",古代神话传说中的司风之神。《北堂书钞》卷一四四引《太公金匮》:"风伯名姨。"此"风姨"之所本。刘克庄《送雷宜叔右司追录》诗:"寄语风姨且霁威。""飘零",坠落。刘备《新论·言苑》:"秋叶诚危,因微风而飘零。"亦有散失意。《北史·刘炫传》:"故友飘零,门徒雨散。"接三句写雪景之美。说雪后的房舍、楼阁皆成白色,犹如白玉盖成,使人恍如置身于仙府。"玉宇",传说中天帝或神仙的住所。《云笈七签》卷八:"金屋在明霞之上,九户在琼阙之内,此皆太微之所馆,天帝之玉宇也。"萧纶《祀鲁山神文》:"金坛玉宇,是众妙之游遨。"也指华丽雄伟的宫殿。李华《含元殿赋》:"玉宇璇阶,云门露阙。"唐玄宗《千秋节宴》诗:"玉宇开花萼,宫县动会昌。""琼楼"形容华美的建筑物。皮日休《腊后送内大德从勖游天台》诗:"梦入琼楼寒有月,行过石树冻无烟。"又,"玉宇琼楼",形容瑰丽的建筑物。明人何景明《嫦娥图》诗:"玉宇琼楼闭早秋,金蟾玉兔啼寒夜。"同"琼楼玉宇",古人常指所谓仙界或月宫中的楼台亭阁。苏轼《水调歌头》词:"我欲乘风归去,又恐琼楼玉宇,高处不胜寒。"《大业拾遗记》:"瞿乾祐于江岸玩月,或谓此中何有。瞿笑曰:'可随我观之。'俄见月规半天,琼楼玉宇烂然。"广寒仙府,即广寒宫,月中仙人住处。相传唐玄宗于八月望日游月中,见一座大宫府,榜曰:"广寒清虚之府。"(见《龙城录·明皇梦游广寒宫》后人因称月宫为广寒宫。《聊斋志异·白于玉》:"童导入广寒宫,内以水晶为阶,行人如在镜中。""清香暗渡"三句,由雪转入写梅,用王安石《梅花》诗意:"墙角数枝梅,凌寒独自开。遥知不是雪,为有暗香来"诗意。词以"暖阁围炉",家人聚饮作结,一片吉和景象。"樽俎"同"尊俎"。古代盛酒和肉的器皿。《庄子逍遥游》:"庖人虽不治庖,尸祝不越樽俎而代之矣。"常用宴席的代称。《史记·乐书》:"布筵席、陈樽俎。"徐陵《九锡文》:"决胜于樽俎之间。"

秋瑾文学创作内容丰富,色彩鲜明,有自己独特的风格。在古人大量咏雪诗中,别有新意。她行文如行水流水,妙造自然。写景,色彩明丽,令人振奋。用典,随手拈来,充满雅趣。后阕,先出现一片绚丽华伟的神仙世界,后以围炉夜饮的吉祥情意作结。再使人感到鉴湖女侠的文字功力,诗情将略,才气超然。可惜她的青春和生命如此短促。死在屠夫们的刀口下,政治文苑两者俱未大展宏图,不能不说是国家、人民的巨大损失。

吕碧城

（1883—1943）原名贤锡，字圣因，一字兰清，法号宝莲，安徽旌德人。她资质聪颖，五岁知诗，七岁能制巨幅山水。两个姐姐吕湘、吕美荪，俱工翰墨，时有"淮南三吕，天下知名"的美誉。她的作品，清词丽句，卓尔不群，时人称"绛帷独拥人争羡，到处咸推吕碧城"（缪嘉蕙《信芳集》题词）、"一枝彤管挟风霜，独力裙钗百兆中"（寿椿庐主《谈碧城女史诗词》），评价之高超越群伦。

另一方面，她爱国维新，崇武励人。光绪二十九年（1903年）受聘为天津《大公报》编辑，并在天津举办北洋女子公学，振兴教育。中年出国，漫游欧美。二次大战中归香港，病卒。近人称其"明霞照海，渲异艳，运天外"（《光宣词坛点将录》）。其所作诗，为其词所掩，亦深为同道人赞许。南社著名诗人林庚白性情高傲，目无余子，却赞"其诗颇有神似玉溪（李商隐）处"。实际碧城不拘一格，其诗沉郁苍凉，雄岸悲壮处，近杜工部，正是她忧怀国难，倡导女权，思想积极进取的反馈。晚年亲手刊印《晓珠词》四卷，并于卷首自识云："慨夫浮生有限，道学未成，移情夺境。风皱池水，狎而玩之，终必沉溺，漂乎其不留也。"历史是现实的映照，甫进入二十一世纪，沪版之《吕碧城诗笺注》、《吕碧城词笺注》问世，双峰并峙，光辉文坛，亦人间胜事也。

满江红·感怀

吕碧城

晦暗神州，欣曙光一线遥射。问何人，女权高唱，若安达克？雪浪千寻悲业海，风潮廿纪看东亚。听青闺挥涕发狂言，君休讶。　　幽与闭，长如夜，羁与绊，无休歇，叩帝阍比见，愤怀难泻。遍地离魂招未得，一腔热血无从洒。叹蛙居井底愿频违，情空惹。

　　《满江红》是一个宜写昂扬愤发壮怀激烈胸怀的词调，北宋苏东坡用它写"大江东去"，南宋岳飞用它写"怒髪冲冠"，女词人吕碧城的《感怀》全词主调同而开篇稍异。据李保民《笺注》："是词作于一九零四年春，碧城时居天津大公报馆，积极著文立说，倡扬女权，致力于妇女解放运动，五月十日，《大公报》首次刊发此词，立即引起极大社会反响。一时，中外名流纷纷唱和响应，女革命家秋瑾亦慕名造访，彼此订下文字之交。"词开篇后由中而外。"神州"，中国的别称。战国齐人邹衍创立"大九州"学说，谓"中国名曰赤县神州，赤县神州内自有九州"，见《史记·孟子荀卿列传》。简称赤县或神州，神州虽"晦"——昏暗；不明亮。《诗·郑风·风雨》："风雨如晦，鸡鸣不已。"但远远地望见了一线曙光，故生喜悦、欣幸之感。"曙光"，破晓时的阳光。唐彦谦《早行遇雪》诗："鸡犬寂无声，曙光射寒色。"唐太宗《除夜》诗："对此欢终宴，倾壶待曙光。"亦常用以比喻光明、希望，或美好的前景。承以"问何人，女权高唱，若安达克？"至此，词人"感怀"的主题逐渐显露。她所谈的是为妇女在社会上本应享受的权力之事。柳亚子当时《放歌》诗云："女权痛零落，女界遭厄殃。"而在西方，高唱女权的是若安达克吗？若安（Jeanne-Manon Phlipon Madame1754—1793）今译罗兰夫人。法国女革命党人，吉伦特派主要领导人之一。她于1793年5月被捕，同年11月在巴黎被处死。"达克"（Jeanne D'Arc，约1412—1430）今译贞德。百年战争时期法国民族英雄。她与英军及其同盟国作战时不幸被捕,英君将她交给教会法庭审判,以异端和女巫罪被处火刑而死。词人用问句,并非表示怀疑,而是为加重语气,对"女权高唱"者的充分肯定。接云:"雪浪千寻悲业海,风云廿纪看东亚"。首句前四字喻"业海"之深重。寻,古代长度单位。一般为八尺。或云七尺、六尺。《诗·鲁颂·閟宫》:"是断是度,是寻是尺。"刘禹锡《西塞山怀古》诗:"千寻铁索沈江底,一片降幡出石头。""业海":佛教语。谓世间种种恶因如大海,故称。《四十二章经》:"罪来赴身,如水归海,渐成深广。"唐守遂注:"罪始滥觞,祸终灭顶,恶心不息,业海转深。"这二句是说:这种对妇女施行专制主义,遭受极端残酷压迫种种罪恶状况,看看二十世纪的东亚,就一目了然,因此对于身处闺中妇女的"发狂言",你又何必惊讶呢!词人娓娓道来,寓理于义,给人以力量千钧之感。"风潮",狂风怒潮。谢灵运《入彭蠡湖口》诗:"客游倦水宿,风潮难具论。"通常谓多人为迫使当局接受某种要求而采取的集体行动。《老残游记》十回:"五年之后,风潮渐起。"

过片二句四个三字句,铿锵有力,气势奔腾,暗承上阕的"发狂言,君休讶"。似是说,长期受压迫、被奴役的人民,已经忍无可忍了。幽闭与羁绊对应,是遭受残酷迫害的同义语。"幽闭",幽禁,囚禁。《旧唐书·李光弼传》:"为贼幽闭者,出之。"汉·蔡邕《琴操·拘幽》:"幽闭牢阱,由其言兮。"羁绊,犹言束缚,牵制。《汉书·叙传上》:"今吾子已惯仁谊之羁绊,系名声之韁锁。"白居易《游悟真寺诗》:"野麋断羁绊,行走无拘挛。"诗用"长如夜"、"无休歇"形容漫漫长夜何时且永无休歇的生活,是十分真实的。本来中国老百姓一向视皇帝为"天子",忍辱负重,已成常则,正因"叫帝阍不见",而"愤怀难泻",才起而反抗的。"帝阍",此处指宫门,禁门。《旧唐书·韩思复传》:"夫帝阍九重,涂(塗)远千里。"前蜀韦庄《夏初与侯补阙江南有约》诗:"本约同来谒帝阍,一腔热血无从洒。"欲为国家抛头颅,抵御外侮,但清王朝奉行卖国投降政策,故"热血无从洒",致使"遍地离魂"难回故土。"离魂"脱离躯体的灵魂。姜夔《踏莎行》词:"离魂暗逐郎行远"。最后说自己虽报国有情,怕也是一场空了。《庄子·秋水》:"井蛙不可以语于海者,拘于虚也。"

　　本词由前半誓争"女权高唱",到下半"叩帝阍不见",扩展到国危民困,报效无门,"一腔热血无从洒"的悲怀,其爱国胸襟,激愤之思,不在两宋词人之下,"引起极大社会反响"便自在情理之中了。

吴　梅

（1884—1939）戏曲理论家、作家。字瞿安，号霜厓，江苏常州（今苏州）人。曾任北京、南京等大学教授。著有《顾曲麈谈》、《中国戏曲概论》、《南北词简谱》等。着重研究曲律和文词，兼能制谱。作有杂剧、传奇《风洞山》、《湘真阁》等十二种，另校刻《奢摩他室曲丛》一二两集，刘世珩编刻的《暖红室汇刻传奇》，大部分经过他的校勘。其所著《词学通论》现有复旦、华东师大等出版社印制。《吴梅全集》并已出版。

临江仙

吴　梅

短衣羸马过边尘紧，五年三渡桑干。漫天晴雪扑归鞍。旗亭呼酒，黄月大如盘。苦对南云思旧雨，杏花消息阑珊。新词琢就付双鬟。紫箫声里，看遍六朝山。

叶恭绰《广箧中词》卷三："瞿庵为曲学专家，海内推挹。词其余事，亦高逸不凡。"

夏敬观《忍古楼词话》云："长洲吴瞿安梅，为曲家泰斗，其词亦不让遗山、牧庵诸公。豪宕透辟，气力可举千钧。予尝云元初词得两宋气味，不似明清诸家坠入纤巧，曲盛词衰，实在明代。元曲高过后来，正曲继两宋后，词尚未衰也。"

此词是作者在北方游牧时的思归之作。起写北方荒凉景象,说短衣瘦马行进在北方的边疆,五年时间里三次渡过桑乾河水。首句似寓有民国初年,战乱频仍,军阀混战,烟尘滚滚意。一个"紧"字可知非一般的游山览景。次句沿刘皂《行次朔方》诗:"客舍并州已十霜,归心日夜忆咸阳。无端更渡桑乾水,却望并州是故乡。"桑干河,即永定河上游。在河北省西北部和山西省北部。相传每年桑椹成熟时水干涸,故名。刘皂的诗本是思乡之作,用来十分巧妙。短衣瘦马连日赶路,由早到晚,"漫天晴雪扑归鞍",而此刻,是该下马饮杯酒,你看天边上那晕黄的月亮已经大如银盘了!"漫天",犹满天,弥漫天空,苏轼《再和杨公济梅花》:"长恨漫天柳絮轻。"范成大《碧瓦》诗:"无风杨柳漫天絮,不雨棠梨满地花。"引申为无边无垠。"旗亭":古代的市楼,用以指挥集市。(见《史记·三代世表》汉·褚少孙语)唐宋以来,以旗亭称酒楼。李贺《开愁歌》:"旗亭下马解秋衣,请贳宜阳一杯酒。"陆游《初春感事》诗:"百钱不办旗亭醉,空爱鹅儿似酒黄。"柳永《看花回》词:"笑筵歌席连昏昼,任旗亭、斗酒十千。"说"月黄",是因月在黄沙飞扬中升起。又,李白《古朗月行》:"小时不识月,呼作白玉盘。"这首对玄宗晚年的荒淫享乐与杨国忠等谗谄蔽明行为的讽刺诗,开头这两句以其浅白通俗留传人间。

词过片后,由归鞍上北方的夜月,转写故乡江南的秀美风光:"苦对南云思旧雨,杏花消息阑珊。"杜甫《秋述》诗破题云:"秋,杜子卧病长安旅次,多雨生鱼,青苔及榻,常时车马之客,旧雨来,新雨不来。"谓旧时宾客遇雨也来,而现在遇雨便不来了。后以"旧雨"为老朋友的代称。辛弃疾《雨中花慢·登新楼有怀》词:"旧雨常来,今雨不来,佳人偃蹇谁留。"张炎《长亭怨》词:"故人何许?浑忘了,江南旧雨。"范成大《题清息斋六言十首》:"冷暖旧雨仅雨,是非一波万波。"本词于句前冠以"苦对"，乡思已隐约如见。接句这乡思之情便昭然如在目前。明人虞集《风入松》词结曰："为报先生归也，杏花春雨江南。"后来宋人陈与义《怀天经智老因访之》诗："客子光阴诗卷里，杏花消息雨声中。"都既表现出乡思，又对杏花付出无限深情。本词"杏花消息阑珊"却更令人怜念，因为它已花事衰败了！"阑珊"衰落、将残、将尽之意。李煜《浪淘沙》词："帘外雨潺潺，春意阑珊。"再如"诗情酒兴渐阑珊"（白居易）、"红璧阑珊悬佩踏"（贺铸）等。虽然词人仍在"漫天晴雪扑归鞍"的路途中，但寓潇洒于清词丽句中：他想象着不久的将来回到故乡江南，把琢就的"新词"给歌儿舞女们演唱，在音韵悠扬的紫箫声中，再去欣赏江南的无限风光。"双鬟"，指歌舞伎。白居易《山游示小妓》诗："双鬟垂未合，三十才过半。""六朝"，孙吴、东晋、宋、齐、梁、陈，都建都于南京，称六朝。"六朝山"指苏、杭、江、浙一带的美景。这位"曲家泰斗"写起小词来挥洒自如，清新秀雅，落拓山尘，论词、写词，俱是行家里手。由这阕小词亦可见一斑了。

(京)新登字083号

图书在版编目(CIP)数据

清词品读/艾治平著. —北京：中国青年出版社，2011.10
(名家品经典)
ISBN 978-7-5153-0241-6

Ⅰ.①清… Ⅱ.①艾… Ⅲ.①词(文学)-文学研究-中国-清代
Ⅳ.①I207.23

中国版本图书馆CIP数据核字（2011）第195170号

责任编辑：董晓磊
书籍设计：吕敬人工作室
　　　　　吕敬人+陶雷

中国青年出版社 出版 发行

社址：北京东四12条21号
邮政编码：100708
网址：www.cyp.com.cn
编辑部电话：(010)57350401
门市部电话：(010)57350370
三河市君旺印装厂印刷　新华书店经销

880×1230　1/32　10印张　210千字
2011年12月北京第1版　2011年12月河北第1次印刷
印数：1-7000册
定价：29.80元

本图书如有印装质量问题，请凭购书发票与质检部联系调换
联系电话：(010)57350337